참 좋은
시간이었어요

엄현주 장편소설

참 좋은 시간이었어요

초판 1쇄 인쇄 · 2023년 4월 25일
초판 1쇄 발행 · 2023년 5월 6일

지은이 · 엄현주
펴낸이 · 한봉숙
펴낸곳 · 푸른사상사

주간 · 맹문재 | 편집 · 지순이 | 교정 · 김수란
등록 · 1999년 7월 8일 제2-2876호
주소 · 경기도 파주시 회동길 337-16 푸른사상사(파주북시티 내)
대표전화 · 031) 955-9111(2) | 팩시밀리 · 031) 955-9114
이메일 · prun21c@hanmail.net
홈페이지 · http://www.prun21c.com

ISBN 979-11-308-2030-9 03810
값 17,500원

46
푸른사상
소설선

참 좋은
시간이었어요

엄현주 장편소설

푸른사상
PRUNSASANG

시간이 우리 곁을 지나가는 걸까, 우리가 시간 곁을 지나가는 걸까? 가끔씩 궁금해하면서 오랜 시간 살아가고 있다.

과거 현재 미래로 이어져 머무름이 없이 일정한 빠르기로 무한히 연속되는 흐름 속에서 삶도 영원히 계속될 것이라 믿고 살아가다가 어느 순간 멈추게 된다. 그 멈춤의 순간, 죽음이 찾아올 때까지 우리는 시간과 늘 함께한다.

지난 시간에 대한 후회와 다가올 시간에 대한 불안으로 현재를 제대로 살아내지 못한다고 반성하면서도 여전히 나는 현재에 머물지 못한다. 과거와 미래를 끊임없이 오가는 내 의식을 붙잡아두기 위해 필요한 것은 언제나 '글쓰기'이다. 글을 읽고 쓰는 일만큼 나를 온전히 사로잡는 게 아직 없다는 사실이 행(幸)인지 불행(不幸)인지 알 수가 없다.

내가 쓴 글이 누군가에게 전해져 아주 잠시라도 마음을 움직일 수 있다면, 하는 바람이 안타까운 기다림으로 남아 늘 마음속에 자리 잡고 있다. 이 또한 헛된 욕심이리라. 시간이 환영(幻影)이듯이……

이제 보낸 시간보다 보낼 시간이 훨씬 적게 남아 있다는 걸 받아들이면서 『참 좋은 시간이었어요』를 구상하게 되었다.

신지수와 심진순은 헤어질 때면 "참 좋은 시간이었어요"라는 말로 작별 인사를 나눈다. 그러면 마법에 걸려 함께한 시간이 무조건 좋은 시간이 되기라도 하듯……. 이 소설은 서른 살인 신지수와 아흔 살이 넘은 심진순이 자신들의 미래와 과거를 서로에게서 찾아내며 한때를 함께 보낸 시간의 기록이다.

역사적인 사건 사고나 사회의 구조적인 문제, 낡은 인습들이 아무런 관여를 하지 않은 개인에게 끼치는 영향이 때로는 치명적인 경우가 있다. 그렇더라도 힘없는 개인은 그걸 감내하며 살아가는 수밖에 없다. 심진순과 신지수도 마찬가지다.

많은 아픔을 안고 여전히 과거의 시간을 살고 있는 심진순과 현재가 고달프고 불안한 미래 때문에 힘들어하는 신지수지만 그들이 함께하는 시간만큼은 따뜻하고 즐겁다. 그 시간 동안 그들은 우정을 나누었고 친구가 되었다. 그러니까 그들은 정말 '참 좋은 시간'을 보낸 것이다.

이 작품을 쓰는 동안 나는 작가로서 즐겁고 행복했다. 독자들과 함께하는 시간도 '참 좋은 시간'이 될 수 있다면, 참 좋겠다.

세 번째 책을 세상에 내놓는다. 늘 그렇듯이 아쉬움이 남지만, 좀 더 완성도 높은 작품을 쓰는 작가가 되기 위해 앞으로 나아가야겠다.

책 출간을 선뜻 허락하고 애써주신 푸른사상사 가족들에게 깊은 감사를 드립니다. 그리고 해설을 써주신 이덕화 선생님께도 고마움을 전합니다.

2023년 4월
엄현주 드림

1

첫날

플라타너스 잎 사이로 '다나약국'의 간판이 마침내 모습을 드러냈다. 간판 위로 아른거리는 봄 햇살을 바라보다가 괜히 얼굴 여기저기가 간질거리는 듯해 나는 손등으로 눈가를 문질렀다. 그러고서 스마트폰의 '길찾기' 앱을 종료시켰다. 민서의 말대로라면 저 약국이 있는 모퉁이를 돌면 골목길이 나올 것이고, 그 길의 세 번째 집에 사는 구순 할머니를 나는 만나게 될 것이다. 구순이라니. 아흔 해나 세상을 살고 나면 하루하루가 어떻게 느껴질까? 서른인 나에게 아흔은 숫자로만 크게 느껴질 뿐이다. 요즘 백세 시대라고 하지만 내 주위에는 고령의 어르신이 없는 탓에 이야기를 제대로 나누어본 적조차 없다. 그런데 이제 앞으로 적어도 6개월 이상, 그 할머니의 대화 상대자 역할을 해야 하는 일이 내게 맡겨질 것이다.

열 평 남짓한 약국 안은 처방전 접수대 앞에 줄지은 사람들로 더욱 좁고 답답하게 느껴졌다. 나는 대기용 소파에 앉아 유리문 밖으로 오가는 사람들을 잠시 바라보다가 스마트폰을 들여다보기 시작했다. 무엇 하나 내 눈을 사로잡을 만한 것이 없었다. 뻔한 기삿거리들, 카카오톡에 저장된 친구들의 프로필 사진과 채팅방에서 나눈 시시한 대화들…… 시들해져 화면에 갖다 댄 손가락을 떼는데 낮고 건조한 목소리가 들렸다.

　─다음 손님!

그새 줄이 사라지고 없었다. 나는 자리에서 벌떡 일어나 접수대 앞으로 다가갔다. 약사의 나이가 예순 중반쯤 되었을까? 짧은 커트 머리 위로 흰 머리카락들이 꽤 눈에 띄었다. 약사는 무표정한 얼굴로 내 어깨 너머 유리문 쪽에 시선을 주고 있는 듯했다. 나도 그녀의 얼굴에서 눈을 떼어 왼편 가슴 위에 박힌 녹색 글자, '약사 윤성희'를 바라보았다. 왠지 이름과 인상이 잘 어울린다는 생각을 하며 내가 먼저 운을 뗐다.

　─저, 민서 소개로 할머니……

　─아, 네에. 기다리고 있었어요.

그녀의 눈길이 내 얼굴을 훑고 지나가면서 고개를 끄덕였다. 그러고선 말을 이었다.

　─민서에게서 이야기 들었는데 임용고시 준비 중이라고. 평일 하루 다섯 시간쯤, 괜찮겠어요?

면접 통과인가? 아무런 문제가 되지 않는다는 듯, 나도 고개를 끄덕였다. 4년째 고시생인데 금싸라기 같은 시간을 매일 다섯 시간

　　　　　　　　　　　　참 좋은 시간이었어요

씩 내는 게 어찌 괜찮겠는가. 하지만 내게 더 문제가 되는 건 일용할 돈이라 어쩔 수 없었다.

그녀는 출입문을 능숙한 손길로 잠그고서 앞장서 걸었다. 그녀가 입고 있는 흰색 가운의 아랫자락이 바람을 받아 흔들거리는 모습을 보면서 나는 뒤를 따랐다.

―지금 다행히 손님이 제일 없는 시간이에요.

약국이 있는 건물을 끼고 돌자 바로 한옥들이 줄지어 선 골목이 나왔다. 가끔 종로통을 쏘다니곤 했지만 그 바로 뒤에 이런 풍경이 펼쳐져 있으리라고는 전혀 생각도 하지 못했었다. 마치 수십 년의 시간이 흘러가지 않고 그대로 괴어 있는 느낌이었다. 나는 태어나기 이전의 시간대로 돌아간 기분이 되어 골목에 들어섰다. 그녀는 잠시 걸음을 멈추고 한옥 하나를 가리켰다.

―저 집이에요.

유연하게 양 옆으로 뻗은 기와지붕과 낡은 문기둥과 대문 옆으로 옹기종기 놓인 화분들……. 골목 안의 다른 집들과 별다른 특성이 없어 보였다. 세 번째라고 기억해야만 앞으로 실수하지 않고 찾아올 수 있을 거라는 생각을 하는데, 그녀의 목소리가 낮은 한숨과 함께 들려오기 시작했다.

―우리 어머님께서 치매기가 조금 있으세요. 아주 가끔이지만……. 심하시진 않아서 못 느낄 수도 있을 거예요. 민서에게서 대충 들었지요? 예전에 중풍으로 한쪽 마비가 왔었는데 이제 많이 좋아지시긴 했어요. 무엇보다 적적해하시니까 좋은 말동무가 되어줘

요. 참, 이름이?

치매라니? 민서가 그런 말을 한 적은 없지 않았던가? 다미랑은 여고 동창이야. 지금 유학 중, 그래서 주로 카톡으로 연락하고 있어. 걔 할머니가 살짝 거동이 불편하고 연세가 많아 외출이 어려우신가 봐. 그래서 몇 시간 말동무하며 보살펴드릴 사람을 구한대. 다미 엄마는 약국 때문에 바쁘셔서. 할 수 있겠지? 임용고시에 합격한 민서는 올 3월에 발령받자 한껏 기분이 고조되어 있는 듯했다. 그 옆에서 다소 의기소침해진 나는 일부러 씩씩하게 대꾸했다. 응, 그러지 뭐. 간병이 아니라 말동무라니까 그 정도는 해낼 수 있겠지. 나는 스스로를 믿어보기로 했다. 그래야만 덜 기가 죽을 것 같아서. 정말 민서도 몰랐을까, 할머니에게 치매기가 있다는 걸? 내 머릿속이 복잡해지고 있었다.

─이름이 뭐예요?

─아, 신지수입니다.

다시 이름을 묻자 나는 약간 당황해하며 대꾸했다. 그러자 그녀는 웃음기 띤 얼굴로 말했다.

─지수 씨, 우리 어머니 잘 부탁해요. 오전에는 도우미 아주머니가 오시니까 괜찮은데 오후에는 혼자 계셔서 늘 걱정이었거든요.

치매든 아니든 이제 와서 어쩔 수 없는 일 아닌가? 통장 잔고가 바닥난 판에……. 나는 안심하라는 듯 활짝 웃어 보였다. 내 웃음에 마음이 놓인 듯 그녀는 대문을 열고서 나를 데리고 집 안으로 들어섰다. 마당 한가운데 돌로 둘러싸인 정원에서는 여기저기 피어난 꽃

―아이다, 마아. 내가 주책을 부렸제? 오늘 처음 보는 친구한테. 지, 아, 지수 씨, 초면에 미안타.

―아니에요, 진순 씨. 제 이름을 기억해줘서 고마워요.

나는 일부러 활짝 웃어 보였다. 진순 씨도 이가 거의 다 빠져나가고 없는 잇몸을 발갛게 드러내며 웃었다. 그러더니 입이 마르다며 물을 찾았다. 마루와 바로 연결된 주방의 식탁 위에 생수병과 물 컵이 놓여 있어 나는 찾느라 애먹지 않아도 되었다.

―물맛 한번 조옿타.

진순 씨는 물 컵을 반 이상 비우고서 입맛을 다셨다. 나는 남은 물을 마저 권했다. 진순 씨는 어린아이처럼 고개를 살랑살랑 흔들며 말했다.

―오줌을 자주 누야 돼서……. 불펜하다 아이가.

―자주 누면 되지요. 집에서야 괜찮지 않아요?

진순 씨는 내 말에 손을 내저으며 괜찮지 않다고 했다. 그러고서 화제를 바꾸어 내게 이야기를 청했다.

―재미나는 이야기 좀 해봐라.

―진순 씨는 어떤 이야기를 좋아하세요? 옛날이야기는 진순 씨가 더 많이 알 거고, 요새 이야기는 별로 재미없을 테고. 음…….

갑자기 재미나는 이야기라니. 임용고시 준비 전, 출판사에 다니면서 글을 쓴답시고 한창 열 올리며 써둔 몇 편의 소설들이 아직 내 컴퓨터에 들어앉아 있다는 사실이 떠올라 쓴웃음이 났다. 그것들은 해마다 신춘문예를 거쳐 몇몇 공모전 여기저기를 떠돌아다녔지만 하나같이 미끄러졌다. 처음 얼마간은 작품을 가려내는 눈이 없어 보이는 심사위원들을 원망하며 분노했다가 나중엔 내 작품의 결점들이 여기저기 눈에 띄어 실망과 자괴감에 빠져 포기하고 말았다. 이제 그 소설들의 줄거리조차 희미하게 잊어져갔지만 낙방의 기억들만은 끈질기게 달라붙어 나를 놓아주지 않고 있다.

―아무끼나 다 괘안타. 할 이야기가 정 없으몬 내가 하꾸마. 이 나이 묵도록 내가 살아온 이야기들을 다 하몬 책 몇 권은 나올끼다. 베라벨 꺼를 다 겪은다카이.

―아, 좋아요. 진순 씨가 해주는 이야기들을 제가 책으로 쓸게요.

나는 다시 컴퓨터에 저장되어 있는 내 소설들을 떠올리며 지나가는 말이 될 줄 뻔히 알면서 섣불리 내뱉었다.

―진짜로? 진짜 그래줄 끼가? 자, 손가락 걸어라.

눈꺼풀이 반쯤 덮인 눈을 크게 뜨며 진순 씨는 새끼손가락을 내밀었다. 어린아이 같은 진순 씨의 태도에 웃음이 나기도 하고, 혹시 치매기 때문인가 싶어 당황스럽기도 했다. 아무튼 나는 요구대로 새끼손가락을 걸어 약속했다.

―인자부터 내가 하는 이야기들을 잘 듣고 책으로 꼭 맨들어도고. 약속했데이.

어쩔 수 없이 나는 고개를 끄덕이며 지킬 생각도, 자신도 없는 약속을 덜컥 하고 말았다. 하지만 그렇게 약속을 내게서 받아놓고 정작 그날은 몇 마디 하지도 않고 진순 씨는 잠이 들어버렸다.

―옛날에는 여자가 아들을 몬 나으몬 사람 대접을 제대로 못 받

참 좋은 시간이었어요

았는 기라. 그기 펭생 내 인생을 힘들게 했다 아이가. 참말로 지옥 겉은 세월을 살았제. 그라고 우리 세대는 우짜몬 그리도 난리를 마이 겪게 되었는고 모리겠다. 왜놈 치하에서 고생하다가 겨우 해방되이…… 나라가 두 동가리 나뿌렀고…… 대동아전쟁에, 육이오에, 삼일오에, 사일구에…… 하이고, 몸서리가…….

어쨌든 아들을 낳았으니 좀 전에 본 약사 며느리가 있는 게 아닌가? 그런데 왜 그 때문에 평생 힘들었다고 하는가? 이렇게 묻고 싶었지만 진순 씨의 음성에 잔뜩 졸음기가 묻어나는 듯해 나는 그만 부축해서 방으로 데려갔다. 보료 위에 진순 씨를 눕히고 이불을 덮어준 다음, 나는 몇 신지 확인했다. 아직 근무 시간이 한 시간은 족히 남아 있었다. 하는 수 없이 나는 보료 옆에 우두커니 앉아서 창밖으로 사위어가는 햇빛과 엷은 남빛으로 변해가는 하늘을 무연히 바라보았다. 그러다가 옅은 어둠 속으로 가라앉으면서 점점 잠겨드는 방 안의 풍경에 나까지 빠져들어가는 것 같아 자리에서 일어났다. 방 한가운데 서서 아랫목의 보료와 그 양옆으로 놓인 삼층장과 경대와 벽에 걸린 자수 액자, 문갑 위에 놓인 사진들들을 차례대로 둘러보았다. 어둠 속에서라도 사진들을 들여다보며 시간을 보내려고 문갑 앞으로 다가가는데 문자 메시지 들어오는 소리가 나를 붙잡았다.

퇴근길이야. 어땠어?

난 아직 근무 중. 할 만해~~^^

민서에게 안심하라는 듯 눈웃음 이모티콘을 덧붙여 보내면서 나도 모르게 한숨을 내쉬었다. 아직도 임용고시 준비생인 내 처지가 미래에 대한 불안과 현실에 대한 불만을 또다시 상기시켰기 때문이었다. 하지만 내 한숨 소리는 코 고는 소리에 이내 지워졌다. 드르릉, 드릉…… 짙어져가는 어둠 속에서 유독 눈에 띄는 하얀 머리통을 내려다보며 코 고는 소리를 듣고 있으니 낯선 세계 어딘가에 가 닿는 느낌이 들었다.

시간이 다 되었으니 돌아가도 좋다는 문자 메시지를 약사 아주머니에게서 받고 나는 자리에서 일어서며 망설였다. 어둠 속에 진순 씨를 혼자 두고 가려니 마음이 놓이지 않았지만 불을 켜면 잠을 깨울 것 같아서였다. 전등 스위치를 만지작거리는데 마침 진순 씨의 음성이 들렸다.

—하이고, 아직 밤인가? 한잠을 자고 난 거 겉은데.

나는 전등 스위치를 켜고는 곁으로 다가가 진순 씨의 몸을 일으켰다.

—이제 밤이 오려고 해요. 진순 씨가 낮잠을 잤던 거예요.

진순 씨는 손바닥을 비비고서 마른세수를 하며 말했다.

—그라모 니는 얼릉 집에 가야제. 처자가 밤에 댕기는 거 아이다.

—혼자 있겠어요? 아직 며느님이 오려면 시간이…….

—괘안타. 아무 염려 말고 얼릉 가봐라.

진순 씨는 손사래까지 치며 괜찮다고 했다. 나는 손을 꼭 잡고 말했다.

참 좋은 시간이었어요

−진순 씨, 고마워요. 내일 또 만나요.

−그래, 안 심심하고……. 오늘 참 좋은 시간을 보냈데이.

가볍게 목례하고서 나는 손을 흔들며 장난스럽게 말했다.

−진순 씨, 참 좋은 시간이었어요.

−지수 씨, 참 좋은 시간이었어요.

진순 씨도 내 말을 그대로 흉내 내며 한쪽 손을 번쩍 들어 올려 보였다.

약간 거친 바람이 어둠에 젖어들고 있는 정원 위로 한 차례 불고 지나갔다. 꽃과 나무 들이 흔들리면서 마당에 그림자를 지우고 있었다. 나는 어둠 속에서 윤곽을 지운 대문 손잡이를 더듬거려 찾았다. 삐이익, 대문 소리가 여음처럼 울리고 있는 골목길을 빠르게 걸어 나왔다.

그날 밤, 집으로 돌아가는 길에 편의점에서 산 도시락을 먹으며 나는 컴퓨터에 저장된 파일들 중에서 소설 원고를 찾아내었다. 그것들을 읽다가 앞으로 진순 씨에게서 들을 이야기와 내 상상을 적당히 버물려 소설 쓸 생각을 하고 있는 나를 발견했다. 쯧쯧, 정신 차려야지. 내게 스스로 일침을 주고서 교육학 강의 프로그램을 듣기 위해 나는 자세를 바로했다.

첫날

2

갑작스러운 고백

　－새로 구한 아르바이트는 어떠니? 공부만 해도 시간이 부족할 텐데 걱정이구나. 집에서 얼마 보내고, 네가 아껴 쓰면……

　엄마의 말을 나는 단호하게 잘랐다. 택시를 모는 아버지나 이모의 카페에서 카운터를 보며 엄마가 벌어들이는 돈을, 나이 서른이나 되는 내가 축내는 건 못할 짓이라는 생각이 앞섰기 때문이다.

　－아냐, 엄마 그러지 마셔. 좀만 덜 자면 돼. 아르바이트는 재미있어. 그러니 아무 염려 하지 말라고.

　－구순 넘은 할머니 돌보는 게, 뭐 재미있기까지 하겠냐? 어쨌든 네가 염려하지 말라니 안 할게. 잘 챙겨 먹고 조심해서 댕겨.

　걱정을 듬뿍 담은 엄마와의 통화를 끝내고서 나는 중얼거렸다.

　－우리 진순 씨 이야기가 얼마나 재밌는 줄 아무리 설명해도 엄마는 모를걸.

진순 씨가 주절주절 하는 이야기를 듣는 재미로 시중드는 일이 내게는 그다지 힘들지 않게 여겨졌다. 물론 가끔씩 투정이나 억지를 부리면 피곤하기도 하고 짜증나기도 했지만 진순 씨에게서 들은 이야기와 내가 만든 허구를 이리저리 섞어 글쓰는 일에 또다시 빠지기 시작하자 그런 것들은 아무 문제가 되지 않았다. 임용고시 준비생이라는 내 처지를 종종 잊어버리기까지 할 정도였다.

─민서캉 친구라 캤나? 우리 다미는 잘 있는가 모리겠다. 너무 늦게 유학을 간 기라 카더마는……. 미국 유학 간다꼬 한창 준비해쌓을 때 고만 우리 원이가…….

진순 씨가 '피아노 방'이라 부르는 곳은 다미의 방인 듯했다. 침대 위의 연분홍 이불과 책꽂이에 꽂힌 음악 이론 서적들, 한쪽 벽을 차지하고 있는 음악회 티켓과 폴라로이드 사진들. 방금 방 주인이 빠져나간 듯한 방을 둘러보고 있는데 내 등 뒤에서 피아노 소리가 들려왔다. 딩, 동, 댕…… 한쪽 몸을 피아노에 의지하고 진순 씨가 굽은 손가락으로 건반을 눌러대는 소리가 잊고 있었던 기억의 장막을 열어젖히며 내게 아릿한 슬픔을 불러일으켰다.

반짝거리는 윤기와 큰 몸체로 우리 집의 거실에서 가장 자신의 존재를 뽐내던 피아노가 떠나기 전날 밤, 현수와 나는 밤새도록 피아노를 쳤다. 언제 피아노 교습소를 빼먹고, 연습을 소홀히 한 적이 있었냐는 듯……. 그 밤, 이웃 주민들이 아무도 항의하지 않은 것은 우리의 딱한 형편을 알고 눈감아주었던 게 아닐까? 어쨌든 우리 남매는 빨간 딱지를 붙인 피아노가 다음 날이면 끌려 나간다는, 기막

참 좋은 시간이었어요

가 언젠데 안죽도 그걸 입꼬 댕기느냐고. 그랬더마는 호야가 아루바이트 해서 번 돈으로 사준 기라 벗기가 싫다 카더라. 철 모르는 예펜네라고 남들이 숭 본다 캐도 괜찮단다. 참말로 자슥이 뭔지. 우야든지 내 속으로 난 자슥 하나는 있어야 되는 기라…….

밖으로만 나돌아다녀도 속으로 난 자식이 있어서 좋은가? 하지만 먼 하늘을 올려다보는 진순 씨의 얼굴에는 많은 상념이 담겨 있는 듯해 슬프게 느껴졌다. 나는 진순 씨의 얼굴에서 슬픔을 얼른 지워버리고 싶었다. 그래야만 돌보는 일이 덜 힘들어지기 때문이었다.

—그렇다면 진순 씨는 안심이네요. 다행이다, 하고 활짝 한번 웃어봐요.

진순 씨는 내 주문에 활짝 웃는 대신 한쪽 입 끝을 약간 올려 피시식 웃었다. 그러고선 입속말로 웅얼거렸다.

—내가 천벌을 받는 기라. 내 속으로 난 자슥은 잃어뿌리고 도둑질해서 얻은 놈을 금이야, 옥이야 키워났더마는 말캉 헛끼라. 다 내 탓이니라. 인자 와서 내가 누구를 원망하겠노. 그러이 내가 죽기 전에…….

대체 뭔 소린가? 나도 모르게 귀를 쫑긋 세워 진순 씨가 궁실거리는 말을 알아들으려고 애썼다.

—진순 씨, 도둑질해서 얻다니요?

유괴를 했단 말인가, 설마 진순 씨가? 내가 둥그렇게 눈을 뜨고 바라보자 진순 씨는 손을 휘휘 내저으며 한사코 부정했다.

—아이다, 아이다 카이. 예전에 우리 동네 살던 예펜네 이야기다.

진동때기라꼬 있었거등.

— 그 진동댁, 얘기해주세요. 왜 그랬던 거래요?

내 성화에 못 이긴 듯, 진순 씨는 마루에 털썩 주저앉아 밑도 끝도 없는 이야기를 늘어놓기 시작했다.

— 식모가 낳은 아를 슬쩍해뿌렸제. 동지섣달 깜깜한 밤이라 보는 사람이 아무도…… 서방은 금광에 미쳐가꼬 집을 비우고…… 시에미는 죽고 없는데 벨난 시누가 하도 아들 타령을…… 예펜네가 고만 헤까닥 해뿐 기라. 앞뒤 가릴 헹펜이…….

낮고 은밀하게 속삭이면서 이어졌다 끊어졌다, 하는 진순 씨의 말을 따라 내 머릿속에서 자판이 두드려지기 시작했다.

❖

겨울이 점점 더 깊어져 섣달 추위가 극성을 부려댔다. 남쪽 지방이라 기온이 그다지 낮지 않다고 해도 바다에서부터 불어오는 해풍으로 체감온도는 훨씬 낮게 느껴지는 곳이었다. 진동댁은 이곳에서 처음으로 겨울을 맞이했을 때 누비 솜바지부터 찾아 입어야 했었다. 바람은 모두가 잠든 밤이면 혼자 떠돌아다니며 더욱 극성스럽게 요란을 떨어댔다.

진동댁은 마당 여기저기를 휘젓고 다니는 바람소리에 눈을 떴다. 그러자 연이어 나뭇가지들이 부러지는 소리, 양은대야가 날아가는 소리, 장독 뚜껑이 바닥으로 떨어지는 소리, 대문이 덜커덩거리는 소리들이 났다. 그 소리들 사이로 사람의 음성이 희미하게 들려오는 듯해 진동댁은 잠시 긴장하다가 일어나 창호지 문에 귀를 바싹 갖다 댔다. 그러자 잠시 숨을 죽인 듯 아무런 소리도 들려오지 않았다. 시커먼 짐승 같은 어둠이 바깥의 모든 소리들을 일시에 삼켜버린 듯했다. 아랫목에서 깊이 잠들어 있는 다섯 살, 세 살 먹은 딸아이들이 내는 숨소리가 갑자기 또렷하게 들려오기 시작했다. 잘못 들었나? 도둑이 든 건 아니겠지, 설마? 진동댁은 와락 무섬증이 들면서 남편이 새삼 원망스러웠다. 잘 나가던 직장을 때려치우고 금광에 미쳐 집을 나간 지가 벌써 몇 달째인가?

"몹쓸 양반, 어째 연락도 없누? 의붓어미한테 어린 새끼들을 맡겨놓고 걱정도 안 되남?"

그녀는 중얼거리다 대문 두드리는 소리가 나는 듯해 다시 바깥쪽으로 귀를 기울였다. 쿵쿵, 울리는 소리 사이로 여자의 가느다란 음성이 들려왔다.

대체 이 밤중에 누구야? 진동댁은 중얼거리며 스웨터를 걸치고 방문을 열었다. 추위와 무서움을 떨쳐버리기 위해 그녀는 한껏 목소리를 높여 누구냐고 묻고는 깜깜한 어둠에 잠긴 마당을 걸어 나갔다. 그녀의 발길에 걷어차인 양은대야가 요란한 소리를 내며 대문 저쪽에서 들려오는 소리를 집어삼켰다. 그녀는 대문 손잡이를 잡고서 다시 한번 누구냐고 물었다.

"영자예요, 아주머니!"

"뭐, 영자?"

작년 이맘때쯤 나간 영자가 이 한밤중에 웬일이람, 하는 생각을 하며 대문을 열자 눈에 먼저 들어온 것은 두꺼운 외투 자락으로도 가리지 못한 그녀의 배였다. 희미한 달빛 속에서도 부풀대로 부푼 배는 출산일이 임박한 걸 알려주는 듯했다. 영자에게 야밤에 찾아온 이유를 굳이 물을 필요도 없

어 보였다. 우선 추위에 떨고 있는 사람을 데리고 들어오는 게 순서라 아랫
방에 들게 하고 아궁이에 장작부터 지폈다. 방바닥에 미지근한 온기가 돌자
영자는 그제야 또다시 입을 열었다.

"갈 데가 없었어요. 해산날은 다가오는데…… 염치불구하고, 여기를 찾
아왔어요. 그래도 아주머니께서는……."

자신을 내치지 않을 거라 믿고 찾아온 영자에게 진동댁은 야박하게 굴
수 없었다. 희미한 전등 불빛 아래 드러난 영자의 몰골은 말이 아니었다. 작
년에 영자가 나간다고 했을 때, 진동댁은 아직 어린것들을 돌보려면 손이
필요해 붙잡았지만 새로 생긴 가발 공장에서 월급을 많이 준다고 한사코
마다했었다. 그래놓고서 부른 배를 안고 도로 여기를 찾아올 마음을 내기
란 죽을 만큼 힘들지 않고는 못할 노릇이었을 것이다. 아마 끼니도 몇 끼 걸
렀으리라. 진동댁은 짠한 마음이 들어 급히 부엌으로 가서 정성껏 밥상을
차리기 시작했다. 된장찌개를 데우고, 갈치 한 토막을 노릇노릇 굽고, 김에
참기름을 바르고, 동치미도 한 사발 떴다. 누워 있던 영자가 밥상을 들고 들
어가자 벌떡 일어나 앉았다.

"체할라. 천천히 들어."

진동댁이 몇 번이나 말했지만 밥주발을 금방 비워냈다. 다시 반쯤 채운
주발을 받아들고서야 영자는 정신이 드는 듯, 젓가락을 잡으며 말했다.

"아주머니, 제가 너무 염치가 없지요. 죄송해요."

"다급한데 어찌 염치를 차리누? 그러나저러나 예정일이 다 된 거 같은
데……. 대체 아이 아비는 어디 가고? 어쩌다 이 지경이 되었냐?"

6·25전쟁 때 피난길에 부모를 잃고, 고모 손에 자라다가 학대를 견디지

참 좋은 시간이었어요

들이 생기기만을 바라고 또 바라지 않을 수 없었다. 그런데 바로 지금 자신의 손안에 아들이 있지 않은가! 산고로 지친 영자는 혼절이라도 한 듯 깊은 잠에 빠져 있었다. 진동댁은 아기에게 배내옷을 입히고 포대기에 싸서 건넌방에 재빨리 옮겨놓았다. 잠시 후, 영자가 마치 다른 세상에 다녀온 듯한 얼굴로 눈을 뜨고서 물었다.

"아주머니, 아기는? 아기가 나왔지요? 아들이에요, 딸이에요?"

"그런데 영자야, 아기가……. 저도 어미 사정을 알았나 보다. 뒤처리는 내가 벌써 해놨으니 그냥 잊어버려라. 악몽을 꾸었다 생각하고 새로 출발해라."

아들인지, 딸인지 알 필요조차 없다는 걸 알았는지 더 이상 묻지 않고 영자는 눈을 꼭 감았다. 어두침침한 불빛을 받아 영자의 눈에서 흘러내리는 눈물이 번득거리며 진동댁의 가슴을 찔러댔다. 지금이라도 사실대로 말해야 하지 않을까? 아니야, 이 순간만 넘기면 모든 게 편해질 수 있어. 어느 순간, 진동댁의 입에서는 미처 생각하지도 못한 말들이 술술 나왔다.

"이러고 있을 때가 아니야. 날 밝기 전에 어서 여기를 떠나. 오늘 아저씨가 돌아오신다고 했어. 이 꼴을 보면 역정 내실 게 뻔하지. 어디 여관이라도 잡아서 몸조리를 하렴. 내가 여관비랑 몇 달 생활비는 넉넉히 쥐여줄게."

선택의 여지가 전혀 없다는 걸 알고서 영자는 가타부타 말없이 자리에서 몸을 일으켜 부스스한 머리카락을 쓰다듬으며 떠날 준비를 했다. 혹시라도 아기의 울음소리가 들려올까 봐 진동댁은 노심초사하며 안방 옷장에서 급하게 돈다발을 챙겼다. 그때까지도 두 딸아이는 아랫방에서 무슨 일이 일어났는지 전혀 모른 채 쌕쌕 숨소리를 내며 자고 있었다.

갑작스러운 고백

"잘 넣어둬. 이 돈이면 몇 달 너끈히 지낼 수 있을 게다. 될수록 여기서 멀리 자리를 잡고 살아. 그래야 세상 구경도 못 한 아기를 잊을 수 있지. 아직 새파랗게 젊은 나이니까 얼마든지 새로 시작할 수 있을 거야."

아무 말 없이 돈다발을 손가방에 챙겨 넣고 영자는 낡은 외투를 걸쳤다. 그러자 진동댁은 얼마 전에 새로 장만한 털목도리를 영자의 목에 둘러주면서 말했다.

"어디 가서든 이젠 몸 건사를 제대로 하고, 잘 살아라."

대답 대신 영자는 고개를 꾸벅 숙여 보이고는 대문을 나섰다. 푸르스름한 빛과 함께 칼끝 같은 매서운 추위를 몰고 아침이 저만치에서 골목 어귀로 들어서고 있었다. 그 속을 느린 걸음으로 걸어 나가는 영자의 뒷모습을 바라보며 진동댁은 마음속으로 빌었다.

'영자야, 두 번 다신 이 골목에 발걸음도 하지 마라. 어젯밤에 넌 여기 온 적이 없느니라. 꿈속에서라도 여긴 오지 마라. 그래야 너도 나도 아기도, 다 살 수 있단다.'

골목이 끝나는 지점에서 영자는 뒤를 돌아보았다. 마침 그때 회오리바람이 불어대며 그녀의 머리카락을 마구 헝클어놓았다. 머리카락 사이로 드러난 그녀의 시퍼렇게 언 얼굴이 마치 죽은 사람처럼 여겨졌다. 하지만 사체처럼 느껴지는 그녀의 얼굴에서 강한 눈빛만 살아남아 진동댁을 쏘아보는 듯했다. 순간 영자가 모든 사실을 다 알고 있다는 걸 진동댁은 직감했다. 그제야 진동댁은 부르르 몸을 떨면서 추위 속에서 자신이 무방비 상태로 너무 오래 있었다는 걸 알아차렸다. 그녀는 대문을 잠그며, 살아생전에는 두 번 다시 영자를 볼 일이 없어야 한다고 중얼거렸다.

진동댁 뒤에 슬쩍 숨어서 자신의 이야기를 늘어놓으니 한결 수월한지 진순 씨는 점차 실감나고 맛깔스럽게 이야기를 진행시켜 나갔다. 내 머릿속도 이야기를 따라 상상의 날개를 활짝 펼칠 수 있었다.

─아기가 무럭무럭 잘 컸으니까 다행이네요. 그 진동댁이라는 분도 차츰 마음이 놓였겠네요.

─그라다가 갑자기 불안해지기도 하고. 에미가 언제 나타날지 모를 일이께나. 불씨를 가슴에 품고 산 기지, 뭐. 그기 바로 지옥 아이겠나.

진순 씨가 살아왔을, 지옥 같은 세월이 굽이굽이 흐르면서 여기저기 남겨놓은 검버섯과 주름이 자글거리는 얼굴. 그 얼굴을 외면하고서 나는 푸른 잎들이 무성한 5월의 정원에 눈을 주었다. 화사한 볕이 골고루 내리는 정원에는 모든 것들이 환한 빛을 띠고 있었다. 내가 살고 있는 원룸 반지하에서는 결코 느낄 수 없는 화사한 볕……. 긴 이야기 끝에 마른입을 축이느라 진순 씨의 물 삼키는 소리가 마치 다른 세상을 건너 내 귀에 와 닿는 듯했다.

3

휴일에 찾아온 손님

노란 프리지어 한 묶음을 들고서 민서가 내 원룸으로 찾아왔다. 휴일 아침을 느긋하게 보내고 있던 나는 10분 후면 도착한다는 민서의 문자 메시지를 읽고 부랴부랴 방을 치우느라 부산을 떨었다. 침대 위를 정리하고, 방바닥에 벗어던진 옷을 걸고……. 하지만 책상 위까지 미처 치우기 전에 초인종 소리가 났다.

민서보다 프리지어가 먼저 집 안으로 고개를 들이밀었다. 노란 햇살을 담뿍 머금고서 신선하고 풋풋한 향을 풍기는 프리지어를 나는 받아들면서 얼마 만에 받아보는 꽃다발인가, 잠시 헤아려보았다. 걸핏하면 꽃을 내밀던 정효와 헤어진 지 햇수로 3년이니 3년 만인가?

─꽃만 웰컴이야? 들어오라는 소리는 않고.

─아, 미안 미안. 들어와, 얼릉. 근데 갑자기 웬일이래? 연락도

없이…….

—더 많이 반가워하라고.

커피포트의 전원을 누르며 나는 입을 비죽거렸다.

—취준생이라 아무리 휴일이라도 집콕하겠지 싶어서? 사우나도 갈 수 있고 산보도 할 수 있단다.

—어쨌든 너랑 수다 떨고 싶어 왔단다, 친구야.

이히히, 장난스러운 웃음으로 나는 우리의 관계가 돈독하고 변함 없다는 표시를 했다. 두어 달 만에 보는 그녀는 그새 선생 티가 확 났다.

—이 얌전한 치마며, 블라우스라니. 친구 집에 놀러 오면서……. 누가 선생님 아니랄까 봐?

나는 말은 그렇게 했지만 교사가 되기만 한다면 어디서든 24시간 정장으로도 끄떡없이 지낼 자신이 있었다. 아무래도 나는 민서가 무지무지 부러울 걸 숨기기 힘든 모양이었다.

—그게 말이다, 이 근처에서 학부형 만나고 오는 길이라.

민서의 미간 위로 순간 몰려오는 피곤함과 짜증에 나도 모르게 커피를 젓던 스푼을 잠시 멈추고서 물었다.

—휴일에 학부형과 웬 면담?

—휴일도 없이 스물네 시간 대기조 같아. 콜하면 언제든 응답을 해줘야 하니까. 워킹 맘이라 휴일 아니면 안 된대. 왕따당하는 아이를 둔 부모 마음을 모른 체할 수는 없으니까. 사건 사고는 사흘이 멀다 하고 일어나. 담임을 그만둘 수도 없고. 발령받은 첫해는 담임을

안 맡기면 좋으련만……. 궂은일은 거의 다 신임에게 떨어지니, 원. 정말 못 해먹겠어. 아, 미안. 네 앞에서……. 출판사 시절이 다 그리워지려 하네.

　─출파안사? 우리가 매일 이를 갈면서 그만 다녀야겠다고 했던…….

　설마 그래도 그건 아니겠지? 나는 고개를 휘휘 내저었다. 출판사 입사 동기로 만난 우리는 끔찍하게도 많은 업무와 박봉과 저자들의 터무니없는 고집에 햇빛 못 보는 화초처럼 나날이 시들어갔다. 어떻게 입사한 덴데 버티어야지, 버티어야만 해. 구호처럼 외치며 우리는 커피를 마시고, 잡담을 하며 견디어내려 했지만 1년을 넘기면서부터 새로운 회사를 찾기 시작했다. 하지만 매번 실패하고 아주 어쩌다가 서류와 면접이 통과된 곳은 다니던 출판사와 처우가 별다를 바 없어 보였다. 결국 2년이 지나자 민서가 먼저 퇴사해서 교사 임용고시 준비를 시작했다. 월세와 생활비를 전적으로 책임져야 하는 나는 3년을 버티고서 편의점 알바 자리가 구해지자 더 이상 미련 없이 출판사를 나왔다. 그랬는데 이제 와서 출판사 시절이 그립다고? 민서 앞에 커피잔을 놓으면서 나는 농담조로 말했다.

　─출판사 자리 다시 알아봐줘?

　─크크, 됐네요. 그만큼 힘들다는 소리야. 돈 나오는 모퉁이가 죽을 모퉁이라면서, 출근하는 우리 아빠에게 할머니가 하시던 말씀이 생각나. 돈 벌기가 죽을 만큼 힘들다는 소리겠지. 하기야 세상에 완전 편한 직업이 어디 있겠냐. 근데 넌 어때? 다미 할머니 돌보는 일,

쉽진 않지?

내 형편에 쉽고 말고를 따질 여유조차 없지만 때려치워야겠다는 생각은 한 번도 안 해봤으니 그런 대로 괜찮은 편이긴 한 건가?

─우리 진순 씨, 재미있어.

─뭐, 우리 진순 씨? 아하하……. 설마 다미 할머니께 직접 그렇게 부르진 않겠지?

─우린 서로 지수 씨, 진순 씨, 그렇게 불러. 친구 먹기로 했거든.

세상에나, 커피를 마시다 말고 민서가 놀랍다는 듯이 눈을 크게 떴다. 그러자 이마에 살짝 주름이 잡혔다. 아, 벌써 우리 나이가 서른이구나, 하는 자각과 함께 서른이 되도록 아무것도 해놓은 게 없는 내가 새삼스레 딱하고 슬퍼 한숨이 나오려 했다. 그런 내 심정을 알 리 없는 민서는 우리 집을 방문한 목적대로 수다를 열심히 떨어대고 있었다. 나도 열심히 장단을 맞추다 보니 스트레스가 조금씩 풀렸다. 예전 출판사 동료들의 근황과 진상 학부형들과 버르장머리 없고 외계인 같은 아이들과 짜증 유발자인 선배 교사들……. 이야기는 앞뒤 없이 이어지다가 그의 단짝인 박다미에 이르렀다. 나도 모르게 귀가 솔깃해졌다.

─이 나이까지 살고 보니, 한 치 앞을 모른다는 말처럼 와닿는 게 없더라. 내 베프 다미 말이야, 걔야말로 다 갖춘 것 같아 부럽고 솔직히 말해 샘도 났거든. 근데 하루아침에 내가 부러워하는 것들이 다 날아가버릴 줄 누가 알았겠냐. 다원이 얼굴이 지금도 가끔 떠올라. 내가 이런데 다미는 오죽하겠니?

참 좋은 시간이었어요

다원? 진순 씨가 들먹이던 원이? 대체 무슨 사연이 있었기에? 나는 커피 한 모금을 꿀꺽 삼키고는 궁금증을 참지 못해 물었다.

―걔 동생이 어떻게 된 건데?

―그게 말이다. 세월호 사건으로…….

아, 세월호! 그렇다면 다원이란 아이는 몇 년간, 아니 아직도 종종 뉴스에 오르내리며 우리 국민의 귀를 파고드는 세월호의 희생자들 중 한 사람이란 말이지? 사고가 나던 날 아침의 기억이 다시 생생하게 떠올라 나는 잠시 숨을 멈추었다. 한 학기 늦춘 졸업 논문을 마무리하러 학교 갔다가 소식을 듣고 도서관에 더 이상 앉아 있을 수 없어 밖으로 나갔더니 교정은 온통 꽃 천지였다. 여기저기서 눈부시게 활짝 핀 꽃들과 부는 바람에 실려온 꽃가루와 꽃향기, 부드럽게 내리는 햇살……. 아뜩해지는 눈앞을 감당하지 못하고 자리에 주저앉는데 순간 튀어나오는 재채기와 함께 쏟아져 내리는 눈물 때문에 나는 한동안 그대로 있어야 했다.

―거기서 끝난 게 아니라 다미 아버지는 지금도 봄이면 병원 문을 닫고 온 데를 돌아다니시다가 추워질 때쯤에야 집으로 돌아오신대. 속에서 불이 나는 듯해 환자를 보고 있으실 수가 없대. 그러니 결국 병원 문을 닫을 수밖에. 할 수 없이 다미네가 할머니 집으로 들어가고, 살림만 하던 다미 엄마가 약국을 시작하신 거야. 다미도 한동안 우울증 치료를 받아야 했어. 식구들이 어떻게 온전한 정신으로 살 수 있겠어?

그렇겠지. 나는 진순 씨가 툭툭 내뱉던 말을 떠올리며 고개를 끄덕였다. 민서의 이야기는 계속 이어지고 있었다.

　—유학 가서 전공도 바꿨대. 피아노에서 작곡으로. 그런 일을 당하고부터 많은 사람들 앞에서 연주하는 게 엄청난 스트레스가 되더래. 다미 피아노 치는 모습이 아주 근사했는데, 좀 아쉬워.

　한 번도 본 적 없는 다미와 그 애의 방을 넓게 차지하고 있는 피아노, 음악회 티켓, 음악 전공 책들. 그런 것들이 눈앞을 스치듯 지나가며 내 가슴을 아프게 파고들어 나는 말머리를 돌렸다.

　—점심 먹고 가. 라면 맛있게 끓여줄게.

　—아니야, 점심 약속이 있어. 일어서야겠네.

　민서는 휴대폰으로 시간을 확인하고서 급하게 나갈 채비를 했다.

　민서가 가고 난 뒤 나는 공부가 머리에 들어오지 않아 한바탕 청소를 하고 슈퍼를 다녀오고 세탁기를 돌렸다. 그런 일들을 하면서도 심난한 기분을 지울 수 없어 나는 현수에게 전화를 해보았다. 역시 녀석은 시큰둥하게 받았다.

　—응, 왜? 지금 스터디 모임 중이야. 급한 일 아니면 나중에 통화하지?

　—알았어, 짜샤.

　올해 스물일곱인 현수는 한 학기를 남겨두고 졸업을 미룬 채, 취업 준비에 매달려 있다. 될 듯, 될 듯한 취업은 과녁을 가까스로 비켜난 화살처럼 조금씩 어긋나 매번 실패했다. 그러자 녀석의 성격도 점차 까칠해졌다. 제법 살갑게 동생 노릇을 잘해오던 녀석이 이제는 완전히 딴판이 되어버렸다. 같은 서울 바닥에 살면서 얼굴조차 보기

　　　　　　　　　　　　　참 좋은 시간이었어요

힘들뿐더러 전화도 언제나 내 쪽에서 먼저 해야 했다. 하지만 서운함보다 안타까움이 더 크게 느껴지는 것은 누나의 마음이라서 그런 걸까? 짜샤, 몸 성히 살아 있기만 하면 되는 거야. 다 살려고 취업도하는 거라고. 이렇게 중얼거리면서도 나는 세월호 사건 당시 언론에 보도되었던 영상과 사연 들이 자꾸만 떠올라 머리를 절레절레 흔들었다.

4

비는 내리고

먹구름이 무겁게 내려앉은 하늘을 머리에 이고 걷는 듯 내 발걸음은 느리고 무거웠다. 오전 내내 국어학 기출 문제를 풀었는데 점수가 신통치 않게 나온 탓이었다. 특히 음운론은 내가 가장 어려워하는 부분이라 나름 열심히 하는데도 역시 틀린 문제는 대부분 음운론에서 나왔다. 내 기분에 맞춘 듯 날씨까지 잔뜩 흐려 밖으로 나오기 싫었지만 먹고사는 문제가 걸려 있으니 어쩔 수 없이 외출을 서둘러야 했다. 전철역을 빠져나와 내키지 않게 걷던 걸음이 나도 모르게 '다나약국' 앞에서 그만 멈추어지고 말았다.

점심시간이 끝난 걸까? 비어 있는 약국 안에서 카운터에 온몸을 기대고 약사 아주머니는 출입문 밖에 눈을 주고 있었다. 정해놓은 시각에 아슬아슬하게 닿을 것 같다는 계산을 하며 나는 약국 앞에서 고개를 숙여 인사했지만 아주머니는 나를 전혀 의식하지 못하는 듯했다. 그제야 나는 출입문의 큰 유리를 통해 그녀의 얼굴을 유심히 바라보았다. 밖을 향해 있지만 아무것도 담지 않은 듯한 눈빛과 굳은 표정 때문인지 석상처럼 느껴졌다. 차라리 돌이 되면 낫겠다고 생각하시는 건 설마 아니겠지. 터무니없는 상상을 해보다가 나는 빠르게 걸음을 옮겨 모퉁이를 돌았다.

대문 소리가 유난히 크게 울려 괜히 찔끔해하다가 마당에 나와 있는 진순 씨를 보았다. 나는 약간 과장되게 큰 소리로 인사했다.

─우리 진순 씨, 지수 친구 마중 나온 거예요?

꽃이 다 지고 없는 라일락 나무 아래서 쪼그리고 앉아 있던 진순 씨는 두 무릎 사이로 얼굴을 파묻었다. 대체 뭔 일인가? 내가 급하게 다가가 진순 씨를 일으켜 세우려 했지만 손을 홰홰 저으며 목 질린 소리를 냈다.

─아이라카이. 영자야, 지발 머일리 가거래이. 이거는 니도 할 짓 아이고, 나도 할 짓 아이다.

영자라고? 진순 씨는 지금 진동댁 모드에 자신을 맞추어놓고 있는 건가? 치매기가 있다더니……. 심하지 않아 못 느낄 수 있다던 약사 아주머니의 말을 그제야 떠올리며 나는 어떻게 해야 좋을지 몰라 당황했다.

─나는 지수라고요. 친구 지수를 잊어버렸어요? 서운하네요.

무겁게 가라앉은 마당의 공기를 밀어내며 나는 쩌렁쩌렁 울리게 소리쳤다. 그러자 무릎 위에 두 손을 깍지 끼고서 슬며시 고개를 들어 나를 올려다보았다. 먼 시간의 회랑을 돌고 돌아서 현실로 향하는 문 앞에서 망설이고 있는가? 손짓하며 같이 놀자고, 불러대는 어린 친구처럼 나는 진순 씨를 불렀다.

　ㅡ진순 씨, 노올자. 어서어서 일어나서 놀자.

　진순 씨? 그녀의 얼굴에 일순 안도감이 번져나더니 나를 향해 빙긋 웃어 보였다.

　ㅡ지수가 왔구나. 우얀 일로? 아, 맞다. 내캉 놀아줄라꼬 온 기제. 내가 한잠 잔 모양이네.

　떠올리기 싫은 기억을 한낮에 꾼 악몽으로 여기는 진순 씨를 향해 활짝 웃어주려 했지만 나는 어색한 웃음을 짓고 말았다. 그러자 괜히 민망해져 나는 진순 씨를 얼른 부축해 마당을 돌기 시작했다.

　ㅡ하늘이 시커멓다. 비가 올라카나. 그라고 보이 꿈에서도 비가 억수로 오더라꼬.

　ㅡ비를 맞고 누가 찾아왔어요?

　진순 씨는 발걸음을 딱 멈추고 나를 건너다보았다.

　ㅡ지수 씨가 그걸 우예 알았노? 참말로 용하데이.

　ㅡ크크. 저 멍석 깔아도 되겠지요? 누가 왔는지도 알아맞혀볼까요? 혹시 영자?

　누구라꼬, 신음처럼 내뱉는 말에 나는 순간 움찔했다. 너무 많이 나간 건가? 나는 무르춤해졌지만 재빨리 수습을 해야 했다.

　ㅡ엥, 진순 씨가 나더러 영자라고 했으니까 알았지요. 내가 낮잠을 깨웠잖아요.

　ㅡ아, 그랬나? 우예 지수 씨가 영자를 다 아노, 싶어서 깜짝 놀랬

다 아이가.

아무래도 내게 진동댁 이야기를 들려주었던 걸 깜빡 잊은 듯했다. 모른 체하고 넘어갈까 하다가 뒷이야기가 너무나 궁금해 나는 결국 묻고 말았다.

—진동댁은 영자를 그러고는 한 번도 만난 적이 없대요? 에이, 시치미 떼지 말아요. 저한테 다 들려주었다고요. 내가 책을 써주기로 약속했잖아요.

—아하, 그랬더나?

진순 씨는 미심쩍은 듯 다시 한번 확인하고서 신발을 벗고 마루에 자리를 잡았다. 그 옆에 나도 양반다리를 하고서 경청할 자세를 취했다.

—진동때기라꼬……. 내가 쪼매이 아는 예펜네 동생 이야기다. 그리 알고 들으래이.

크크, 전에는 진동댁이 이웃에 사는 예펜네라더니. 이러나저러나 진순 씨는 진동댁이 되어 이야기가 시작되고 있었다. 음운론 때문에 우울했던 기분 따위는 싹 지워버리고 나는 진순 씨의 이야기를 경청하기 시작했다.

❖

진동댁이 영자와 다시 맞닥뜨렸을 때는 아이가 중학생이 되었을 무렵이었다. 먹구름이 잔뜩 낀 하늘이 금방이라도 소나기를 불러올 것 같아 진동댁은 귀가를 서둘렀다. 한창 유행하는 깔깔이 천으로 지은 연둣빛 한복

참 좋은 시간이었어요

으로 성장하고 계모임에 다녀오는 길이었다. 아침엔 날씨가 화창했던 터라 우산을 미리 준비하지 못했던 걸 아쉬워하며 자꾸만 벗겨지려는 고무신을 단속하며 걷다가 집 앞 골목길에 이르러서야 겨우 숨을 돌리려는 참이었다. 그 순간 진동댁의 눈에 박히듯 들어오는 파란색 바탕에 빨간색 물방울무늬가 선명한 몸뻬 바지. 뒷모습만으로도 누구인지 한눈에 알아볼 수 있은 것은 오랜 세월 가슴 저 밑바닥에서 언제든 시커먼 돌멩이 같은 영자의 존재가 불쑥 솟아올라올까 봐 누르고 또 누르고 있었던 탓이 아니었을까? 빨간색 물방울들이 흔들리며 돌아서자 진동댁의 입에서 신음인지 탄식인지 모를 소리가 튀어나왔다.

"저, 저어…… 하이고……."

그 소리가 신호가 되기라도 한 듯 물방울들이 떼구루루 마구 굴러와 진동댁 앞에서 멈추었다.

"사모님, 저 영자예요. 그간 잘 지내셨어요?"

진동댁을 아주머니에서 사모님으로 호칭을 바꾸어 부르며 생글거리는 영자는 예전의 영자가 아니었다. 순박하고 공손하던 예전의 모습 대신 당당하면서도 거침없는 태도를 보이는 영자를 대하니 진동댁은 기가 질려 뭐라고 섣불리 입을 열 수 없었다.

"아주 가끔씩 여기를 와보는데 오늘은 딱 걸렸네요."

뭐, 뭐라고? 그렇다면 오늘이 처음이 아니란 말이지? 진동댁의 가슴속에서 징이 요란하게 울려나며 두 다리가 풀어지는 듯했다.

"뭐, 뭐…… 뭣 때문에…… 여기를?"

"호호, 그야 제 맘이지요. 식당 일 하다가 시간이 나면 저도 모르게…….

옛 생각이 나서겠지요. 사모님께서 별로 좋아하시지 않을 것 같아 집 안에
는 못 들어가고 골목 입구에서 먼발치로 바라만 보다가 가곤 하지요."

먼발치에서 바라보는 것이 설마 우리 집 대문일 리는 없고, 그렇다면 상
현을? 온몸을 와들와들 떨면서도 진동댁은 머릿속으로 상현이 학교를 마치
고 집으로 돌아올 시간을 계산해보았다. 시간이 없다. 이 상황을 어서 마무
리해야만 했다. 그때 마침 하늘에서 요란한 소리가 울리면서 비가 시작되고
있었다. 뚝뚝 비가 떨어지자 진동댁은 옳다구나, 싶어 냅다 골목길을 달리
다가 뒤를 돌아보았다. 골목 중간에서 영자는 발걸음을 멈추고 있었다. 영
자의 발길을 어서어서 골목 밖으로, 아니 다른 세상으로 향하게 하고 싶었
다. 진동댁은 급하게 대문을 밀고 들어가 손에 잡히는 대로 우산 하나를 꺼
내들었다.

"예서 비 맞으며 있지 말고 가봐, 얼릉!"

활짝 펼쳐진 우산 아래로 멀어져가는 빨간색 물방울무늬들이 진동댁의
눈 속으로 박히듯 낱낱이 들어오다가 일순 사라졌다. 그녀는 어두침침한 공
간 위로 굵은 사선을 그으며 내리고 있는 빗줄기를 한동안 바라보다가 집
안으로 들어와 한복을 훨훨 벗어던졌다. 그러고서 치맛단 아래에 여기저기
묻은 흙 자국을 물수건으로 박박 문질러 닦아냈다. 마치 영자의 존재를 지
워내듯…….

진동댁은 아무래도 이사를 가야겠다는 생각을 다시 했다. 가슴 한구석
이 늘 체증에 걸린 것처럼 거북해 아주 멀리 이사할 생각을 몇 번 하긴 했었
다. 하지만 두 가지 이유가 그녀를 주저앉히고 있었다. 가장 큰 이유는 상민
이 언제든 돌아올지도 모른다는 실낱같은 희망 때문이었다. 5, 6년 전에 가

참 좋은 시간이었어요

포 바다 속에서 사라진 다섯 살 아이가 살아서 어느 날 집으로 돌아오리라는 말도 안 되는 희망을 진동댁은 여태 버리지 못해서였다. 사체를 확인하지 못한 탓에 아이의 죽음을 믿고 받아들일 수가 없었다.

또 다른 이유는 남편이 고향 떠나는 걸 고국 떠나는 것쯤으로 여기기 때문이었다. 물론 그는 진동댁처럼 상민이 돌아오리라는 희망 따윈 처음부터 갖고 있지 않았다. 모든 상황을 살펴볼 때 익사한 것이 너무나 확실했으니까. 여하튼 이사를 이민으로 여기는 남편을 부추겨 다른 지방으로 거처를 옮기는 일은 결코 쉬운 일이 아니었다. 그런데 진동댁은 이제 두 손 놓고 더 이상 있을 수가 없다는 결론을 내렸다. 아무래도 영자가 찾아내기 어려운 곳으로 멀리 가는 수밖에 별도리가 없어 보였다.

'아예 넓은 서울로 가버리면……. 그래, 맞아. 어차피 애들이 몇 년 있으면 대학 진학을 해야 하니까. 여기저기 세를 준 가게와 집 들을 정리하면 서울 살림이라고 특별히 힘들지는 않을 거야.'

마침 남편은 몇 달 전에 철광 사업을 정리하고 새로운 사업을 구상 중이지 않은가. 기회다 싶어, 이른 저녁상을 물리고 출출하다는 남편을 위해 진동댁은 식혜와 과일을 내놓으며 구슬려보기 시작했다.

"이번에는 식혜가 잘 되었네요. 많이 달지도 않고, 밥알이 동동 뜨는 게……. 자, 들어보셔요. 제가 곰곰이 생각해보니 당신 이제 새로운 사업을 시작하는 건 아무래도 아닌 것 같아요. 쉰이 훌쩍 넘은 나이에……. 그렇지 않아요? 이제는 좀 편히 쉬시라고요. 그러다 혹여 잘못되기라도 한다면……. 욕심내시지 말고 여기저기 벌여놓았던 것들을 모아 서울 같은 데 건물이라도 하나 사두는 편이 좋을 것 같네요."

"뭐, 서울?"

남편은 입으로 가져가던 식혜 그릇을 상 위에 탁 놓았다. 그 바람에 투명한 유리 보시기에 담긴 식혜가 출렁했다. 그러자 진동댁의 가슴도 출렁거리며 못마땅하다는 듯 흘러나오는 남편의 말들을 담아냈다.

"아무 연고도 없는 서울에 건물을 사서 어쩌겠다는 거요? 여기서 서울까지, 천 리나 되는 곳에 떡하니 건물만 사다놓으면 관리는 누가 하고 월세는 어떻게 받아내고? 거참, 당신답지 않게 앞뒤 생각 없는 소릴⋯⋯."

"앞뒤 생각이 있으니까 하는 소리예요. 곧 애들이 하나씩 대학에 들어갈 거고, 하숙비나 생활비가 좀 많이 들겠어요? 그러다 보면 결국 다들 서울서 자리를 잡게 될 텐데⋯⋯. 우리만 여기 남아 있을 거예요? 길게 보자고요. 우리가 한 살이라도 덜 먹었을 때, 올라가서 자리를 잡아놓아야지요. 자꾸만 올라가는 서울 집값 보라고요. 나중엔 서울서 살고 싶어도 집값이 비싸서 못 살 수도 있어요."

그는 대답 대신 담배를 입에 물고서 한참 생각에 잠겼다. 그러다 불쑥 내뱉었다.

"여기 누님은 어떡하고?"

우리 상민이 아니라 누님 때문이라고? 그렇겠지, 당신한테는 옛적에 상민이 죽은 자식이었으니까. 진동댁은 서운한 감정이 훅 올라오다 쓸데없다 싶어 헛웃음이 났다.

"여기 누님은 알아서 잘 살아가실 거예요. 혹시 당신이 누님 떨어져서 못 사는 거 아니면 아무런 문제가 안 된다고요."

"뭐, 그렇긴 하겠지. 하지만 여기를 터전으로 평생 살아오다가 어떻게 하루아침에……."

여전히 못마땅하다는 얼굴이었지만 이도 들어가지 않을 만큼 완강하지는 않았다. 진동댁은 서둘러 이사를 해버려야겠다는 마음을 다졌다. 이번 참에 영자를 멀리 밀쳐버리고, 상민에 대한 미련도 끊어내고……. 그래야만 이제부터라도 제대로 살아낼 수 있을 것 같아서였다.   ❖

─그래서 진동댁은 서울로 이사했나요? 영자를 피해서?

─그랬지. 시누이가 만류해싸도 마아 끝까지 밀어붙인 기라.

진순 씨는 그때의 기억을 새삼스럽게 더듬어보는 듯 먼 하늘에다 눈을 주고서 말을 이어갔다.

❖

잔금을 다 치르고 이삿짐을 싸면서부터 잠잠하던 남편은 노골적으로 또다시 불만을 드러내기 시작했다.

"당신, 헛바람 들었소? 난 서울로 가자고 한 적이 없소. 왜 당신 맘대로요? 그렇게 서울이 좋으면 당신이나 가든지……. 난 그놈의 서울이 당최 답답해서 싫다고. 탁 트인 바다를 한 번 볼 수가 있나. 길이라고 나서면 사람에, 차에……. 그렇게 북적거려서야 어떻게 숨을 제대로 쉬고 살 수가 있남. 사람 살 데가 못 되는 곳이오."

사람 살 데가 못 되다니. 진동댁은 어이가 없어 아예 상대조차 하지 않았다. 그랬더니 누나까지 불러들여 하소연을 했다.

"누님, 이 사람 좀 보십시오. 자기 멋대로 여기 집 팔아 서울에다 집을 장만해놓고 이제 이삿짐을 쌉니다. 남편을 어떻게 알고 이러는지……. 제가 말입니다, 추수 기다리는 누런 논에 선 허수아비나 다를 바 없다는 걸 이제야 알게 되었습니다요. 정말 어이가 없습니다."

"자네, 왜 그러는가? 그렇게 큰일을 정하면서 나나 아범한테 의논 한마디 없이……. 이제 같이 늙어가는 마당에 무서워할 사람이 아무도 없어졌단 말인가? 아무리 세상이 변했다고 해도 이러는 게 아니지. 하이고, 그러나저러나 이제 내가 동생을 보고 싶어도 맘대로 만날 수도 없게 됐네그려. 남매간 의를 싹둑 끊어놓다니, 천지에 이런 법은 없네. 도로 다 본래대로 물려놓게."

이삿짐 싸던 손을 진동댁은 그제야 멈추고서 입을 열었다.

"그렇게는 못 합니다. 형님이야말로 그렇게 말씀하시는 게 아니지요. 제가 남매간에 의를 갈라놓다니요? 우리가 지금 휴전선 이북으로 가는 것도 아니고 차만 몇 시간 타면 언제든지 오갈 수 있는 곳으로 가요. 아니, 넓은 데 가서 자식들 공부시키겠다고 이사 가는 게 잘못이에요? 그리고 분명히 애비랑 다 의논한 일이라고요. 아무리 그래도 제가 이런 일을 혼자서 결정했겠어요? 당신은 입 다물고 있다가 이제 와서 왜 이러시는데요? 정 싫으시다면, 형님네 옆에 방이라도 하나 얻어주고 갈게요. 당신 좋을 대로 하세요."

진동댁이 방을 얻어주겠다고 나서자 그들은 한 발 뒤로 물러섰다. 그러다가 이사하는 날 아침, 진동댁 앞에서 그는 누나를 잠시 부둥켜안고 눈물을 흘리는 것으로 시위 아닌 시위를 기어코 한바탕 벌이고서야 서울로 향하는 차에 올랐다.

남편은 서울서 3년을 못 채우고 세상을 떴다. 죽기 전에 남편은 종종 고향 마을 여기저기를 들먹이곤 했다. 집 앞에 활짝 펼쳐져 있던 바다를 한 번 보고 나면 속이 확 트일 것 같은데, 서원골 물로 시원하게 목욕을 하고 나면 틀림없이 이놈의 병이 말끔히 나을 거라구, 지금쯤 무학산에 올라가면 단풍이 한창일 텐데, 불종거리에 있는 돼지족발집에 가서 소주 한잔 걸치면서 뜯는 고 쫀득쫀득한 족발 맛이란, 거참……. 그런 소리들을 들으면서 진동댁은 남편에게 뒤늦게야 미안한 생각이 들었다. 조금이라도 차도가 보이면 택시를 대절해서 고향으로 데려가 며칠 간 구경을 시킬 참이었다. 그런데 남편은 갑자기 병세가 악화되어서 결국 눈을 감고 말았다.

'몇 달만 더 살지. 복도 지질이 없는 양반, 쯧쯧. 그렇게 가보고 싶어 하던 고향을 둘러보고라도 떠났더라면…….'

진동댁은 얼마간은 남편을 떠올리며 미안함과 연민의 감정에 사로잡히곤 했다. 그럴 때면 상현에 대해서도 복잡한 생각들이 뒤얽혀 마음이 편치 않았다

"다 내 탓이야. 이제 와서 누굴 탓하겠어? 지은 죄를 다 어찌 갚을꼬. 죽어 저승 가면 시댁 조상님들을 무슨 면복으로 뵐거나."

이렇게 진동댁은 가끔 중얼거리긴 하지만 영자와 마주칠 염려가 없어졌다는 걸 생각하면 체증이 말끔히 가신 느낌이었다. 그러다 남편이 죽고 시간이 점점 지나면서부터 없던 배짱이 서서히 생기기 시작했다. 이미 노쇠해진 시누이도 이제 와서 별 문제가 되지 않을 듯했다. 단지 상현이 혹시 알고 받을 충격이 조금 걱정되긴 했지만 그것도 사실 따지고 보면 오히려 고마워해야 된다고 진동댁은 생각했다. 제 어미 손에 자랐으면 학교라도 제대로 다녔겠는가. 아들이라고 누이들보다도 훨씬 더 많은 혜택을 받고 호강했다

는 걸 제 놈도 잘 알고 있겠거늘……. 더 이상 진동댁은 그 문제로 골머리를 앓고 속을 썩이지 말자고 스스로 다짐했다. ❖

　─사람이라는 거는 우짜든지 지 살 궁리부터 먼저 하게 돼 있는 기라. 안 그라몬 우째 살겠노. 이미 일은 벌어진 거고. 그렇다고 뒤늦까 돌리놓을 수도 없는 일이고.

　가히 틀리지 않는 말이라는 생각이 들어 나는 고개를 끄덕였다. 하지만 진순 씨는 낮은 한숨을 쉬면서 시선을 멀리 두었다. 나도 진순 씨의 시선을 따라 담장을 넘어온 옆집 장미 넝쿨에 눈을 주었다. 진홍색 장미가 회색 담에 화사하게 그려놓은 그림처럼 보이면서 나는 아주 멀리 어딘가에 와 있는 느낌에 사로잡혔다. 그 느낌을 잡아채듯 진순 씨가 콩콩거리며 기침을 하고는 또다시 말했다.

　─그런데 말이다. 참말로 희한하게도 양심이라는 기 있어가지고 나이를 묵을수록 잘못했던 일이 자꾸만 생각나고 가책이 느껴진다꼬. 아무리 모른 척할라 캐도 거기 잘 안 되는 기라. 하기사 지 마음묵은 대로 한펭생 살아가는 사람이 어데 있겠노. 한세상 살아갈라카몬 이리저리 얽히고설키고 다들 그래 살아가는 기제. 그거를 진동때기도 모르는 기 아이구마는 맘이 늘 안 펜했다 카더라.

　─그랬겠지요. 진순 씨가 진동댁이라는 분을 잘 위로해주세요.

　할 수만 있다면, 양심의 가책으로 오랜 세월 불편했을 진동댁이었던 진순 씨의 마음을 내가 다독거려주고 싶었다.

　─인자 어데 있는고도 모린다. 할망구, 죽었는지 살았는지도 모

린다. 우리 나이가 되몬 죽은 기나 살아 있나 기나 벨로 다를 끼 없다꼬.

이제 와서 진동댁이 아니라고 딱 잡아떼는 진순 씨를 보니 딱하게 여겨졌다. 장단 맞추어줄 말을 찾지 못하고 있는 나를 대신해 하늘이 요란하게 떠들어대기 시작했다. 후드득, 빗방울들이 전주곡처럼 잠시 울리더니 장대비가 주룩주룩 내렸다. 땅에 꽂히듯 내리는 굵은 빗줄기 사이로 진홍색 장미들이 언뜻언뜻 보이면서 환영처럼 느껴졌다. 우리는 둘 다 잠시 말을 잊고 줄기차게 내리는 비를 하염없이 바라보고 있었다. 그러다 진순 씨가 나지막한 목소리로 먼저 입을 열었다.

―인생살이가 한바탕 꿈이라 카더마는 참말로 그런 갑다. 이 나이 묵도록 살아보게 헛꺼 아인기 없더라. 말칵 다 헛낀기라. 그러이 지수 씨도 너무 애쓰지 마래이.

꿈결처럼 아득하게 들려오는, 세상 모든 게 다 헛것이라는 진순 씨의 말에 나도 동의하고 싶다. 그래서 내 앞에 버티고 있는 생활비 문제와 교사 임용고시를 헛것이라고 믿고 좀 편해지고 싶다. 더 욕심을 부린다면, 5년간이나 사귄 나를 대기업에 취업하자마자 차버린 정효 자식 따위는 정말이지 헛것이라 치부해버리고 싶다. 나는 눈앞에서 쉬지 않고 내리는 비를 바라보며 모든 걸 헛것으로 생각해보다가 집으로 돌아가기 위해 당장 내게 필요한 것은 우산이라는 사실을 떠올리자 그만 쓴웃음이 났다.

5

사과꽃 향기

아버지가 학교를 그만두지 않을 수밖에 없던 이유를 알게 된 것은 내가 대학 졸업을 하고서였다. 그 이유가 뭐 그리 대단한 것도 아니었다. 친구 빚보증을 잘못 서준 게 화근이 되어 집 날리고, 반 토막 된 월급을 받아들 때 느끼는 치욕 때문이라고 했다. 그런데 그걸 무슨 국가 기밀이라도 되는 양, 꼭꼭 숨겨왔느냐고 하자 아버지가 말했다.

ㅡ그걸 입 밖으로 내는 것조차 기분 나쁘고 수치스러워서였다. 내가 어리석고 못나 보이고. 그런데 오랫동안 말하지 않고 있다 보니, 그러고 있는 게 또 모자라는 놈같이 여겨져 속상하더라. 어쨌든 이제 그 지긋지긋한 빚은 다 갚았다.

10년 넘게 걸려 빚을 다 갚은 아버지 얼굴이 20년은 더 늙어 보였다. 교사보다 택시 기사로 살아온 세월이 더 길어지면서 나는 교단에 선 아버지의 모습이 가끔 그리워지기도 했다. 현수는 아버지가 교사였을 때의 기억조차 희미하다고 했다. 아무튼 아버지는 이제 자신의 직업에 그다지 거부감을 갖고 있지 않은 것이 확실했다. 평소에 별로 말없는 아버지가 이제 때때로 내게 전화 걸어 이야기하곤 했다.

ㅡ방금 내린 손님이 꼭 너를 닮아 깜짝 놀랐다.

ㅡ제 얼굴이 너무 흔해빠지게 생겨서죠.

지극히 평범한 얼굴이라는 걸 나는 인정한다. 그래서 분명 처음 만나는데도 나를 어디서 봤다면서 기억을 떠올리려는 사람들을 한두 명 본 게 아니다.

ㅡ뭔 소리여? 우리 지수 얼굴이 흔해빠지긴⋯⋯. 어쩌다가 닮은 사람을 볼 수도 있는 거지. 어쨌든 운전대를 잡고 다니니 딸내미 닮은 사람도 만나고, 이런저런 세상이야기도 들을 수 있고⋯⋯. 자, 잠깐만⋯⋯. 저기 택시 부르는 사람이 있네. 끊는다.

자신의 직업에 충실히 임하기 위해 황망히 전화를 끊고 급하게 차를 몰고 가는 아버지의 모습을 눈앞에 떠올리며 나는 책상 앞에 앉는다. 교육사, 교육평가, 문학교육론, 학교문법⋯⋯. 책꽂이에 빽빽이 꽂힌 책들이 슬며시 아버지의 얼굴을 가린다.

아버지가 교직을 그만두던 해, 담임을 맡은 반의 반장이었던 정효는 가끔 우리 집에 놀러 왔다. 학기 중간이라 새로운 담임을 맞았지만 정효는 우리 아버지에게 학급에서 일어나는 이런저런 일들을 알리고 상담하기도 했다. 그 애가 가고 나면 엄마는 도무지 이해가 되지 않는다는 투로 말했다.

─재는 아직도 당신이 담임인 줄 아나 봐요. 이제 당신이랑 뭔 상관 있는 일이라고……. 설마 중학생이나 되는 애가 그걸 모를 리 없잖아요.

─그런 일들을 꼭 상담하기 위해서만 오는 건 아니겠지. 그 핑계로 내 얼굴도 볼 겸……. 어쨌든 고마운 일이잖아.

그런데 왜 나는 아버지 얼굴이 아니라 내 얼굴을 보기 위해서라 생각하고 얼굴을 붉혔을까? 우리가 같은 또래라는, 말도 안 되는 이유로 나는 그렇게 생각한 듯했다. 그 후로도 정효의 방문은 2, 3년쯤 더 이어지다가 고등학교 입학 무렵에서부터 끊어졌다. 그랬던 그를 다시 만나게 된 것은 내가 다니던 대학 교정에서였다. 봄 축제는 끝나고 중간고사가 코앞으로 다가와 학교 도서관을 가던 길이었다. 경사진 언덕 위에 자리 잡은 도서관을 가기 위해 나는 중간에서 꼭 한 번은 발걸음을 멈추고서 가쁜 숨을 내쉬어야 했다.

─휴우, 등산을 한다니까. 뭔 도서관이……

손등으로 이마의 땀방울을 훔치다가 나는 맞은편에서 내려오는 사람을 발견하고는 손을 멈추었다. 청바지 위에 받쳐 입은 푸른색 남방셔츠가 강하게 시선을 끌었다. 등 뒤에서 쏟아지는 햇살에 눈부시게 빛나는 푸른색이 반짝거리는 바다를 연상시켜 눈을 쉽게 뗄 수 없었다. 그런 내 시선을 눈치채지 못했을 그가 반쯤 올린 셔츠 소매를 흔들며 경쾌하게 걸어오다가 내 앞에 우뚝 섰다. 그러더니 스스럼없이 인사했다.

─지수야, 잘 지냈어?

그는 마치 며칠 전에 만나고 헤어진 사람처럼 인사했다. 나는 그가 정효인 것을 알아차리기까지 약간의 시간이 걸렸다.

─어머, 정효! 정효 맞구나.

─그래, 정효 맞아. 흐흐…….

그는 내가 자기를 알아본 것이 아주 기분 좋다는 듯이 웃었다.

─넌 어떻게 단박에 날 알아보냐?

─예전이나 똑같으니까.

예전과 똑같다는 말을 어떻게 받아들여야 할지 몰라 잠시 애매한 웃음을 짓다가 나도 그처럼 편하게 말을 이어갔다.

─근데 설마 나랑 같은 학교에 다닐 리는 없고. 여긴 어쩐 일이래?

─친구 놈 만나러 왔지.

─그래? 만났어?

그는 고개를 저었다. 그러다가 입속말로 낮게 말했다. 그럼 그렇지. 짜식, 지가 무슨 도서관엔…….

─아무래도 학교 앞 주점에 있는 모양이네. 가볼게.

그는 한손을 들어 올려 보이며 걸어가다가 뒤로 돌아보았다. 쟤, 뭐야? 오랜만에 보는 내게……. 물결처럼 일렁거리며 멀어져가는 푸른 셔츠를 보고 있다가 약간 서운하다고 생각하며 등을 돌릴 때였다. 큰 소리로 그는 나를 불러 세웠다.

─지수야, 연락해도 되는 거지, 응?

참 좋은 시간이었어요

나는 돌아보며 피식 웃는 것으로 답을 대신했다. 그는 내 웃음을 긍정으로 받아들였는지 다음 날 교문 앞에서 나를 기다리고 있었다. 그렇게 그와의 만남이 시작되었다. 출판사에 먼저 취직한 나는 취준생으로 몇 년간 끙끙거리는 그를 위해 뒷바라지까진 아니지만 여러 면에서, 특히 금전적으로도 꽤 도움을 주었다고 자신 있게 말할 수 있다. 그랬건만 내 도움이 더 이상 필요 없는 순간이 왔을 때 그는 떠났다. 떠나기 직전까지 그는 가끔씩 아버지 안부를 물어왔다. 매번 그 안부는 순서나 토씨 하나 틀리는 법이 없었다.

─아버진 잘 계셔? 아직도 운전하셔? 힘들어하시진 않아? 한 번 찾아봬야 할 텐데⋯⋯.

하지만 우리가 만나는 동안이나 그 이후에도 결코 그가 아버지를 찾아간 적은 없었다. 그게 단순한 인사말이라는 걸 그가 떠나고 난 후에야 나는 알았다. 운전하느라 힘들어하는 아버지의 딸이라는 걸 고의적으로 일깨워주기 위해서라고, 악의적으로 해석하며 나는 그를 더욱 나쁜 놈으로 여기려 애썼다. 그래야만 지독한 배신감에서 벗어날 수 있었다. 이젠 시간과 더불어 다소나마 조금씩 안정을 찾아가는 중이다.

어느 날 드디어 진순 씨가 내게 자신의 사랑 이야기를 들려주었다. 남자친구가 있느냐는 물음에 서른 살이 되도록 제대로 연애해본 적이 없다고 딱 잡아떼자 진순 씨가 딱하다는 듯이 이야기를 시작했다.

─그 옛날에도 연애할 사람은 다 했다꼬. 우째 지수 씨는 이런 시상에 연애도 한 번 몬 해봤다 말이고.

─그러게요. 제가 좀 답답하게 살아요.

─인자라도 해봐라이. 더 나이 묵기 전에……. 내가 이 나이 묵도록 잘한 기라고는 연애 한 번 해본 거 빼고는 없다.

아흔이 넘은 얼굴에서 그 시절로 돌아간 듯 자글거리는 주름 사이로 설렘과 기쁨이 은은하게 빛나고 있는 듯했다.

─진순 씨 연애담을 듣고 싶어요. 옛날에는 연애를 지금처럼 하진 않았을 테고, 어땠어요?

나는 아주 궁금해서 못 견디겠다는 얼굴을 했다. 사실 진순 씨가 이야기를 늘어놓을 때는 시간도 잘 갈뿐더러 특별히 내 손이 가지 않아도 되기에 무엇보다 편해서 좋았다. 내 청을 진순 씨는 못 이기는 척 받아들일 태세로 목을 먼저 가다듬었다.

─으음, 음. 그러니까 말이다. 그 사람은 내 친구 수나라꼬, 가아 오래비였는 기라.

청라언덕과 같은 내 맘에 백합 같은 내 친구라던, 수나. 나는 얼마 전의 기억을 떠올리며 이야기를 경청할 자세로 마루 소파 깊숙이 등을 들이밀었다.

─그때가 여름방학이 시작됐을 쯤이라. 내가 수나 집에 책 빌린 거를 갖다줄라꼬 갔는데, 수나는 없고 오래비 혼자 있더라꼬. 나는 그때 처음 봤는데, 그 사람은 예전에도 과수원 길에서 날 본 적이 있다카더라꼬.

참 좋은 시간이었어요

❖

흰 사과꽃이 눈송이처럼 날리는 과수원 길을 사뿐사뿐 걸어오는 세일러복 차림의 여학생. 그는 가던 길을 멈추고 그 여학생을 바라본다. 여학생의 뽀얀 얼굴이 사과꽃 사이에서 잔잔히 흔들리는 듯하면서 조금씩 가까이 다가온다. 그의 가슴도 내밀한 떨림으로 흔들리고 있다. 마침내 여학생은 그가 서 있는 곳까지 온다.

"저어……."

그의 입에서 제대로 말이 되어 나오지 못한 소리가 봄의 부드러운 대기 속으로 빨려 들어간다. 여학생은 그를 지나쳐간다. 엷은 사과 꽃향기를 은은히 풍기며……. 그는 여학생이 이미 사라지고 없는 길을 바라보며 그녀가 남긴 향에 오래오래 취한다. 그 향은 그에게 영원한 향수로 남아 있으리라는 예감에 그는 사로잡힌다.

마침내 여름방학을 맞이하여 그는 집으로 돌아온다. 그는 집 안에서 이리 뒹굴 저리 뒹굴 하며 보낸다. 그러던 어느 날, 낮잠에서 깨어나 그는 신문을 펼쳐 들고 대청마루 끝에 앉는다. 식구들은 다 어디 갔는지 집 안은 조용하다. 마당 한구석에 누운 누렁이까지 낮잠을 자는지 아무런 기척이 없다. 그는 주위를 둘러보며 헛기침을 한 번 하고는 신문을 읽기 시작한다. 삐거덕, 환청일까? 신문에 얼굴을 박고 있던 그는 조심스럽게 들려오는 문소리에 대문께로 시선을 준다. 대문이 조용히 밀리면서 사과꽃처럼 하얀 여학생의 얼굴이 드러난다. 분명하다, 그때 그 여학생이다. 세일러복 대신 연두색 원피스를 입은 것만 다를 뿐이다. 그는 어찌할 바를 몰라 눈만 끔뻑거린다. 그녀는 조심스러운 걸음으로 마당을 지나 대청마루 앞까지 걸어온다.

사과꽃 향기

"저어, 실례하겠습니다. 혹시 수나 있어요?"

"지금 없습니다."

그는 분명히 자신의 음성이 떨리고 있다는 걸 감지하고 더 이상 길게 말을 할 수 없다.

"그러면 이것 좀 전해주시겠어요? 심진순이 가져왔더라고 하면 알 거예요."

그녀가 책을 내민다. 그는 책을 받아들면서 아찔한 느낌이 들어 눈을 감는다. 그가 눈을 떴을 때는 거짓말처럼 그녀의 모습이 사라지고 없다. 아직 낮잠에서 덜 깬 것일까? 그는 마치 방금 꿈에서 깨어난 기분으로 주위를 살핀다. 하지만 그녀의 모습은 온데간데없고 책 한 권만 그의 손에 쥐어져 있을 뿐이다. 박계주의 『순애보』. 그녀의 손길이 가 닿았을 책장들을 그는 애타고 간절한 심정으로 넘겨본다. 책갈피마다 나는 사과꽃 향기. 그는 책을 그만 가슴에 안고 하늘을 올려다본다. 파란 하늘에 두둥실 뭉게구름이 떠가고 있다. 진순. 그녀의 이름을 그는 조심스럽게 불러본다.

"으응, 진순이? 어머나, 오늘 낮에 들른다고 한 걸 내가 그만 깜빡 잊었네."

"근데 오빠, 진순이 예쁘지? 그치, 응?"

수나가 그의 턱 가까이에 얼굴을 바싹 갖다 대고 물어온다.

"글쎄, 아까 언뜻 봐서 잘 모르겠어."

"능청 부리긴……. 오빠 가슴이 쿵쿵거리는 소리가 지금 내 귀에까지 들려온단 말이야. 나한테 잘 보여. 그럼 소개해줄 수도 있어."

그는 달아오르는 얼굴을 감추기 위해 슬며시 수나의 방을 나오고 만다.

참 좋은 시간이었어요

다음 해 봄, 양가 부모님들을 모시고 그들은 조촐히 약혼식을 치른다. 연분홍 치마저고리 속에서 수줍게 웃는 예비 신부의 얼굴이 곱고 해맑다. 신부를 슬쩍슬쩍 보는 예비 신랑의 눈에 웃음이 가득하다.

"그야말로 선남선녀야. 어쩌면 저렇게 잘 어울리누?"

"세상에, 둘 다 출중한 인물들이야. 저렇게 만나기도 쉽지 않을 텐데, 하늘이 맺어준 인연이야."

약혼식에 참석한 일가친척들은 다들 침이 마르도록 칭찬한다. 그들은 백년가약을 약속하고 예물로 시계와 반지를 교환한다. 약혼식을 무사히 치른 그들은 비로소 마주 보고 웃는다.

그해 여름은 그들에게 가장 아름다운 시절이 될 거라 예감한다. 그들은 땅속의 수액을 빨아들여 무성하게 푸른 잎을 단 나무들 같다. 그들에게서 느껴지는 풋풋하고도 싱싱한 젊음은 보는 이로 하여금 저절로 미소 짓게 한다. 여름이 시작되자 산과 강이 그들과 하나가 되어 눈부시도록 푸르다. 그 푸르고 아름다운 강산이 며칠 후면 총알이 날아다니고 폭탄이 터지는 전쟁터가 되리라는 걸 누군들 감히 짐작이라도 해보았을까?

그는 전쟁터의 한복판으로 자신이 내몰리게 되리라고는 꿈에도 생각해본 적이 없다. 그런데도 약혼녀를 두고 찜통 같은 더위와 목 타는 듯한 갈증을 견디면서 동족을 향해 총구를 겨누고 있다니. 도저히 그는 현실을 믿을 수가 없다. 더위가 막바지쯤에 왔던 어느 날, 이글거리는 뜨거운 태양 아래서 그의 머리를 향해 총알이 날아든다. 순간 눈앞이 깜깜해지는 걸 느끼면서도 손바닥으로 더듬거리며 땅을 짚는 그에게 또다시 날아드는 한 발의 총알. 그 순간 그는 은은한 사과 향을 맡으며 있는 힘을 다해 입을 달싹거린다. 지이인 수우운…… 마지막으로 그녀의 이름을 부르고 그는 사과꽃 향기에 취해 영원히 잠든다.   ❖

　—그 사람이 내 이름 부르는 소리가 귓가에 쟁쟁하게 울려서 한참동안 얼매나 애를 묵었다꼬. 인자는 아무리 그 소리가 듣고 싶어도 안 들린다.

　애잔하게 들려오는 진순 씨의 음성에 나는 그만 울컥해져 아무런 대꾸도 할 수 없었다.

　—그래도 모진 세월이 잘도 가는 기라. 그전에 대동아전쟁으로 우리 오빠를 잃고 아부지 어무이가 세월이 그래도 간다꼬, 무심하다 캐쌓는데……. 참말로 다 옛날 이바구다. 이 할망구가 주책이제. 우짜다가 이런 이바구를 지수 씨한테 하게 되뿌렀노.

　—아니에요. 진순 씨가 살아오면서 제일 잘한 거를 이야기했는데 뭐가 주책이에요. 가슴 아프지만 멋진 사랑 이야기네요. 그래서 진순 씨 가슴에 애틋하게 남아 있고요.

　내 말에 진순 씨는 고개를 끄덕이며 혼잣말처럼 낮은 소리로 중얼거렸다.

　—대동아전쟁이고, 육이오고, 세월호고……. 내가 쬐매이라도 관여한 기 없구마는 그 피해 때문에 내 팔자가 고만 바끼뿌렀다카이. 모진 놈 옆에 있다가 베락 맞은 꼴이라께나. 참말로 억울하다꼬. 아무래도 내가 살믄서 죄를 마이 지었는갑다. 죄값을 받는다꼬……. 그래 생각캐야 속이 덜 상하제.

　　　　　　　　　　　　　　　　　　　　참 좋은 시간이었어요

역사에 남을 만한 엄청난 사건 사고가 개개인에게 미치는 영향에 대해 나는 그다지 관심이 없을뿐더러 그런 것들과 관련된 생각조차 평소에 별로 해본 적이 없었기에 뭐라고 해줄 말이 없었다. 딱히 그런 일들이 내게 직접적인 영향을 준 적이 없었을 뿐 아니라 늘 당면한 문제들과 상황에 갇혀 오로지 그것들을 해결해나가는 것만이 내가 살아가는 길이라고 믿어왔기 때문이다. 물론 심각한 취업난과 나날이 어려워가는 교원 임용고시가 나라 경제 탓이라고, 흙수저가 받아야 하는 불이익들이 정말 부당하다고 가끔씩 푸념하기도 한다. 하지만 그것의 근본적인 문제는 물론이고 해결책 따위를 아예 생각조차 해보지 않았다. 그래봤자 아무런 소용이 없기 때문이다. 나는 필요 없는 데 에너지를 쓸 만큼 어리석지도 여유롭지도 않다. 그런데 내가 만약 진순 씨처럼 저런 일들을 당한다면? 나야말로 미약한 일개 국민일 뿐이라는 사실을 순간 깨우치고서 절레절레 고개를 내저었다. 나도 모르게 조그맣고 쪼글쪼글한 진순 씨의 손을 꼭 잡았다. 그 손이 내 손안에 쏙 들어오면서 온기가 느껴졌다. 아득히 먼 옛날, 아직 앳되었던 그날, 진순 씨는 이 손에 약혼반지를 끼는 순간 얼마나 행복했을까? 나는 진순 씨의 약혼자 이름이 문득 궁금해졌다.

－그분 성함이 뭐예요?

진순 씨는 내 질문에 대답은 않고 초점 없는 시선으로 마당에 눈을 주었다. 마당 한가운데를 가로지른 빨랫줄에서는 빨래들이 불어오는 바람에 이리저리 흔들리며 어디든 멀리 달아나버릴 태세였다. 빨래집게가 그것들이 달아나지 못 하도록 꼭 붙잡고 있었다. 나는 달아나버린 진순 씨의 의식을 붙잡아오기 위해 또 한 번 더 큰 소리로 물었다.

─진순 씨 약혼자 성함이 뭐냐고요?

─뭐시라? 누구라꼬?

─그러니까 수나 씨의 오빠라는 분, 성함 말이에요.

몇 번이나 계속되는 내 질문에 진순 씨는 대답하지 못하고, 수나도 약혼자도 다 잊은 듯 먼 전생의 기억을 더듬는 얼굴을 하고 있었다. 마지막 순간에 진순 씨를 안타깝게 불렀을, 진순 씨의 약혼자를 떠올리며 나는 혼잣말로 여러 이름들을 불러보았다.

─수호, 수환, 수철, 수원……

참 좋은 시간이었어요

6

꽃신을 신은 아이

약국에 먼저 들러주세요.

지하철에서 내려 지상으로 올라가는 마지막 계단을 밟다가 나는 문자를 확인했다. 약국 앞을 지나칠 때 아주 가끔 유리문을 사이에 두고 서로 눈이 마주쳐 목례를 몇 번 한 적이 있지만 약사 아주머니를 두 달이 넘도록 직접 대하진 않았다. 수고비는 내 계좌로 정확하게 입금해주었다. 그런데 무슨 일이지? 궁금증이 들면서 혹시 해고 당하는 건 아닐까, 하는 걱정이 앞섰다. 편의점이나 카페 알바보다 진순 씨를 돌보는 일이 덜 힘들면서 수입은 훨씬 좋았다. 그래서 임용고시를 치르기 전까지는 계속 할 수 있기를 나는 바랄 수밖에 없다.

'근데 내가 왜 이러지? 미리 부정적인 생각부터 하다니. 어쩌다가 이리 되어버렸는지 모르겠네, 쯧쯧.' 나도 모르게 혀를 차면서 매사 부정적으로 되어가는 내가 짜증나고 안쓰러웠다. 이 나이 되도록 아무것도 제대로 풀린 게 없다는 생각이 나를 지배한 탓이 아닐까? 게다가 엄마의 영향도 있고. 아버지가 우리 집을 날린 후부터 엄마는 뭐 하나 좋은 꼴을 보는 게 없다고, 20년 가까이 줄기차게 불평을 해대다가 얼마 전에 이모의 권유로 교회를 다니기 시작하면서 비로소 달라졌다.

─우리 가족이 이만큼이라도 무사히 지나온 게 얼마나 다행이냐. 다 감사할 일이야. 감사하다고 생각하면 감사할 일이 자꾸만 생기는 법이야.

킥킥, 코웃음이 안 나올 수 없었다. 결국 나는 엄마의 말에 토를 달고 말았다.

─엄마, 달라도 하루아침에 너무 달라지니 적응이 안 되잖아.

─넌 딸이라는 게, 꼭……. 좋은 현상이라고 해주면 안 되냐?

─맞아. 우리 엄마가 좋게 변한 건 확실히 감사할 일이지.

나는 고개를 끄덕여주었지만 그러는 엄마에게 아직 적응이 안 되는 건 사실이다. 요즘 엄마는 통화할 때마다 감사라는 단어를 아무 데나 붙여서라도 꼭 사용한다. 이를테면 날씨가 더워진 것도 감사, 카페에 손님이 많은 것도 적은 것도 다 감사. 그럴 때마다 나는 어처구니없어 픽 웃지만 엄마처럼 감사라는 단어를 자주 쓸 수 있다면 좋겠다는 생각을 해보긴 한다. 하지만 역시 잘 안 된다. 오히려 더 부정적인 감정이 앞서기까지 한다.

참 좋은 시간이었어요

길가 플라타너스가 넓은 잎을 활짝 펼쳐 그늘을 만들어주고 있었다. 그 그늘 속으로 발을 들이밀며 엄마가 옆에 있었다면 플라타너스에 또 감사했을 것이라는 생각이 들어 피식 웃음이 났다. 하지만 여전히 해고 불안증으로 내 가슴은 살짝 두근거렸다.

─우리 엄만 조웅겠네. 세상에 온통 감사할 일뿐이어서……. 나는 걸핏하면 불안에 시달리는데 말이야.

이렇게 중얼거리며 나는 걸음을 재촉했다. '다나약국' 간판 위로 쨍쨍한 볕이 하얗게 부서져 내리는 걸 보자 저절로 내 눈이 가느스름하게 떠졌다. 멀리서도 약국 안에 손님 서너 명이 기다리고 있는 모습이 보였다. 나는 잠시 걸음을 멈추고 이마에 맺힌 땀을 손등으로 문질렀다.

서늘한 에어컨 바람이 순식간에 내 몸을 관통하는 듯했다. 그러자 민망하게도 재채기가 쏟아져 나왔다. 약사 아주머니의 시선이 잠시 나한테 닿더니 소파에서 기다리라는 눈빛을 이내 보내왔다.

─이건 식사 삼십 분 전에 드시고, 이 빨간 알약은 식후 삼십 분이에요. 육천 칠백 원입니다.

고요하고 느릿하게 들려오는 아주머니의 목소리 위로 여름 한낮의 오수가 실려오는 듯했다. 나는 소파 중간에 걸쳐 있던 엉덩이를 안쪽으로 깊숙이 들이밀고 등을 기대었다. 이대로 딱 10분만 눈 붙이고 잘 수 있다면……. 하지만 아주머니가 마지막 남은 사람의 신용카드를 카드 결제기에 집어넣는 걸 보면서 나는 감기려는 눈을 부릅떴다. 출입문을 밀고 손님이 나가는 걸 보고서 나는 아주머니 앞

으로 다가갔다. 그러자 그녀는 냉장고에서 비타민 음료 하나를 꺼내
주면서 말했다.

─더운데 힘들죠?

나는 아니라고 대답 대신 고개를 흔들면서 약간 웃어 보였다. 아
주머니 얼굴을 보니 왠지 적어도 나를 해고시키지 않을 것이라는 예
감이 들어 조금 마음이 놓였다.

─지수 씨한테 부탁 하나를 하려고요. 이건 할머니 약이에요.

그녀가 내 앞으로 내미는 약 봉투를 보자 완전히 안심이 되어 나
도 모르게 입 끝을 올리고서 활짝 웃었다.

─치매 약인데 매일 세 시쯤에 한 알씩 드리면 돼요. 약을 잘 안
드시려 할 거예요. 아침저녁으로 드셔야 하는 약들이 몇 종류나 있
어서……. 그래도 꼭 드셔야 하니까 힘들더라도 잘 챙겨줘요. 그리
고 뭐 불편한 거 있으면 언제든 이야기해요.

─네, 알겠어요. 잘 챙겨드릴게요.

나는 고개를 끄덕이며 가방 안에 약 봉투를 받아 넣다가 아주머
니의 눈물을 보고 말았다. 이 상황에서 왜 눈물을 흘리는 거지? 난데
없는 눈물에 당황한 나머지 나는 손을 멈추고 그녀를 바라보았다. 그
러자 재빨리 휴지로 눈물을 닦으며 그녀는 혼잣말처럼 중얼거렸다.

─시도 때도 없이……. 정말 못 살아, 내가. 눈물 하나를 내 맘대
로 못 하다니, 사는 게……

못 본 체할 수도 없고, 그렇다고 눈물 흘리는 이유를 제대로 알지
못하면서 적절한 위로의 말을 할 수도 없고. 난감해하는 나를 뒤늦

참 좋은 시간이었어요

게 의식했는지 그녀는 서둘러 변명처럼 말했다.

　─나이가 드니 눈물샘에 고장이 난 모양이네요. 아무 때나 이렇게 줄줄 흘러요. 시간 내어 병원을 가봐야 하는데…… 어서 가봐요. 기다리시겠어요.

　자리를 재빨리 피해주었어야 했는데, 쯧쯧. 밖으로 나오면서 굼뜨고 둔하게 행동한 걸 스스로 탓하며 혀를 찼다. 하지만 이내 나는 궁금증이 생겼다. 아주머니가 가봐야 한다는 병원이 안과일까, 신경정신과일까? 죽은 아들과 밖으로만 싸돌아다니는 남편, 그리고 돌봐야 하는 노쇠한 시어머니. 그런데도 어떻게 멀쩡한 정신으로 그녀는 처방전을 들여다보고 약을 조제할 수 있는 걸까? 눈물이라도 가끔 나와주어야 자신을 살펴볼 수 있겠지. 답답한 그녀의 처지를 생각하다가 나는 비타민 음료를 꺼내 마시며 골목길로 들어섰다.

　내가 지나쳐온 번잡한 도로와 달리 골목 안은 조용하고 한산했다. 그 위로 여름 한낮의 뜨거운 볕이 하얗게 쏟아져 내리고 있었다. 마치 풍경 속에 들어앉은 듯한 골목을 바라보고 있는 느낌이었다. 나는 다 마신 음료수 병을 골목 입구에 놓인 재활용함에 집어넣고는 대문을 밀고 들어갔다.

　─인자 오나? 덥제?

　진순 씨는 마루 한복판에 두 다리를 뻗고 앉아 부채질을 하고 있었다. 평소보다 20분가량 늦게 방문한 이유를 나는 먼저 설명했다.

　─약국에 들렀다 오느라 좀 늦었어요.

　─괜안타. 좀 늦으몬 어떻노. 약국에는 와? 에미가 뭐라 카더노?

얼굴의 쪼글쪼글한 주름이 궁금증으로 잠시 펴지는 듯했다.

―아주머니가 진순 씨 챙겨드리라고 약 봉투를 줬어요.

―또 무신 약? 가아는 지가 약국 한다꼬 만날 천날 나한테 약을 준다카이. 약 묵꼬 씰데없이 오래 살아 뭐 할라꼬.

―에이, 그런 말씀 말아요. 진순 씨가 오래오래 살아야지요. 이 약을 먹으면 건강해진대요. 아주머니가 꼭 챙겨드리라고 부탁했어요. 그러니까 진순 씨도…….

나는 다시 약사 아주머니의 눈물이 떠올라 잠시 말을 멈추었다. 진순 씨는 한숨을 내쉬고는 입을 열었다.

―인자 지도 늙어가꼬 정신꺼지 오락가락하는 시에미 챙기느라 애쓴다. 하루 종일 손바닥만 한 데 갇혀 서방 대신 돈 버니라 고생이 많제. 에미도 참말로 펭생……. 에렙게 살아왔다카이.

펭생? 아주머니가 아들을 잃기 전에도 어려웠단 말이지? 나는 고개를 끄덕이다가 물었다.

―젊은 시절에도 힘든 일을 많이 겪었나 봐요?

진순 씨는 잠시 틈을 두다가 입을 뗐다

―네댓 살쯤 됐을 때라 카더라. 우리캉 인연이 될라꼬 그랬는지 에미도 마산에서 살았던 갑더라꼬. 아아들 외삼촌이 어둑어둑 해가 지고 있는데 길에서 울고 있는 에미를 보고는 업꼬 집에 데리고 왔다더라. 우짜다가 얼라 혼자 다 늦은 저녁에……. 어른이랑 같이 나왔다가 손을 놓치고 혼자가 된 긴지, 지 혼자 나왔다가 그리 된 긴지 알 수가 없제. 초봄 저녁, 아직 추블 때라 바들바들 떨고 있더란다.

참 좋은 시간이었어요

―하이고, 그러곤 영영 친부모를 못 찾은 거래요?

―이야기를 다 할라카몬 길다. 아아들 외삼촌이 외동이라 맨날 동생 하나 있으몬 좋겠다꼬 노래 불러쌓다가……. 그러이 마아 그 집 딸이 되뿌린 기제.

―거기서는 친부모 찾아주려고 하지 않았어요? 아주머니 친부모 도 딸을 찾았을 거 아니에요?

유전자 검사로 수십 년 전에 잃었던 가족을 만나는 일들을 티브 이나 신문, 인터넷을 통해 종종 봐왔었다. 해외로 입양된 경우도 친 부모를 찾던데 찾을 마음만 먹는다면 가능하지 않을까? 나는 이런 생각들을 떠올리며 물었다.

―마산에 그냥 살았으몬 찾을 수도 있었을 낀데, 그라자 바로 서 울로 이사를 해뿌렸다 카더라. 요새 겉으몬 몰라도 그때는 어두븐 시절이라……. 나중에 좀 커서는 너무 잘해주께나 미안해서라도 그 런 마음을 몬 냈는갑더라. 아는 기라고는 딱 지 이름밖에 없었꼬. 그 러이 마아 포기가 되더라카데.

나는 맨 처음 만났을 때 그녀의 왼쪽 가슴에 새겨져 있던 이름을 기억해내고는 중얼거렸다.

―윤……성희라는……

―그 집이 윤 씨고. 본래 성도 잘 생각이 안 난다 카더라. 구 씨 겉기도 하고, 고 씨 겉기도 해서 정확하게는 잘 모리는 모양이라. 사 람들이 성희야, 불러쌓는 그 소리만 기억이 나는 갑더라. 아, 그라고 꽃고무신을 한 짝만 신고 있었더라카데. 한 짝은 어데서 잃어부렀는

지……. 발바닥이 시립고 아파서 운 기억은 난다더라.

성희라는 이름 두 자와 고무신 한 짝으로 자신이 누구인지, 자신의 정체성을 찾기란 그믐밤에 모래밭에서 바늘을 찾기 만큼 힘든 일이리라. 그러니 아주머니가 살아왔을 세월이 얼마나 답답하고 막막했을까?

─그래도 양부모가 대학 공부 시켜 약사꺼지 맨들어놓은 걸 보몬 잘해준 거는 맞는 기라. 인자 둘 다 돌아가시고 오래비 하나 남았다. 교수하다가 퇴직한 지도 한참 됐꼬. 그 오래비가 무신 일이 있으몬 나서서 도와주는 갑더라. 그런 거 보몬 꼭 혈육이 아이라도 지내기 나름인 기라.

─그나마 다행이네요. 좋은 양부모와 오빠를 만났으니…….

어릴 때 친부모를 잃은 것으로 아주머니의 불행이 끝났더라면……, 아쉽고 딱한 심정이 되어 나는 약국 유리문으로 보이던 얼굴을 떠올렸다. 그러자 막막한 슬픔이 내 가슴을 눌렀다. 일정한 어조로 약간 쉬고 느리게 들려오는 진순 씨의 목소리가 슬픔 위로 동심원을 그리고 있는 듯했다.

─아들은 물귀신이 되뿌리고, 서방꺼지 반 미쳐 멫 년째 저래 떠돌아댕기께나 쟈가 살아도 사는 기 아인기라. 하필이몬 세상 비바람이 우리 식구들한테만 와 더 몰아칭는고 모리겠다. 쟈는 아무리 생각해봐도 벨시리 잘못하고 산 기 없어 보이구마는. 그래도 우야겠노? 그냥 내맨키로 세월 탓으로 돌리며 살아야제.

세월 탓이라는 진순 씨의 말에 나는 고개를 끄덕였다. 세상에서

참 좋은 시간이었어요

일어나는 그 어떤 일에도 전혀 영향을 받지 않고 한평생 살아갈 수 있는 사람이 얼마나 될까? 전쟁은 물론이고 크고 작은 사건 사고나 전염병에 이르기까지, 참으로 다양한 것들이 우리 사회와 개개인에 영향을 미치며 때로는 치명적인 결과를 초래하기도 한다는 걸 모르는 바 아니지만 직접 당한 사람의 이야기를 들으니 고통이 더욱 생생하게 느껴졌다.

—진순 씨 같은 시어머니가 옆에 계시니 아주머니는 잘 이겨내실 거예요.

—내가 무신……. 짐만 되는 기라. 하루라도 얼릉 가는 기 도와주는 기제. 사람 목심이 마음대로 되는 기 아이께나 답답다. 못 볼 꼴을 실큰 비이놓고 와 얼릉 나를 잡아가지는 않는고. 참말로 하늘이 무심타.

자신의 장수를 저주로 여기는 진순 씨에게 더 이상 위로할 말을 찾지 못하고 나는 등짐을 잔뜩 진 낙타가 다리를 끌며 사막 위로 걸어가는 광경을 떠올렸다. 그러자 그 위로 성도 모르는, 오로지 하나 기억하는 성희라는 이름을 가슴에 새기고서 열 평 남짓한 공간에 갇혀 약을 파는 아주머니의 모습이 슬며시 겹쳐졌다.

❖

3월이 지나자 마당에서부터 아른거리는 봄기운이 집 안에서도 느껴졌다. 겨우내 실내에서만 갇혀 지내다시피 했던 아이는 마루에 걸터앉아 엊그제 엄마가 장에서 새로 사온 꽃고무신에 발을 살짝 넣어보았다. 쪼고만 발

위로 금방이라도 꽃들이 활짝 피어날 듯하면서 가볍게 하늘로 날아오를 것 같았다. 아이는 현관문을 열고 마당으로 나갔다. 따뜻한 바람이 꽃봉오리를 흔들며 지나가자 장독 옆에 있던 어미 닭과 병아리들이 몰려와 아이의 고무신을 부리로 쫓으려 했다. 삐악거리며 따라오는 병아리 떼를 이리저리 피하다가 아이는 밖에서 사람들이 지나가는 발걸음 소리를 들었다. 다들 어디로 가는 걸까? 무료해진 아이는 대문을 밀고 골목 밖으로 나갔다.

바깥세상 모든 게 낯설고 신기해 여기저기 돌아다니다가 어느새 지친 아이는 돌아갈 집을 도저히 찾을 수 없었다. 이 골목 저 골목 아무리 기웃거려보아도 낯선 집들만 보일 뿐이었다. 얼마나 시간이 지난 걸까? 점점 사방이 어두워오고 아이는 춥고 배고파 견딜 수 없었다. 게다가 어디서 고무신 한 짝을 잃었는지 한쪽 발이 사정없이 시려왔다. 그런 아이가 할 수 있는 것은 소리 내어 우는 것밖에 없었다. 목이 아프도록 울고 있는데 누군가가 아이의 손을 잡더니 몸을 안아 올리는 게 아닌가!

"아휴, 쯧쯧, 업혀! 집에 데려다줄게."

아이는 주먹으로 눈물을 닦으면서 등에 업혔다.

아이는 그 등에 얼굴을 파묻고 앞으로 팔을 뻗어 목을 감쌌다. 그때까지도 아이는 울음을 그치지 못해 눈물과 콧물을 흘렸다. 그러다 어느새 아이는 혼몽한 잠에 빠져들었다. 간간히 손끝에 와닿는 까칠까칠한 머리통의 감촉을 느끼면서 아이는 어딘가로 둥둥 떠가고 있는 기분이었다.

그로부터 20년이 훨씬 지난 후에야 그는 처음으로 그때 일을 후일담처럼 이야기하면서 서랍 속에서 조그만 고무신 한 짝을 꺼냈다. 그걸 받아 손바닥에 얹어놓고 성희는 가만히 들여다보았다. 신발은 갖가지 꽃과 나비들을 잔뜩 옆구리에 거느린 채 동그스름한 빨간색 코끝을 살짝 치켜들고서 가볍게 날아오를 태세였다.

"한 짝만 신고 있더라. 얼마나 섧게 울고 있던지……. 교복 뒤가 완전히 네 눈물과 콧물이 범벅되어 축축하게 젖어 있었지."

요렇게 조그만 신에 발을 넣고서 난생처음 혼자 세상에 나가자마자 집을 잃고 부모를 잃다니. 코끝이 시려오면서 눈앞이 흐려왔다. 하지만 성희는 될수록 무심한 척하며 물었다.

"오빠는 어떻게 저를 발견했어요?"

"친구네 집에 놀러 갔다가 돌아오는 길이었어. 아이 울음소리가 어디서 들려오잖아. 그래서 이 길 저 길 둘러보다가 골목 후미진 곳에서 아이 혼자 울고 있는 걸 발견했지. 너무 어린아이라 집을 찾아주려고 해도……."

새카만 등과 밤송이처럼 빡빡 깎은 머리통, 엉덩이를 받치고 있던 탄탄한 손. 그것들이 기억의 장막을 흔들며 가끔씩 얼굴을 내밀 때마다 성희는 그것 너머를 떠올려보려다 시려오는 한쪽 발 외는 생각나는 것이 없어 매번 실패하고 말았다.

성희가 결혼을 며칠 앞두었을 때였다. 이미 결혼해 분가한 오빠가 집으로 찾아와서 사과의 말부터 먼저 꺼냈다.

"성희야, 미안…… 하다. 내 욕심 때문에……."

"아니에요. 제가 감사하지요."

"친부모를 찾아주었어야 했는데……. 아버지가 폐결핵에 걸려 마산 결핵요양소에 계실 때였다. 그 때문에 우리가 얼마 동안 마산에서 살았고. 다시 서울로 올라올 때 어머니가 네 친부모를 찾아주자는 걸 내가 억지로 말렸지. 그때 우리 가족들은 네 재롱 보는 낙으로 살았을 정도야. 그래선지 어머니도 더 이상 나서시질 않더라. 무엇보다도 네가 구김살 없이 잘 지내니까 그러면 되는 거라고, 좁은 소견으로……. 내 죄가 크다.”

자라면서 자신이 양녀라는 이유 때문에 집안에서 불이익을 받은 것이 없었다. 오히려 양부모와 오빠의 사랑이 주변 친구들에게 부러움을 살 정도로 넘쳤다. 하지만 때때로, 특히 봄이 시작될 무렵이면 그녀는 어디선가 들려오는 함성을 따라 자신의 혼이 근원을 찾아 온 천지를 둥둥 떠다니는 느낌을 지울 수 없었다. 뿌리째 뽑혀 떠돌아다니는 혼이 부르는 대로 그녀는 세상 여기저기를 쏘다녔다. 그러다가 지칠 대로 지쳐 집으로 돌아오면 양어머니는 용하다고 소문난 한의원에서 보약을 지어오곤 했다.

“봄을 타는 거래. 몸이 허해서 그런 거라니까 잘 챙겨 먹어야 돼.”

고약한 냄새를 풍기는 약 사발을 받아들며 성희는 근원을 찾아 헤매는 자신의 혼을 잠재우려 했다. 어머니가 세상을 뜨고부터 성희는 봄이면 쌉싸래한 한약 냄새와 함께 아련한 그리움에 젖어들기 시작했다. 성희, 라는 이름자를 남겨둔 것은 애써 가족으로 만들어버린 데 대한 미안함이 남아서라고, 어머니는 병상에서 성희의 손을 잡으며 말했다.

“그거라도 남겨둬야 나중에 진짜 가족을 만날 수 있게 되지 않을까 싶어서였다.”

그 말을 듣는 순간, 성희는 고개를 절레절레 흔들면서 진심으로 친부모를 찾을 필요가 없다고 생각했다.

맞선을 보고 몇 번 만난 후 결혼을 정할 때, 성희는 자신이 양녀라는 걸 밝혀야 할지 말지 망설였다. 어머니나 오빠는 구태여 밝힐 필요가 있느냐고 했지만 그녀는 괜히 숨기는 게 마뜩찮아 결국 말하고 말았다. 하지만 남편될 사람의 반응은 의외였다. 그는 성희가 양녀라는 사실에 싫은 내색은커녕 오히려 더욱 반기는 눈치였다. 그 속내를 알 수 없어 그녀는 물었다.

"아무런 상처 없이 살아온 사람보다 더 강하고 단단할 거니까. 내겐 그런 사람이 더 필요해요. 그리고 왠지 동료애가 느껴지기도 하고."

내가 필요해서 결혼하겠다는 건가? 하기야 나도 별반 다르진 않지. 집안 사정상 여러모로 따져볼 때 이제 결혼하는 게 좋을 듯해서 하겠다는 거니까. 그런데 뭐, 동료애? 분명 동료애라고 했지? 이런 생각들을 하다가 성희는 그를 바라보았다. 그러자 약간 당황한 듯 그는 담배에 불을 붙이며 낮은 소리로 말했다.

"흐흐, 별뜻이 있는 건 아니고. 어릴 때 누구나 한 번쯤은 자기 부모가 친부모가 아닐지도 모른다는 생각을 해보잖아요? 나는 그걸 좀 더 자주, 커서까지 했었어요. 괜한 고아 의식을 가지고 있은 게지요."

"그런가요? 전 처음부터 친부모가 아니었으니까 그럴 생각조차 할 필요가 없어서 모르겠네요. 그런데 어쩌다 고아 의식을?"

"그건 나도…… 모르겠어요. 왠지 그냥 외톨이라는 느낌에…… 다 제가 부족한 탓이겠지요."

밑도 끝도 없는 소리를 늘어놓더니 그는 담배 연기를 날렸다. 희부연 담배 연기 속으로 보이는 그의 얼굴 표정은 참으로 종잡을 수 없었다. 흐릿한 눈망울과 코 중간에 잡힐 듯한 주름, 무너져가는 입가에 곧 터뜨릴 듯한 울음, 그러다 용하게도 얼굴을 펴고서 금방 지어 보이는 웃음……. 그때만 해도 성희는 그와의 결혼 생활에서 그런 표정 변화를 때때로 보게 될지 짐작도 못 했다.

　시시각각으로 변하는 그의 감정에 따라 성희는 자신의 감정까지 빠르게 조율하는 것을 일찌감치 포기해버렸다. 그러고 난 뒤, 그녀는 탈바가지를 쓰고 있는 것처럼 일관되게 무덤덤한 얼굴로 지내려 애썼다. 하지만 탈바가지 안에서 뒤끓고 있는 온갖 감정들을 억누르기 위해 그녀는 이를 악물어야 했다.

　오빠가 세상의 모든 비바람을 막아주었다면 남편은 비바람이 되어 그녀의 세상을 온통 흔들어대고 있는 듯했다. 남편의 부재가 계속될 때면 세상 모든 게 인연이라고 하던 어머니의 말을 떠올리며 그녀는 습관처럼 중얼거리곤 했다.

　"악연이야, 악연."　　　　　　　　　　　　　　　　　❖

　걱정 삼아 며느리 이야기를 하던 진순 씨는 피곤하다며 마루 소파에 드러누웠다. 나는 안방으로 들어가 삼베 이불을 찾아와 덮어주었다. 그러고선 그 위로 부채를 느릿느릿 흔들었다.

　―이라고 누버 있으께나 신선이 된 거 겉다. 이 나이 묵도록 살아 보이 사는 기 벨 기 아이구마는…… 뭐 할라꼬…… 그래 애를 써가메…… 죽을 똥…… 살 똥……

　말이 채 끝나기 전에 진순 씨는 낮은 소리로 코를 골기 시작했다. 신선이 되는 꿈을 꾸고 있는 걸까? 편안하게 잠든 진순 씨를 바라보다가 나는 이런 때를 위해 넣어온 책,『문학 교육 이론』을 가방에서 꺼냈다. '교사와 독자와의 대화' 챕터를 찾아 펼쳤다. '학생들에게 최

소한도의 지식과 방향성을 교사의 재량으로 잡아주는 것이라 해당 문학작품에 대한……' 활자가 자꾸 흔들리더니 내 눈도 스르르 감기고 있었다. 진순 씨의 숨소리와 코 고는 소리에 왠지 안심이 되어 편안하게 나도 잠이 들었다. 그러다 진순 씨가 지르는 소리에 깜짝 놀라 나는 눈을 떴다.

　―하이고 민아, 오데 갔다 왔노? 상현이 이눔이 또 니를 때렸나?

　허공을 향해 내젓는 진순 씨의 손을 꼭 잡았다. 그랬더니 진순 씨는 입가에 묻은 침을 닦으며 몸을 일으켰다. 불안한 얼굴로 사방을 두리번거리며 진순 씨는 뭔가 찾는 눈치였다.

　―진순 씨, 왜 그래요? 뭘 찾아요?

　―보소, 방금 여어 있던 아를 못 봤십니꺼? 대여섯 살쯤 묵은 사내아 말입니더.

　아직도 꿈속을 헤매고 있는 모양이었다. 나는 진순 씨의 뒷목과 등을 쓰다듬으며 소파에 도로 눕혔다. 그러자 내 손길에 순응하듯 진순 씨는 얌전히 누워 눈을 감고 다시 잠들었다. 오후 여섯 시가 지났지만 긴 여름 해는 아직도 기운이 펄펄 살아 마당 한가운데서 버티고 있었다, 진순 씨는 또다시 잠 속으로 깊이 빠져든 모양이었다. 이제 잃은 아이를 도로 찾았는가? 잠든 얼굴이 평온해 보였다. 나는 소리 죽여 퇴근할 채비를 차렸다.

　대문 앞에 놓인 화분들이 햇볕에 축 늘어져 시들거렸다. 나는 파초 잎에 손바닥을 갖다 대고서 되살아나길 바라는 심정으로 만지작거리며 집 안의 동정을 살폈다. 아무런 기척이 없는 걸로 봐서 여전히 진순 씨가 잠들어 있다고 안심하고서 나는 발걸음을 뗐다. 어느 집에선가 켜놓은 티브이 소리가 담 밖을 넘어와 조용한 골목 안을 휘젓기 시작했다. 그 소리에 쫓기듯 나는 걸음을 빨리했다.

약국 유리문으로 약사 아주머니가 퇴근길 손님들에게 약을 파는 모습이 보였다. 여전히 그녀의 왼편 가슴에 윤성희라고 새겨져 있을, 가운을 입고서. 나는 생각나는 대로 입속말을 해보았다. 그러지 않고는 왠지 견딜 수 없는 기분이 되어서였다.

─마산, 골목, 성희, 윤성희, 꽃고무신 한 짝……

7

아픈 사랑

호수의 수면 위로 낙조가 어려 일몰하는 하늘과 하나가 된 듯하다. 여름의 긴 해는 그냥 떠나기 아쉬워 붉은 얼굴을 호수 위에 천천히 비추어가며 사라지는 모양이다. 호수 둘레의 산책로는 코르크로 된 탄성 포장재가 깔려 있고, 그 주위는 나무들이 무성하게 우거져 걷기에 딱 좋아 보였다. 그래선지 꽤 많은 사람들이 반바지 차림에 운동화를 신고 걷는 모습들이 보였다.

파스타로 유명한 맛집이라며 민서는 문자 메시지로 여기를 약속 장소로 잡고서 약도를 캡처해 보냈다. 종로에서 잠실까지 가까운 거리가 아니었지만 편의점 도시락과 라면에 진력이 난 터라 나는 오케이 이모티콘을 날렸다. 저녁 시간이라 붐비는데도 민서가 예약을 해놓은 덕분에 호수가 환히 보이는 자리에 앉을 수 있었다. 자리에 앉자마자 10분쯤 늦을 거라는 문자와 함께 두 손을 싹싹 비는 이모티콘을 확인하고서 나는 웃었다.

─크크, 얘는 어디서 이런 이모티콘을 구하는지 몰라. 민서답네.

─나다운 게 뭔데?

나는 깜짝 놀라 돌아보았다. 딥그린 색 원피스를 입은 민서가 활짝 웃고 있었다.

─늦는다더니?

─내 옆자리에 앉은 선생이 오늘 이쪽으로 올 일이 있다고 해서 얻어 타고 왔지. 다행히 별로 밀리지도 않고. 여기, 어때? 괜찮지? 요즘 가장 핫한 곳이라 예약하지 않으면 한 시간 이상은 기다려야 한대.

그렇구나, 나는 고개를 끄덕이며 실내를 둘러보았다. 한쪽 벽은 셰프와 손님들이 찍은 사진들로 장식했고, 맞은쪽 벽은 화분들에서부터 뻗어 올라간 푸른 잎들 사이사이에 크리스틸 컵을 잔뜩 매달아 놓았다. 여러 가지 색의 조명을 받아 크리스틸 컵은 오묘한 빛으로 보석처럼 찬란하게 반짝거렸다. 내 취향은 아니다, 라는 생각을 하면서도 나는 만족스럽다는 듯 웃어 보였다. 민서는 마치 책이라도 들여다보듯 메뉴판을 한참 살피더니 내게 물었다.

─뭐가 좋을까?

─글쎄, 네가 한번 시켜봐. 크림 파스타만 빼고…….

─아, 맞다. 넌 크림이 싫다고 했지.

토마토 바질 파스타, 새우 샐러드, 고르곤졸라 피자가 약간의 시간차를 두고 식탁 위에 놓였다. 둘 다 시장했는지 일단 먹기부터 하

참 좋은 시간이었어요

는데 민서의 휴대폰이 울렸다. 별로 내키지 않는 듯한 손길로 민서는 폰 케이스를 열더니 순간 얼굴이 환해졌다.

─응, 괜찮아. 친구랑 저녁 먹는 중.

학부형이 아니라 다행이구나, 생각하며 나는 약간 느린 속도로 포크에 면을 감아올려 입안에 넣었다. 바질의 독특한 향과 토마토의 약간 신맛이 잘 어울려 그대로 녹아드는 듯했다. 역시 맛집이네, 나는 고개를 끄덕이며 통화하고 있는 민서를 바라보았다.

─다미, 넌 진짜 내 베프야. 언제 나온대, 그 사람? 으으, 너도 나오면 좋을 텐데. 아쉽네. 응, 고마워. 즉각 결과 보고할게.

폰 케이스 뚜껑을 닫는 민서에게 무슨 일이냐고 물었다. 민서는 킥킥 웃더니 약간 민망한 얼굴로 대꾸했다.

─소개팅 시켜준대.

─뭐, 소개팅? 걔는 미국서 한국에 있는 네게 소개팅까지 주선한다니? 능력가네. 부러워.

─꼭 그렇다기보다……. 다미랑 같은 학곤데 여름방학이라 한국 나오니까 나더러 한번 만나보라고. 별 기대는 안 해. 장거리 연애, 별로잖아.

어쨌든 소개팅할 여유가 있는 민서가 살짝 부러워지려 했지만 나는 딴소리를 했다.

─다미는 방학인데 한국 안 나오는 거야?

만약 나온다고 하면 내 아르바이트에 지장을 줄지도 모른다는 생각이 머릿속을 스쳤다.

―안 나온대. 기간도 짧은데 비싼 비행기 값 들여 나올 게 뭐냐고
하네. 얘가 엄청 알뜰해졌어. 아빠가 병원 접고서부터……. 어쨌든
좋은 현상이지, 뭐.

―근데 사귀는 사람은 없어?

나도 참, 별걸 다 물어보네. 일면식도 없는 사람인데……. 말을
꺼내고 보니 내가 주제넘은 질문을 했다는 걸 깨닫고서 민망스러웠
다. 포크로 새우를 집다가 민서는 이마에 살짝 주름을 지었다. 그러
더니 주저주저하며 말을 꺼냈다.

―그게…… 말이야, 있었었지.

우리 나이에 사귀다 헤어지는 일은 다반사인데, 왜 그러지? 나는
의아한 눈빛으로 민서를 바라보았다.

―죽었단다. 그것도 극단적인 선택으로…….

순간 나는 할 말을 잃었다. 대체 뭐지? 어떻게 식구들 모두에게
하나같이 아픈 사연이 있단 말인가? 하늘에서 불행 종합세트를 다미
네에 떨어뜨리기라도 한 건가? 정말 너무하잖아. 갑자기 울컥해지는
감정을 다스리기 위해 나는 침을 꿀꺽 삼켰다.

―아니, 왜? 뭣 땜에 그랬던 거야?

―걔들, 대학 일 학년 때부터 캠퍼스 커플이었거든. 그전부터 잘
아는 사이였대. 같은 피아노 선생님께 레슨을 받았던 터라. 둘이 잘
어울렸어. 근데 성하 엄마가……, 아, 이름이 문성하였어. 반대했대.
다미가 다원이 그렇게 되었을 때 힘들어 정신과에 다니는 걸 알고서
는…….

참 좋은 시간이었어요

－무슨 말도 안 되는 이유로······. 그 엄마야말로 머리가 어떻게 된 거 아니니? 정신과에 다녀야 할 사람은 그 엄마네.

 내가 핏대를 올려 말하자 갑자기 민서가 웃음을 터뜨렸다.

 －애, 넌 이 상황에 웃음이 나니?

 －흐흐, 그러게. 근데 네 말대로 성하가 그렇게 되고서 성하 엄마가 한동안 정신과 병원에 입원까지 했더래.

 뭐? 내가 한 말에 스스로 놀라 입이 딱 벌어졌다. 그러자 민서는 내 입이 다시 벌어질 이야기들을 늘어놓기 시작했다.

 －사실은 성하가 중학교 때 친엄마가 돌아가셨대. 그러고서 엄마 친구가 새엄마로 들어오신 거래.

 －애, 지금 드라마 쓰니? 무슨 그런 일이······.

 －그러고 보면 드라마 속에 나오는 이야기들이 생뚱맞게 보여도 실제로 우리 생활에서 벌어지는 것들이라니까. 드라마 작가들이 그냥 막 쓰는 게 아니라고.

 한때 민서가 드라마 작가가 꿈이라고 했던 게 뒤늦게 생각났다.

 －괜히 내가 드라마를 들먹였네. 됐고. 새엄마인데도 아들을 마구 휘두를 수 있었나 봐?

 －그러게나. 성하한테 아주 지극정성이셨단다. 물론 자기 자식은 낳지도 않았대. 사실 안 낳은 건지, 못 낳은 건지는 모르지만······. 어쨌든 정성을 들이는 것만큼 간섭도 심했나 봐. 다 큰 아들을 일거수일투족까지 체크하려 드니 숨이 막혀서라도 살 수 있었겠니?

 －정성이 아니라 극성이었네. 성하라는 사람은 다미랑 사귀는 걸

아픈 사랑

반대해서가 아니라 숨이 막혀 그런 선택을 한 게 아니었을까?

가끔 잔소리를 해대기는 해도 우리 엄마가 내게 극성을 부리지 않았던 게 얼마나 다행인가? 하기야 그런 극성도 먹고살 만하고, 여유가 있어야 부리는 거지. 불평불만을 일삼으며 고달프게 살아왔던 엄마가 생각나서 나도 모르게 한숨이 나왔다.

—얘, 넌 공감력 하나는 정말 쩐다. 한숨 그만 쉬고, 이것들 따뜻할 때 먹어.

피자 한 조각을 잘라 내 접시에 얹어주며 민서가 말했다.

—다미는 그동안 정말 여러 가지로 힘들었겠다. 그래도 이제 잘 극복한 거지?

—그렇지. 이젠 많이 좋아졌어. 성하 죽음도, 다원이 죽음도 다 받아들이면서부터 조금씩 나아지는 것 같더라. 지난 학기는 장학금도 받았대.

—다행이네. 종일 약국에 갇혀 고생하시는 엄마를 생각해서라도 얼른 맘 잡아야지.

성희, 라는 이름이 다시 아프게 눈앞에 떠올라 나는 갑자기 화제를 바꾸었다.

—곧 여름방학이 시작되겠네. 놀러 갈 계획은 잡았어? 오랜만에 맘 편히 긴 휴가를 즐길 수 있겠다.

얼마나 좋을까? 맘 편히 휴가를 즐겨본 적이 언제였는지 기억조차 나지 않았다. 하지만 내 예상과 달리 민서는 엉뚱한 소리를 했다.

—놀러 가긴, 들입다 드라마를 쓸 계획이야. 맘껏 글을 써보는 게

참 좋은 시간이었어요

소원이었거든.

─공모전에 응모하려고? 너도 참 인생 피곤하게 산다. 첫 방학인데 일단 쉬면서 숨이나 좀 돌리지. 로또 같은 공모전에…….

절레절레 머리를 흔드는 내게 민서는 토마토 소스가 입가에 묻은 줄도 모르고 문학에 대한 열정을 토로하기 시작했다.

─글을 못 쓰고 있으니 숨이 제대로 안 쉬어지는 느낌이야. 아무래도 내 본업은 교사가 아니라 작가인 것 같아. 아직은 작가 지망생이지만……. 공모전이야 당선되면 더할 나위 없이 좋겠지만 그건 덤으로 얻는 거고. 그냥 쓰고 싶을 뿐이야.

─문학에 대한 열정이 참으로 대단하네. 아니, 문학병에 단단히 걸린 거라고. 그건 평생 간다더라. 못 고친다고 하니 아예 네 소원대로 푹 빠지는 수밖에……. 그래, 친구야, 열심히 써봐. 응원할게.

디저트로 나온 아이스크림이 입안에서 달콤하게 녹고 있지만 쓴맛이 자꾸 느껴지는 이유는 나도 민서와 별다를 바 없다는 사실을 인정하고 있어서가 아닐까? 저 밑바닥에 창작에 대한 욕구를 처박아 두고, 다급하게 쫓기며 살아가야 하는 일상에 순응하는 자신을 때때로 견딜 수 없어한다는 걸 모른 체하고 싶어 나도 모르게 이죽거리는 게 아닐까?

제법 서늘해진 저녁 공기가 기분 좋게 얼굴과 팔에 와 닿았다. 호숫가에는 좀 전보다 더 많은 사람들이 나와서 여름 저녁을 즐기고 있었다. 우리는 버스 정류소 근처에서 헤어졌다. 내게 맛있는 저녁을 사주고, 방학 동안 드라마를 쓸 꿈에 부풀어 돌아가고 있는 민서의 뒷모습을 나는 오래오래 바라보았다.

　버스 맨 뒷자리에 앉아 흔들거리며 나는 민서가 한 이야기들을 자꾸만 떠올리고 있었다. 한 번도 만난 적 없는, 박다미와 문성하가 등장하는 소설을 나도 모르게 머릿속으로 써내려가고 있었다. 좀 전에 민서에게 문학병에 걸렸다고 타박한 것도 잊고서. 속으로 나야말로 못 말린다고 연방 중얼거리며…….

❖

　다미는 사거리에서 집으로 가는 방향으로 좌회전을 했다. 퇴근 시간이 지났는데도 거리는 주차장처럼 차들이 일렬로 늘어서 있었다. 다미는 아예 핸들에서 손을 내려놓고 차창 밖을 바라보다가 카스테레오를 켰다.

　"지난 이십칠 일 금호아트홀에서 열린 문성하 피아노 독주회 실황을 들려드리겠습니다. 피아니스트 문성하는 한국에서…… 음악대학을 졸업한 후, 미국 줄리아드 음대에서…… 연주곡목은 라흐마니노프의 파가니니 주제에 의한 랩소디……."

　성하의 손끝에서 라흐마니노프의 풍부한 서정이 그대로 되살아나고 있었다. 유연하면서도 빈틈없는 테크닉과 강한 열정과 힘……. 장족의 발전이었다. 마치 소년이 어른으로 성장한 것을 한눈에 확인한 느낌이었다. 흐뭇함과 부러움이 반반씩 섞인 심정이 되었다. 그러자 약을 올리듯 오케스트라의 바이올린 음이 간드러지게 울리면서 다미의 가슴을 긁었다. 다미는 입술을 지그시 깨물고서는 겨우 움직이기 시작하는 앞차를 따라 핸들을 움직였다.

　성하의 간곡한 부탁에도 불구하고 다미는 그날 음악회에 가지 않았다.

　　　　　　　　　　　　　　참 좋은 시간이었어요

무대에서 멀찌감치 떨어진 곳에 자리 잡고서라도 그의 연주를 지켜볼 생각을 하다가 그만두기로 맘먹었다. 괜히 성하의 새어머니와 마주치기라도 한다면 그가 더 곤란해질 거라는 생각이 들어서였다. 멋진 연주회가 되기를 기대한다, 라고 문자 메시지만 보냈다. 그러자 이어 성하가 볼멘소리로 답을 보내왔다. 연주회를 펑크 낼지도 모르겠으며, 그렇다면 다 네 책임인 줄 알라고. 다미는 그런 협박에 속아넘어갈 줄 아냐 연주나 잘 하라고, 또다시 메시지를 보냈지만 대답이 없었다. 그리고 벌써 일주일째 성하는 연락을 끊고 있었다. 단단히 틀어진 모양이었다.

"문성하, 넌 조옿겠다."

나도 성하처럼 일찌감치 유학을 갔더라면 모든 걸 다 잊고 여전히 지금도 피아노 앞에 앉아 있을까? 다미가 피아노 앞에 앉아 두 팔을 벌릴 때면 물에 빠져 허우적거리는 원의 팔이 떠오르곤 했다. 팔 안쪽에 있는 손톱만 한 흉터까지……. 누나에게 라면을 끓여주다가 덴 화상. 그 화상으로 남은 흉터가 다미의 눈앞에서 꽃으로 피어나다가, 또 때로는 뾰족한 끝이 되어 가슴을 후벼팔 것 같았다. 그러면 이어 청중들의 야유가 귀에 생생하게 들려오는 듯했다. 넌 그래도 피아노가 쳐지니? 물에 빠져 살려달라고 애원하는 동생을 모른 체하고 말이야. 다미는 벌린 팔을 가슴께 모으고 신음했다.

지도교수의 권유로 전공을 작곡으로 바꾸면서 다미에게는 아쉬움도 컸다.

"그렇다고 음악을 완전히 버릴 수는 없잖아? 지금까지 피아노만 치며 살아왔는데……. 좋은 연주자는 좋은 작곡가가 될 가능성도 많아."

교수의 말에 마음을 열고 작곡과로 바꾸어 대학원 진학을 했다. 시창

청음, 화성학, 서양 음악사, 대위법……. 작곡과와 피아노학과의 중첩된 커리큘럼이 그녀의 마음을 조금 놓이게 했다. 하지만 멋진 피아노 연주를 듣고 있으면 그녀의 감정은 극과 극을 치닫곤 했다. 충만함과 허허로움, 환희와 절망, 기쁨과 슬픔…….

다미가 모교 대학원에 다니고 있을 때, 유학 간 성하가 돌아왔다. 급하게 차를 주차시키고서 강의실로 뛰어가다가 그녀는 문득 발걸음을 멈추었다. 게시판에 붙은 포스터 하나가 눈길을 잡아끌었기 때문이었다. 문성하 귀국 기념 피아노 독주회. 또각또각……. 자신도 모르게 그 앞으로 다가가는 발걸음 소리가 몸 전체에서부터 울려 나오고 있는 것처럼 다미에게는 느껴졌다. 그랜드 피아노 앞에 앉은 성하의 옆모습이 낯익은 듯하지만 또 어딘지 모르게 낯설어 보이기도 했다. 짙은 눈썹과 끝이 둥그스름하면서도 우뚝 선 코, 작고 도톰한 입, 강파른 턱선 들을 차례대로 더듬어 보다가 포스터 속의 그의 눈과 그만 마주쳤다. 한결 안정되고 부드러워진 눈빛이다. 늘 흔들리면서 어딘가를 찾아 헤매는 듯한 느낌이 사라지고 없다. 열정이나 집요함 또한 엿보이지 않는다. 그래서 그가 낯설어 보이는 모양이라 생각하며 다미는 발걸음을 옮기는데 씁쓸한 기분이 들었다. 이제야 그가 완전히 떠나간 듯했다. 그가 서둘러 유학을 떠날 때만 해도 다미는 그와의 결별을 실감하지 못했었다. 일단 유학을 다녀와서……, 그때 결정하자고. 우리가 헤어질지 말지를 말이야. 그렇게 그가 말했지만 다미는 이미 결정된 사실로 받아들였다. 그가 보내는 메일이나 전화에 무응답으로 일관하고 있었던 것도 그래서였다. 그럼에도 불구하고, 다미는 내심 그에 대해 항상 여지를 남겨두고 있는 자신을 결코 부정할 수 없었다.

다미는 휴대폰과 자동차 열쇠를 재킷 주머니에 넣고서 승강기 버튼을 눌렀다. 잠시 후 문이 열린 승강기에서 놀랍게도 문성하가 내렸다. 좀 전 포스터에서 보았던 성하가 바로 눈앞에 있는 게 믿어지지가 않아 다미는 눈을 깜빡거렸다. 성하 역시 다미를 발견하고서는 놀랍다는 듯 눈이 휘둥그레지더니 다가와 그녀의 팔을 잡았다. 그런 다음, 대뜸 물었다.

"대체 어떻게 된 거야?"

뭐가? 눈으로 다미는 되물었다. 그들이 헤어져 지냈던 시간이 단번에 날아가버린 듯했다.

"휴게실에서 잠시 얘기 좀 해. 학교엔 뭔 일로 나왔어?"

그는 앞장서 걸어가며 말했다. 하지만 얼마 못 가 걸음을 멈추고 그는 갈색 콤비 재킷에서 휴대폰을 꺼내들었다.

"알았다니까요, 어머니. 좀 전에 다 하신 말씀이잖아요."

정중하지만 짜증이 섞인 음성이었다. 그의 새어머니는 그가 여전히 중학생인 줄 아는 모양이었다. 다미는 몇 년 전, 그의 새어머니에게서 받은 전화를 떠올렸다. 우리 성하 그만 만나요. 아무래도 우리 아들이랑 여러모로 안 맞는 것 같아요. 직접 만나서 이야기하려다……. 어쨌든 알아들었죠? 알았다는 대답을 다미에게서 명확히 받아내고서야 그녀는 전화를 끊었다. 도대체 어떻게 생겨먹은 여자일까? 무례함을 넘어서 궁금증까지 들게 했다. 그때의 감정이 되살아나 다미는 빈정거렸다.

"네 어머니 여전하신가 봐?"

"아니, 더 하셔. 몇 년 떨어져 있다가 오니까, 그 기간까지 더해서……. 여기 앉자. 커피 뽑아 올까?"

아픈 사랑

다미는 고개를 끄덕이며 자판기 앞으로 가는 그를 물끄러미 바라보았다. 그는 여전히 왼쪽 손을 바지 주머니에 넣고 오른쪽 손으로는 동전을 찰랑거리며 걸어갔다.

입학한 지 얼마 되지 않았을 때였다. 한쪽 손으로 동전을 찰랑거리며 걸어가던 그와 정면으로 충돌했다. 바닥으로 떨어진 동전과 쏟아진 커피를 번갈아 바라보며 그들은 한동안 어쩔 줄 몰라 했다. 그러다 동전은 다미가 줍고 커피는 그가 새로 뽑아옴으로써 사태가 수습되었다. 그걸 계기로 그들은 거의 4년 내내 붙어 다녔다. 자타가 공인하는 캠퍼스 커플이 된 그들을 새어머니가 나서서 갈라놓은 사실을 성하는 아직 알지 못할 것이다.

"차 종류가 그새 다양해졌네. 그냥 아메리카노로 뽑아 왔어."

종이컵을 다미 앞에 놓고서 그는 맞은편 자리에 앉았다. 다미는 커피를 한 모금 마시고는 물었다.

"언제 나왔어?"

"한 달쯤 됐어. 휴대폰 번호는 왜 바꿨어? 도무지 연락이 돼야 말이지. 며칠 내로 찾아가려고 했어."

"나를? 왜?"

그렇게 묻는 다미를 어이가 없다는 듯 바라보다 성하는 커피를 한 모금 꿀꺽 삼켰다. 그런 다음 그는 다미를 똑바로 바라보았다. 더욱 검고 깊어진 듯한 그의 동공에서 맑은 기운이 느껴졌다.

"그간에 쌓아온 우정으로도 그래야 할 것 같아서. 근데 그렇게 내가 너한테 아무것도 아니었니? 이제 와서 새삼 이런 질문을 하는 내가 참으로 어리석은 줄 잘 알아. 그냥 궁금해서……. 그래, 알고는 있어야 할 것 같아서……."

"왜 네가……, 내게 아무것도……, 아니었겠니?"

어쩌자고 울컥 목이 메어오는 걸까? 네가 얼마나 위안이 된 줄 아니? 어둠 속에 잠겨 있던 집은 그가 찾아오면 잠시나마 환한 빛 속에서 일상을 되찾아가곤 했다. 그의 유머에 엄마와 할머니도 구겨진 얼굴을 펼 수 있었다. 2014년, 4월 16일에 멈추어 있던 시간이 비로소 제대로 흘러가기 시작했다. 고여 있었던 시간과 함께했던 해묵은 상처들도 그의 출현에 조금씩 아물어 갔다. 그런데도 그가 아무것도 아니었다고 한다면 배은망덕이라고밖에 할 수 없을 것이다.

"그 시절을 네 덕분에 견디어낼 수 있었는데……. 네가 없었더라면 난 어쩌면 모든 걸 다 포기했을지 몰라. 그랬으면서도 왜 네게 연락을 끊었느냐고? 부랴부랴 네가 유학을 떠날 수밖에 없는 이유를 알고 있었으니까. 근데 내가 어떻게……."

"알고 있었단 말이지? 넌 바로 그게 문제야. 그렇다면 나를 붙잡고 얘기를 했었어야지. 네가 그랬다면……, 하다못해 내가 변명이라도 할 수 있었을 거 아냐? 잠시 소나기를 피하기 위해 떠난다고, 집안의 반대 같은 건 티브이 연속극에서나 나오는 이야기고, 그런 시시한 것 때문에 우린 헤어질 수 없다고……."

"성하야, 됐어. 내가 네 앞길을 막을 순 없잖니? 내가 결혼 따윈 안 할 거라는 걸 너도 알고 있었잖아? 이런 얘기, 이제 그만하자. 너, 독주회 하더라? 나온 지 한 달밖에 안 됐다면서 언제 준비를 한 거야?"

갑자기 바뀐 화제를 따라잡을 만큼 감정이 빨리 수습되지 않는지 그는 잠시 입을 다물고 있다가 한숨을 쉬고서 불평을 늘어놓았다.

"그러니 내가 좀 힘들었겠어? 장소 예약까지 해놓고 몇 달 전부터 닦달을 해대시니, 원. 귀국 준비하랴, 독주회 준비하랴. 정말 내 정신이 아니었어. 우리 어머니 등쌀에 내가 이러다가 말라죽고 말지 싶더라니깐. 오늘도 교수님들 찾아뵙고, 티켓도 돌리라고 하도 성화를 부리시기에 온 거야."

충분히 짐작이 되었다. 결국 엄마의 약국까지 찾아왔던 극성을 생각하면……. 엄마는 얼마나 충격을 받았는지 그날 약국 문을 몇 시간이나 일찍 닫아걸었다. 제 속으로 낳은 자식도 아니라면서 정말 대단한 여자, 라고 엄마가 중얼거리자 옆에서 할머니가 참견했다. 제 속으로 낳았든 안 낳았든 자식 인연을 맺어놓으면 어미는 본래 그런 법이라고……. 그 말에 다미는 몸서리를 치며 다짐했다. 그렇다면 나는 그런 인연을 만들지 않아야겠다고, 그러기 위해 아예 결혼 따위는 하지 않겠노라고.

"다 널 위해서 그러시는 거겠지. 좋은 방향으로 생각해."

"물론 모르는 건 아니야. 문제는 사랑이 아니라 집착이기 때문이지. 돌아가신 우리 엄마에 대한 죄책감일 수도 있고. 두 분은 친구 관계였거든. 차라리 당신 속으로 난 자식이 하나라도 있었더라면 덜하지 않았을까, 싶기도 해. 하기야 불임이라 이혼을 당하고 우리 아버지와 재혼한 거였지만. 그래서 우리 할아버지 할머니는 찬성하신 거고. 괜히 배다른 자식 때문에 생길 문제가 염려스러워서였겠지. 어쨌든 그 때문에 이렇게 내가 힘들 줄 모르시고 말이야. 앞으로가 더 문제인 것 같아. 다시 어디론가 가야 할 것 같기도 하고. 나라는 존재가 없어져버린 느낌이야. 이건 정말 아닌데……."

주저리주저리 불평을 늘어놓으며 또다시 가야 할 데를 찾는 성하를 보

참 좋은 시간이었어요

니 예전의 그로 다시 돌아가고 있는 듯했다. 포스터 속의 사진은 귀국한 직후에 바로 찍었던 걸까? 그래서 덜 스트레스를 받은 상태여서 그런 표정이 나왔던 걸까? 어쨌든 사진이 주는 이미지에서 그는 이미 벗어나 있었다. 말을 잠시 끊고 묵묵히 커피를 마시다 그는 또다시 생각이 난 듯 물었다.

"근데 넌 학교에 웬일이니?"

"나, 박사 과정 시작했어. 작곡으로 바꾼 것 모르지? 오늘은 수업이 있어서 온 거야."

"아니, 왜 바꿨어? 탁월한 연주 실력이 아깝잖아? 너, 피아노 앞에 앉아 연주하는 모습이 얼마나 근사했었는데……. 그래, 됐어. 네가 오죽 잘 알아 결정한 일이겠냐?"

또다시 돌아보였다, 연주자의 길이. 마치 도망친 것 같은 느낌이 들어 다미는 입가에 삐뚜름한 웃음을 짓고서는 말했다.

"도망 간 거지 뭐, 비겁하게. 참, 너 바쁘지 않니? 교수님들 방에 들러야 한다며?"

"아참, 그렇지. 휴대폰 꺼내봐. 자, 여기다 내 번호 찍고……."

성하는 다미의 손에서 휴대폰을 빼앗다시피 해서는 각자의 번호를 교환했다. 그런 다음 할 일을 마쳤다는 듯 자리에서 일어서며 말했다.

"가까운 시일 내 밥이나 같이 먹자."

"한창 바쁠 거면서 뭘. 독주회부터 먼저 끝내."

"밥도 안 먹고 피아노 치냐? 별 걱정을 다 하네. 잘 가."

그는 한쪽 손을 들어 올려 보인 다음, 빠르게 복도 저편으로 걸어갔다. 흔들리면서 사라지고 있는 그의 갈색 재킷이 마치 말의 갈기처럼 느껴졌다.

아픈 사랑

이제 피아노 연주를 위해 세상 어디든 그는 망설임 없이 갈기를 흔들며 나아갈 수 있을 것이다. 그제야 다미는 성하와 같이 앉아 커피 한 잔을 마셨던 방금 전의 일이 마치 꿈처럼 여겨졌다. 성하가 떠나고 난 얼마 동안은 사실 꿈에서 자주 그를 보았었다. 고민거리가 생길 때마다 꿈속에서 그를 붙잡고 묻기도 했다. 나 작곡으로 바꾸는 게 낫지 않을까, 우울해서 미치겠는데 이럴 땐 어떻게 해야 하니. 그에게 연락하고 싶은 걸 참아내느라 다미는 안간힘을 써야 했다.

독주회가 끝나고 며칠 후 성하를 만났다. 짙은 갈색 카디건 위로 베이지색 스카프를 느슨하게 두르고 있는 그에게서 가을 분위기가 물씬 풍겨났다. 실내 여기저기 놓아둔 화병 속의 갈대와 마른 꽃들이 마치 그를 위한 소품처럼 여겨졌다.

"가을 남자 같네. 어디 멀리 여행이라도 떠날 것처럼 보여."

다미는 캐러멜 마키아토의 달콤한 맛이 입안에 기분 좋게 감돌고 있는 것을 느끼며 지나가는 말투로 물었다.

"넌 역시……. 어떻게 알았지?"

정색을 하며 성하가 물어오자 다미는 할 말을 잊고 그를 빤히 바라보았다. 그의 눈동자 깊숙이 불안과 고뇌의 빛이 짙게 어려 있었다. 그제야 다미는 성하에게 무슨 일이 있다는 것을 알아차렸다.

"그냥 물어봤을 뿐이야. 내가 무슨……. 점쟁이라도 되는 것처럼 그렇게 말하지 마. 근데 무슨 일이야?"

"아무래도 안 되겠어. 도로 미국 가야 할까 봐. 우리, 미국 가자. 여기선 숨통이 막혀 도저히 견딜 수가 없어. 근데 집에서 반대가 만만찮아. 이제 다시 한국 땅 밟을 생각 없으면 그렇게 하래. 내가 지금 나이가 몇인데, 아직도 부모한테 승낙을 받고 움직여야 하느냐고. 근데 말이다, 문제는 돈이야. 경제력이 없으니……. 내가 생각해도 참 한심해. 왜 이렇게 맘대로 되는 게 없냐?"

성하는 한숨을 내쉬고서 담배를 꺼내 입에 물었다. 그의 가늘고 긴 손가락 사이에 낀 담배에서 피어오르는 연기를 다미는 어쩔 수 없는 심정으로 바라보았다. 입안에서 감돌고 있는 단맛이 갑자기 텁텁하게 여겨져 냉수를 한 모금 마셨다. 그에게 위로가 될 만한 말을 떠올리려 했지만 쉽게 생각나지 않았다.

"귀국 독주회도 성공리에 끝나고, 이제 여기서 슬슬 자리를 잡으면 될 것 같은데 왜 그래? 모든 건 결국 네 맘먹기에 달렸겠지. 네 맘을 바꾸는 수밖에……. 물론 쉽지 않겠지만 말이야."

"그렇겠지. 세상이 나를 위해 바뀔 게 아니라면 내가 바꾸어야 하는데……. 도무지 그게 안 되니까 미칠 지경이야. 넌 혹시 유학 갈 맘 없어?"

유학 갈 맘 없느냐고 묻는 게 음악회 갈 맘 없느냐고 묻는 것처럼 가볍게 느껴지는 이유가 뭘까? 돈 때문에 맘대로 못 한다고 하지만 성하는 아직 돈이 없는 게 어떤 건지 제대로 알기나 할까? 다미는 또다시 물 한 모금을 더 마시고는 말했다.

"나야말로 돈 때문에 못 가고 있어. 얼마간 돈을 모아야만 하니까. 넌 미국 가선 어떻게 할 생각인데? 구체적으로 생각해봤어?"

"박사 과정을 해야지. 여기저기 어플라이하고 있어. 학교도 괜찮고, 장학금도 좀 많이 주는 데를 고르려니까 쉽진 않네. 집에서 저렇게 나오니까 생활비라도 벌려면 아르바이트를 해야 되지 않겠어? 정말 엄두가 나지 않아. 불안하고 두렵고 괜히 울화가 치밀어 오르고……. 도무지 감정을 통제할 수가 없어. 너도 같이 가자."

성하의 말에 다미는 피식 웃고 말았다. 만약 나까지 같이 유학을 간다고 하면 성하 어머니가 먼저 따라나서지 않을까?

"그랬다가는 넌 아마 집에서 감금당할걸? 네 어머니가 가만히 계시겠냐. 아니면, 아예 네 유학 뒷바라지 한다고 따라나설 수도 있어. 그럴 바에야 여기 가만히 있는 게 낫지 않겠냐?"

상상만 해도 끔찍한 듯 성하는 얼굴을 찡그렸다. 그러고선 담뱃갑에서 담배를 한 개비 더 뽑아 들었다.

"차라리 오피스텔 같은 데를 하나 얻어 나오는 게 낫지 않아? 연습실 핑계대고 말이야."

"그것도 생각 안 해본 건 아니야. 거기 들락거리며 좀 간섭하시겠어? 집에 있는 거랑 별 다를 바가 없을 것 같아. 물론 그런 것 얻어줄 리도 없고……. 목에 줄을 매달고 있는 강아지 꼴이라니까. 숨통이 막혀 미치겠어."

킥킥, 다미는 웃고 말았다. 성하는 심각하게 말하지만 그런 상황을 떠올려보면 웃음이 나오지 않을 수 없었다. 마치 다미의 웃음에 반응하듯 다탁 위에 올려놓은 휴대폰이 부르르 떨었다.

레슨 시간을 한 시간만 앞당겨줘요. 영은 엄마

문자 메시지와 함께 시간을 확인했다. 벌써 시간이 이렇게 되다니, 다미

　　　　　　　　　　참 좋은 시간이었어요

는 급하게 자리에서 일어났다.

"왜? 약속 있어?"

엉거주춤 일어나며 성하는 아쉽다는 얼굴로 물었다.

"레슨 시간이 다 돼가네. 넌 여기 좀 있든지……."

"나 혼자 우두커니, 싫어. 저녁도 먹고 술도 한잔 하려 했단 말이야. 넌 왜 이렇게 항상 바쁜 거니?"

"생업에 종사하느라 그렇단다. 대신 찻값은 내가 낼게. 그리고 이 담에 꼭 저녁도 먹고 술도 하자구."

정말 그럴 수 있을까, 하는 표정으로 성하는 피식 웃었다. 그 웃음에 다미는 발끈하듯 반응했다.

"왜, 못 믿겠단 말이야? 난 약속 지킬 거니까 너나 시간을 꼭 비워둬. 알았지?"

밖으로 나오니 제법 쌀쌀한 바람이 불어왔다. 성하는 스카프를 고쳐 매고서 마치 어디라도 떠날 듯한 얼굴로 거리를 바라보았다. 그런 성하를 보면서 다미 역시 떠나고 싶은 충동을 느꼈다. 잘 가, 라고 그가 인사했을 때 마치 오랜 이별을 앞두고 하는 인사처럼 느껴져 다미는 걸음을 멈추고 그가 걸어가고 있는 모습을 지켜보았다. 길모퉁이의 허름한 중국집을 지나 가로수가 서 있는 길을 따라가던 그가 어느 순간 눈앞에서 사라지고 없었다. 다미는 눈을 몇 번이고 깜빡거리며 사라진 그를 찾아보려 했지만 허사였다. 하는 수 없이 다미는 등을 돌려 집 쪽으로 향해 걸어가기 시작했다. 마치 그를 영영 놓쳐버린 듯한 기분에 두 다리가 허청거렸다.

밤늦은 시간이었지만 다미는 과제를 위해 악보를 들여다보며 고심했다.

선율이나 화성감은 대중에 대한 기호와 안정감을 위해 써야겠다고 생각하며 머릿속으로 수많은 음들을 그리고 지우기를 계속 반복하고 있었다. 하지만 작업을 잠시 멈추라는 듯 휴대폰에서 문자 메시지가 들어오는 소리가 났다.

사방이 벽이다. 이 속에 갇혀 나는 금방이라도 죽을 것 같다. 다미야, 잘 있어라. 이것이 이 세상의 마지막 인사가 되더라도 서운하게 생각하지 마라. 성하.

문자 메시지를 확인하는 다미의 손이 부르르 떨렸다. 성하에게 무슨 일이 일어난 건 아닐까, 하는 불안이 순간 엄습해왔다. 악보를 밀쳐놓고 다미는 성하와 통화를 하기 위해 수없이 버튼을 눌렀지만 휴대폰이 꺼져 있다는 메시지만 계속 흘러나왔다. 그렇다고 집으로 섣불리 찾아갔다가 성하의 새어머니와 맞닥뜨리기라도 한다면 곤란해질 것이다. 이러지도 저러지도 못하는 상황이라면 차라리 하던 일을 계속하는 편이 불안을 떨쳐버리는 방법이라는 생각이 들었다. 다미는 밀쳐놓은 악보를 또다시 들여다보고서 집중하기 위해 혼잣말로 중얼거리기까지 했다.

"오케스트라의 웅장한 소리와 힘을 배경으로 하고서 섬세한 음색과 움직임에 중점을 둔다면 어떨까? 자국민의 정서를 서양 음악과 조화롭게 연결시키고 통합시켜야만 하는데 말이야. 그렇게 해서 멋진 음의 세계로 끌어들여……."

하지만 머릿속에는 여전히 성하에 대한 생각밖에 없었다. 도저히 집중

참 좋은 시간이었어요

할 수 없어 다미는 싸늘한 밤기운에 몸을 떨며 마당으로 나갔다. 그러다 조심스럽게 대문을 살짝 밀어보았다. 대문은 어둠 속에서 나지막한 소리를 내며 밖을 향해 입을 조그맣게 열었다. 그 뒤에 숨어서 다미는 골목을 살펴보았다. 전신주 위의 불빛만이 조는 듯 희미한 빛을 내고 있을 뿐, 아무것도 보이지 않았다. 어둠과 적요만이 느껴지는 골목은 마치 이 세상에서 고립된, 저 혼자만의 공간 같았다. 다른 세상을 바라보듯 골목에 한참 눈을 주다가 더 이상 추위를 참지 못해 다미는 대문을 닫고 방으로 들어갔다.

방 안에 버려진 듯 놓인 악보를 챙겨 책상 위에 올려놓고 다미는 또다시 휴대폰을 들여다보았다. 그새 연락 온 것은 없었다. 성하는 그런 문자 메시지를 보내놓고 왜 휴대폰은 꺼놓고 있는 건가? 그에게 달리 연락할 방법이 없어 다미는 문자 메시지를 보내기 시작했다.

일부러 날 걱정시키려고 작정한 거야? 왜 휴대폰은 꺼놓고 있는 거니? 너야말로 잘 있기를 바란다. 설마 이것이 이 세상에서 너와 나의 마지막 인사가 되겠냐. 어쨌든 빠른 시간 내 통화할 수 있게 해다오. 다미

침대에 눕자마자 졸음이 쏟아져왔다. 다미는 좀 전에 봤던 텅 빈 골목길을, 성하를 번갈아가며 떠올리다가 깊은 잠 속으로 빠져 들어갔다.

지척을 분간할 수 없는 어둠이 앞을 가리고 있다. 그 속에서 팔다리를 휘둘러보지만 사방이 꽉 막혀 꼼짝할 수 없다. 어디선가 날 선 비명 소리가 들려오기 시작한다. 그 소리는 점점 더 크고 긴박하게 들려온다. 다미는 도

아픈 사랑

저히 그 소리를 참고 들을 수가 없어 자신이 그보다 더 큰 소리를 질러보려고 한다. 하지만 목구멍에서 소리가 나오지 않는다. 아무리 악을 써도 소용이 없다. 그런데 비명 소리 사이에서 자신의 이름을 부르는 소리가 들리지 않은가?

"사사…… 살려…… 다미…… 주죽을…… 다아…….."

아, 저 소리는……. 성하가 내는 소리다! 그 순간 다미는 성하를 찾기 위해 사방을 두리번거리다 뿌옇게 눈앞에 비치는 빛을 발견한다. 그 빛을 따라가기 시작하다가 발밑에서 뭔가 툭 차이는 느낌에 고개를 숙인다. 아, 성하, 라고 소리쳐 부르려다 이미 숨이 끊어진 걸 발견한다. 그의 목에 매달린 사슬을 풀어내야 하는데……. 아무리 애를 써도 풀어지지 않는다. 다미는 손가락에서 흘러내리는 피를 닦아내면서 그 사슬을 풀려다가 결국 목놓아 울고 만다.

"으으…… 으응…….."

자신의 울음소리에 놀라 눈을 떠보니 베갯잇이 축축하게 젖어 있었다. 잠에서 깨어나 다미는 한동안 꼼짝할 수 없었다. 온몸이 내려앉을 듯 무겁고 쑤셨다. 그러다 방금 꾼 꿈이 또다시 떠올랐다.

"성하한테 정말 뭔 일이라도 난 건가? 괜히 걱정하니까 그런 황당한 꿈을 꾼 건 아닐까? 여하튼 이따가 다시 전화를 해보긴 해야겠네."

이렇게 중얼거리다가 겨우 자리에서 일어나 샤워를 시작했다. 바디 샴푸에서 나는 재스민 향과 따뜻한 물이 한결 몸과 마음을 진정시켜 주었다. 그러자 간밤의 꿈이 황당하게 느껴져 웃음이 나오려고 했다. 성하를 만나기만 해봐라, 혼찌검을 내주고 말 거니까. 그 순간 다미의 휴대폰에서 문자

참 좋은 시간이었어요

메시지가 들어오는 소리가 났다. 틀림없이 성하가 보냈을 거라고 믿고서 다미는 중얼거렸다.

"성하, 얜……, 통화는 안 하고 문자로만 계속 연락을 할 모양이지?"

휴대폰에서 문자를 확인하는 순간 다미는 그만 휴대폰을 손에서 놓치고 말았다.

문성하 사망. 낼 발인 예정. 대한병원 영안실 302호 ❖

내가 정신을 차렸을 때는 내려야 할 버스 정류소를 다섯 군데나 지나치고 있었다. 되돌아가는 버스를 타기 위해 횡단보도 앞에 서서 붉은 신호등을 보며 나는 혀를 찼다.

－제발 정신 좀 차리라고.

남의 연애사를 내 멋대로 창작해내느라 인터넷 강의 들을 시간까지 날리고 엉뚱한 곳에 서 있는 자신을 한심해하며 나는 하늘을 올려다보았다. 새끼손톱만 한 그믐달이 희미하게 빛나고 있었다.

아픈 사랑

8

벚꽃 여행

집 안에 들어서자 미역국 냄새가 푹푹 찌는 더위와 함께 온몸에 달라붙는 듯했다. 평소에는 내가 오는 기척을 용하게도 알아내고 진순 씨가 먼저 인사를 건네 오는데 이상하게도 그날은 조용했다. 잠이 들었나? 마루로 올라가서 진순 씨를 부르며 안방, 다미 방, 주방, 화장실을 차례대로 찾아다녀도 보이지 않았다. 그러다 제일 구석진 방, 한 번도 열려 있는 걸 본 적이 없는 방문의 미닫이를 나는 살며시 열어보았다.

"세상에나!"

짙은 남색 침대 커버 사이로 얼굴을 내놓고 진순 씨가 잠들어 있었다. 방문을 닫으려다가 잠결에 흐느끼는 듯한 소리가 나서 나는 안으로 발을 들여놓았다. 진순 씨가 거칠게 내는 숨소리인 걸 확인하고서 나는 방 안을 둘러보았다. 한눈에도 다원의 방이라는 걸 알

수 있었다. 다원이 떠나고 난 뒤, 이 집으로 이사 왔을 텐데……. 그렇다면 예전의 집에 있던 그 애의 방 물건들을 그대로 옮겨놓은 건가? 이미 죽은 아이의 방을 새로 만들어놓다니. 아직도 아이가 살아 있다고 믿고 싶어서일까?

책상 위 책장에 빼곡하게 꽂혀 있는 문제집들과 그 맞은편 벽 전체에 가득 붙은 표창장들. 그것들은 언제든 주인이 돌아오면 반길 태세를 하고 있는 듯했다. 고전문학 총정리, 수학의 정석, 사회 탐구의 길잡이, 성문 종합 영어……. 이 문제집들을 다 풀 때까지 다원은 영원히 고등학생으로 남아 있을까? 책상 위에 붙은 일과표대로라면 지금은 학교 수업을 받고 있는 시간일 것이다. 시간이 멈추어진 방 안의 풍경으로 잠겨 들려는 나를 벽시계가 째깍거리며 흔들어댔다. 그러다 결국 그것은 뻐꾸기 소리를 요란하게 내면서 진순 씨의 낮잠까지 깨웠다. 그 소리에 입맛을 다시면서 부스스한 얼굴로 일어나 앉더니 진순 씨는 내게 말했다.

─인자 왔나, 원아. 니 기다리다가 할매가 고만 깜빡 잠이 들었는갑다. 밥은 뭇나? 공부한다고 되제?

─네, 할머니.

할 수만 있다면, 이 순간만이라도 진순 씨가 원하는 대로 다원이 되어주고 싶었다. 하지만 진순 씨의 흐릿한 눈에 초점이 잡히자 금방 나라는 걸 알아차렸다. 순간 시무룩해지더니 투정을 부리고 싶은 얼굴이 되었다.

─하이고 참, 내가 우짜다가 이 방에서 잠이 들어뿌린지 모르겠

참 좋은 시간이었어요

다. 와 안 깨웠노? 몇 시고? 고마 나가자.

몇 신 줄 알아봤자 시간 맞추어 할 일도 없으면서……. 나는 대
답 대신 피식 웃고는 침대 옆으로 가서 진순 씨의 몸을 부축했다. 내
팔을 잡고 몸을 기대어 밖으로 나오다가 여전히 풍기고 있는 미역국
냄새를 맡고서 물었다.

―지수 씨, 밥 뭈나? 안 뭈으몬 미역국에 밥 말아서 물래?

―아뇨, 진순 씨. 점심 먹고 왔어요. 근데 혹시 오늘 누구 생일이
에요?

생일에만 미역국을 끓이는 게 아니지만 이 더운 날씨에 펄펄 끓
는 미역국이라니. 누구 생일이 아닌 다음에야 센스 없는 메뉴라는
생각이 들어 물었다.

―죽은 사람 생일 챙기는 거 아이라 캐도……. 섭섭해서 그냥 몬
넘어가는 줄 알고 호야 엄마가 미역국을 끓있네.

아, 오늘이 다원의 생일? 그래서 진순 씨가 다원의 방을 둘러보
다가 거기서 잠이 들었구나, 하는 생각이 들자 코끝이 찡해왔다. 해
마다 다원의 생일이면 무더위 속에서 진한 미역국 냄새를 맡으며 진
순 씨는 다원의 침대에서 잠들곤 했을까? 소파에 진순 씨를 앉히는
내 손길이 더 조심스러워졌다. 그러고는 탁자에 놓인 부채를 들고
부쳐주었다.

―올여름은 마른 장만갑다. 벨로 비는 안 오고 더 덥네. 하기사
덥다 해싸도 또 금방 찬바람이 불어올 끼제. 그라다 보몬 또 한 해가
그냥 훌쩍 가삐는 기라.

—그러게요. 한 해가 금방이에요.

그냥 훌쩍 보낼 수 있는 진순 씨와 달리 나는 가파른 계단을 힘겹게 하나씩 올라가야 겨우 한 해를 보낼 수 있다. 11월 말 무렵에 치러야 할 임용고시와 1차 발표, 그리고 내년까지 이어지는 실기 평가, 수업 능력 평가, 교직 적성 심층면접. 곧 닥쳐올 일들이 머릿속에 차례대로 떠오르자 숨이 콱 막혀왔다. 그러자 숨통을 트라는 듯, 갑자기 새 소리를 닮은 전화벨이 울리기 시작했다. 몇 달이나 진순 씨 집을 들락거려도 전화벨이 울리는 소리를 들은 적이 거의 없었다. 뾰로롱 뾰롱뾰롱, 모양까지 새를 닮은 송수화기를 얼른 진순 씨에게 건네주었다. 마치 온몸으로 울어대는 새를 받아든 듯, 송수화기를 어설프게 들고서 귓가로 가져가다가 진순 씨가 크게 소리쳤다.

—오야, 이 할매는 잘 있다. 니는 우째 지내노? 밥은 잘 묵고 댕기나? 맨날 빵 쪼가리나 묵지 말고……. 그래, 거어는 지금 밤이제? 우야든지…….

진순 씨가 목청 높여 다미와 통화하는 소리를 들으며 나는 마당에 눈길을 주었다. 쨍쨍한 볕 아래서 붉은 목덜미를 치켜든 맨드라미와 푸르스름한 얼굴로 다소곳이 서 있는 수국, 그리고 그 아래로 여러 꽃송이를 달고 있는 봉선화와 분꽃……. 하늘을 향해 다들 온몸으로 햇살을 받으려고 발돋움하고 있는 듯했다. 여름 꽃들이 자신의 전 생애인 여름 한철을 제대로 살아내기 위해 안간힘을 쓰고 있는 모습이 인간과 별다를 바 없다는 생각을 하며 나는 통화가 끝나길 기다렸다.

참 좋은 시간이었어요

─니 애비? 연락은 무신…… 니한테도…… 인자 나도 마아 잊어
뿌고…… 찬바람 불몬 실찌기…… 한 해, 두 해도 아이고…… 다미
야, 집 걱정은 인자 고마하고, 몸 성하게…… 오야, 오야. 하모. 다른
생각하지 말고. 잘 지내래이.

송수화기를 내밀며 진순 씨는 한숨과 함께 낮은 소리로 중얼거렸
다.

─하이고, 빌어묵을 놈. 어디가 자빠져 있노 말이다. 지 혼자만
힘드나. 만리타국에서 딸내미가 저래 지 애비 걱정하구마는……. 내
가 뭔 죄가 많아서……. 안주꺼지도 그 죄를 다 못 갚았는…….

울분과 우려가 담긴 진순 씨의 한탄이 언제까지라도 계속될 것
같아 나는 별로 내키지 않지만 손톱에 봉선화 물을 들이자고 했다

─다 늙은 할매가 손톱에 뺄겋게……. 숭하다. 지수 씨나 들이라.

말은 그렇게 했지만 손톱을 들여다보는 진순 씨의 얼굴은 새로운
기대로 들떠 있었다.

─첫눈 올 때까지 봉선화 물이 손톱에 남아 있으면 소원이 이루
어진대요. 우리, 해봐요.

─진짜로?

아흔이 넘었어도 소원이라는 말에 구미가 당기는 걸까? 고개를
끄덕이며 진순 씨가 웃어보였다. 나 역시 무심코 말한 소원이라는
단어에 스스로 이끌려 봉선화 물을 들이기 위한 준비에 갑자기 바빠
졌다. 명반을 얻기 위해 약국으로 달려갔더니 약사 아주머니가 눈
을 둥그렇게 뜨고 어디에 쓸지 물었다. 봉선화 물을 손톱에 들이려

한다고 했더니 환하게 웃으며 명반을 찾아주었다. 그렇게 웃는 모습을 나는 처음 보았다. 그 웃음이 봉선화의 꽃과 잎을 따는 동안에도 내내 생각났다. 나무 절구통에 그것들을 곱게 짓이기는 동안 비닐과 실을 진순 씨가 찾아왔다.

　－양쪽 새끼손가락에만 해도고.

　－한 개씩만 하면 이것들이 너무 아깝잖아요.

　－그라몬 두 개씩만 하자. 밤에 자는 동안 싸매고 있으몬 좋은데…….

　－그러게요. 그래도 지금 할 수밖에 없지요.

　고개를 끄덕이고서 진순 씨가 싸맨 손가락들을 들여다보며 이야기를 꺼냈다.

　－예전에는 다미가 우리 집에 오몬 이래줬는 기라. 그때는 따로 살았제. 저거 사는 아파트에 있다가 여어 가끔씩 오몬 꽃밭을 들이다보고 좋아해쌓다. 원이도 마당에서 쫓아댕기고. 우리 옆에서 원이도 손톱에 물들이고 싶어서 손을 내밀고 했제. 머스마가 손톱에 뻘건 물 들이는 거 아이라꼬 그래도 기어코 물을 들이고 갔다 아이가. 그때가 좋았는갑다.

　좋았던 한때를 떠올리는 진순 씨의 눈가에 그리움이 어른어른 피어올랐다.

　－그러면 이 집엔 진순 씨 혼자 살았겠네요. 적적하지 않았어요?

　－아이다. 작은딸 식구들이 들어와 살았제. 지금은 캐나다로 이민 가뿟다. 큰딸이 거어서 자리 잡고 있다 보이……. 여름방학 되몬

　　　　　　　　　　　　　　　참 좋은 시간이었어요

다 같이 캐나다로 갈라캤는데…… 그때꺼지 우리 식구들이 넘들 다 가는 해외여행을 한 번도 같이 간 적이 없었는 기라. 만날 뭐가 다 들 그리 바빴는동 모리겠다. 다미는 여행이라 하몬, 에릴 때 고모 할매 상에 간다꼬 지 애비랑 둘이서 진해 갔다 온 기억이 제일 마이 난다카더라. 하필이몬 그때 나는 허리를 다쳐 입원해 있었꼬, 에미는 수발하느라 내 옆에 붙어 있는 바람에…… 꼴랑 그것도 여행이라꼬…… 벚꽃이 한창인 때께나 어린아 눈에는 좋아 보있겠지.

내게도 진해 벚꽃을 구경하러 간 기억이 있다. 초등학교 2학년인가, 3학년 때쯤이었다. 주말이라 밀리는 고속도로를 아버지는 오랜 시간 운전해야 했고, 현수와 나는 뒷좌석에 앉아 지루함을 못 이겨 한바탕 싸움까지 벌였다. 조수석에 앉아 있던 엄마가 참다못해 우리한테 버럭 소리를 지르다가 주차장처럼 차가 늘어선 도로를 보며 고개를 절레절레 내저었다. 하지만 천신만고 끝에 도착하자마자 눈앞을 환하게 하며 펼쳐진 다른 세상을 보고서 환호성을 터뜨렸다. 화사한 꽃 천지 속으로 발을 내딛는 순간, 밀리는 차 속에서 보냈던 답답하고 지루했던 시간이 확 뒤로 물러서는 느낌이었다.

―근질근질해지네. 지수 씨는 괜찮나?

진순 씨가 싸맨 손가락을 흔들며 물었다. 괜찮다고 대답하다가 진순 씨에게 약 먹일 시간을 깜빡 놓쳤다는 걸 뒤늦게 알아차리고서 나는 급히 약을 챙겼다. 그러고선 화장실에 가겠다는 진순 씨를 부축해 변기에 앉혔다. 용변 후, 뒤처리는 스스로 하겠다며 내게 나가 있으라고 손짓했다. 매번 화장실 문 앞에서 용변 보길 기다릴 때면 나는 다행스럽다 못해 진순 씨에게 고마움까지 느껴지곤 했다. 그렇지 않았다면, 아무리 돈이 급해도 과연 내가 이 일을 해낼 수 있었을까?

쏴아, 변기 물 내려가는 소리가 들리자 나는 문손잡이를 돌려 화장실로 들어섰다. 속옷까지 끌어올리고서 엉거주춤 서 있는 진순 씨를 세면대 앞으로 데려가 손을 씻겼다. 싸맨 손가락에 물이 닿지 않게 조심하며 비누를 문지르는데 간지럽다며 진순 씨가 소리 내어 웃었다.

—으흐흐, 지수 씨가 해주몬 간지러번 기라. 그래도 기분은 좋다.

—진순 씨가 좋다니 저도 좋네요.

안방으로 들어가더니 진순 씨가 책 한 권을 손에 들고 나와 불쑥 내밀었다. 그러고서 소파에 몸을 기대며 말했다.

—아무데나 괜찮은 께나 젊은 목소리로 읽어봐라.

'우리 말 지장경'이란 제목 밑에 황금색의 불상이 그려져 있었다. 삭발한 머리에 두건을 쓰고 오른쪽 손에는 고리가 달린 지팡이를 들고, 왼쪽 손에는 구슬을 쥐고 있었다. 지장보살이라고 들은 적이 있는데 이런 모습이구나. 처음 대하는 그림을 유심히 들여다보니까 진순 씨가 신이 나 설명하기 시작했다.

—지장보살이라고 들어본 적 있나? 지옥에 있는 중생을 구하는 보살인 기라. 봐라, 이 지팡이가 지옥문을 깨삐리는 육환장이라꼬. 고리가 여섯 개 달린 기라. 그라고 이거는 어둠을 밝히는 구슬이다, 장상명주. 이걸로 무명에 빠진 중생을……

　　　　　　　　　　　참 좋은 시간이었어요

생전 처음 들어보는 이야기들이었지만 내가 별 신통찮은 반응을 보이니 진순 씨는 금방 시들해져 낭독하라고 재차 주문했다. 나는 손 가는 대로 펼쳐 읽기 시작했다.

―마야부인이 거듭 지장보살께 여쭈었다. 무간지옥은 어떠한 곳입니까? 성모시여, 모든 지옥은 대철위산 안에 있습니다. 그 가운데 대지옥이 열여덟 곳이 있으며, 그 다음의 지옥이 또 오백 곳이 있어 이름이 각각 다르며, 또 그 다음의 지옥이 천백이나 있는데 역시 이름이 각각 다릅니다. 무간지옥은 순전히 쇠로 만들어졌는데, 성의 둘레는 팔만 리나 되고 높이는 일만 리나 됩니다. 성 위에는 불무더기가 빈틈없이 타오르고 있으며, 성 안은 다른 지옥들과 서로 이어져……

지옥이 하나만 있는 게 아니구나. 무시무시한 지옥이 이렇게도 다양하게 많이 있다니. 새로운 이야기에 나는 약간 관심이 갔다. 사는 게 지옥이라더니 죽으면 더 끔찍하겠네, 하는 생각이 들면서 내 목소리가 점차 낮아졌다. 그러자 지루한지 진순 씨는 하품을 하더니 눈을 감았다. 지장경을 읽으면 지옥 가는 걸 막아준다고 믿는 걸까? 죽음의 공포가 바로 지옥에의 공포가 아닐까? 진순 씨뿐만 아니라 이 세상 사람들 모두가 다 그러하리라. 아직 죽음에 대해 깊이 생각해본 적이 없는 나는 소상하게 펼쳐진 지옥세계 이야기를 몇 줄 더 읽다가 진순 씨의 코 고는 소리에 그만 책을 덮었다.

진순 씨는 지옥 가는 꿈을 꾸고 있는가? 꿈속에서 허우적거리는 듯, 동여맨 비닐 위로 붉은빛이 배어나는 손가락들을 간간이 흔들어

댔다. 나는 다미가 되어 아버지와 둘이 갔다는 벚꽃 여행을 떠나기 시작했다.

❖

벚꽃 천지였다. 기차역에서 내려 택시를 타고 상갓집으로 가는 길 내내 벚꽃을 볼 수 있었다. 아버지는 택시에서 내려 벚꽃 나무 아래서 담배를 피워 물었다. 그러면서 하늘을 올려다보며 한숨처럼 내뱉었다.

"우리 고모님, 좋은 때 가시는구먼. 온통 꽃으로 뒤덮였으니 꽃상여를 따로 마련할 필요도 없겠네. 저승길 잘 떠나시라고 꽃 잔치까지 하늘이 베풀어주시니 좀 좋으실까?"

피어오르는 담배 연기 속에서 아버지의 말소리가 아련하게 들려왔다. 그 말소리에 다미는 아득한 슬픔이 느껴져 잠시 숨을 죽였다. 그러자 머리 위로 꽃잎들이 하늘거리며 떨어져 내렸다. 죽는 것은 꽃잎이 떨어져 내리는 것과 같은 걸까, 하는 의문이 들었다. 열 살밖에 안 된 다미는 죽음을 한 번도 대한 적이 없었다.

이른 아침, 엄마는 전화를 받고서 허둥대며 말했다.

"고모님께서 어젯밤에 돌아가셨대요. 그런데 어떡하죠? 어머니가 저렇게 누워 계시니……. 나라도 내려가봐야 되는 거 아니에요?"

며칠 전에 할머니가 허리를 다쳐서 입원 중이라 엄마는 병원과 집을 바쁘게 오가던 중이었다.

"됐어, 당신은. 어머니 돌봐드려야지. 다원일 데리고 갈까?"

"아직 다원인 어리잖아요. 죽는 게 뭔지도 제대로 모르는 애한테……. 그

런 걸 구태여 보여줄 게 뭐 있어요? 꼭 애를 데리고 가야 한다면 다미를 데
리고 가든가요."

죽음이 뭔지 모르기는 마찬가지라는 생각을 하며 다미는 고개를 흔들
었다. 엄마의 말에서부터 죽음은 될수록 보지 말아야 할 거라고 느껴졌기
때문이었다.

"우리 고모님이 얼마나 다원일 좋아하셨는데 그래? 엄청 서운해하실
걸?"

"당신도 참, 아들이라서 좋아하셨지, 뭐 달리 좋아하셨겠어요? 대를 이
을 자식이니까 말이에요. 그런 걸 아주 중요하게 여기셨잖아요. 우리 어머니
보다도 몇 배 더하셨다니까. 내가 아들 못 낳았더라면 고모님한테 먼저 쫓
겨났을 걸요. 요즘 세상에 정말 씨도 안 먹혀 들어갈 소리지만……."

엄마의 불평에 다미도 고개를 끄덕이며 공감할 수 있었다. 고모할머니
라는, 경상도 사투리를 심하게 쓰던 할머니. 몇 번밖에 만난 적이 없었지만
그 할머니는 다미를 제쳐두고 눈에 띌 만큼 다원을 귀여워했다. 일로 온나,
다원아. 니가 후제 우리 박 씨 가문을 이끌어갈 재목 아이가. 지하에 계시는
조상님들이 얼매나 좋아 하실꼬. 참말로 생기기도 잘생겼제. 우짜든지 큰
인물이 돼야 하는 기라. 알았제? 무슨 말인지 제대로 알아듣지도 못했을 거
면서 다원은 고개를 끄덕였다. 그러자 고모할머니는 기특하다며 다원의 머
리통을 쓰다듬었다. 그러는 걸 떠올리며 다미는 입을 삐죽거렸다.

"싫어, 난 안 가. 일요일인데 쉬지도 못하고 왜 그런 데를 가?"

"그런 데라니? 고모할머니가 돌아가셨는데 당연히 문상을 가야지. 무슨
잔말이 그렇게 많아? 당장 검정색 옷으로 갈아입고 나와."

아버지는 엉뚱하게도 다미에게 분통을 터뜨렸다. 옆에 있던 엄마가 아버지에게 눈을 흘기며 말했다.

"다민들 뭐가 그리 가고 싶겠어요? 그 멀리까지……. 꼭 애까지 데리고 갈 게 뭐 있다고 참. 다미야, 이리 와. 검정색 옷이 뭐 있으려나?"

들은 체하지도 않는 아버지를 향해 엄마는 다시 한번 흘깃 시선을 주고서 다미를 방으로 데리고 갔다. 레이스가 달린 검정색 원피스의 지퍼를 올리면서 엄마는 중얼거렸다. 할 수 없다. 검정색 옷이라고는 이것밖에 없으니……. 다미는 집을 나와 기차역에 갈 때까지 퉁퉁 부은 얼굴을 하고 있었다. 아버지는 역에서 다미가 좋아하는 것들을 잔뜩 사면서 달랬다.

"봐, 우리 다미가 다 좋아하는 거잖아. 또 뭘 더 사줄까? 나중에 네가 나이가 들더라도 아버지와 둘이서 벚꽃이 한창인 때 진해까지 기차 타고 갔던 걸 절대로 잊어버리지 않게 될 거야. 비록 조문하러 떠나는 거지만 네겐 잊어지지 않는 추억으로 남을 거라고. 그러니 지금부터 기분 푸는 거다. 알았지?"

아버지는 다미에게 추억을 남겨주기 위해 일부러 동행을 청한 것처럼 말했다. 어찌 되었건 일단 기분이 풀어져 다미는 배시시 웃으면서 고개를 끄덕였다.

아버지는 담배꽁초를 발로 누르고서는 다미의 옷에 떨어진 꽃잎을 털어주었다. 그런 다음, 손을 잡고 붓글씨로 '상중'이라고 써 붙인 대문으로 들어섰다. 마치 죽음의 세계로 들어서는 것 같아 다미는 온 힘을 다해 아버지의 손을 꼭 잡았다. 아버지의 손에서 강하게 전해오는 악력에 안심하며 마당을 거쳐 마루로 올라갔다.

다음 날 모든 장례 절차를 마치고서 아버지와 그곳을 떠났다. 다미는 피곤하고 지쳐서 어서 빨리 집으로 돌아가고 싶었다. 그런데 아버지는 택시를 타고 난데없이 마산으로 넘어가자고 했다.

"잠시면 돼. 바로 옆이니까 한 번만 둘러보고서······."

미처 다미가 싫다고 할 새도 없었다. 택시에서 내려 아버지는 다미의 손을 잡고 이곳저곳을 기웃거리며 혼잣말로 중얼거렸다. 너무 많이 변해버렸군. 어디가 어딘지, 원. 이렇게까지 낯설 줄 몰랐네.

"어디로 찾아가야 하는데요?"

다미의 질문에 아버지는 황당한 낯빛을 감추지 못하고서 어색한 웃음을 띠었다.

"그러게 말이다. 그걸 잘 모르겠구나."

아버지는 마치 동화책 속에서 나오는 길 잃은 나그네 같았다. 언제 아버지가 그런 적이 있었던가? 그 복잡한 서울의 한복판에서도 차가 많은 곳을 요리조리 피해가면서 가장 짧은 시간 안에 목적지에 도달하는 묘기를 보여주던 아버지가 아니었던가. 그런데 서울에 비하면 한적하기까지 한 이곳에서 찾아가야 할 곳을 모르다니······. '서울 촌놈'이라고 하더니, 아버지가 딱 그랬다.

"그게 무슨 말이에요, 아버지?"

더 이상 아버지는 다미의 말에 대꾸도 하지 않고서 앞장서 걷기 시작했다. 찾아야 할 곳을 뒤늦게 알아낸 사람처럼······. 바람이 세게 불어왔다. 원피스 자락이 펄럭거려 제대로 걸을 수조차 없었다. 하지만 아버지를 놓칠세라 다미는 치맛자락을 한 손으로 붙잡고서 부지런히 따라 걸었다. 그러다 어느 순간 눈앞에 바다가 나타났다. 푸른 물결이 넘실거리며 끝없이 펼쳐진 바다. 아, 하는 감탄사가 입에서 저절로 튀어나왔다.

"남쪽 바다라 확실히 연둣빛을 띠고 있네."

"파란색이잖아요?"

"자세히 보렴. 옅은 연둣빛이 느껴질 거야. 남쪽 바다라서 그렇단다."

그러고 보니 햇빛을 받아 반짝거리는 푸른 물결이 찰랑거리며 몸을 뒤채일 때마다 언뜻언뜻 연둣빛을 띠고 있었다. 물결이 굽이칠 때면 마치 물속에 숨어 있던 여린 잎사귀들이 얼굴을 내밀고 손을 흔드는 것 같았다.

"너무 예뻐요, 바다가. 낼 학교 가서 애들한테 자랑해야지."

"봐, 따라오길 잘했지? 바다도 보고 말이야. 너한테 여기 바다를 꼭 보여주고 싶었단다. 아버진 이 바다를 보면서 자랐지. 여기서 매일 친구들이랑 뛰어놀고, 선창가를 오가면서 많은 사람들을 만나고, 또 많은 것들을 겪고 보았더란다. 지금 생각하면 그게 다 살아 있는 공부였어."

다미는 아버지가 바닷가에서 친구와 뛰노는 것을 상상해보았다. 하지만 그건 곧 다원의 모습이 되고 말아 또다시 아버지의 어릴 적 모습을 그려보려고 했다. 옛날 사진 속에서 본 아버지의 어릴 적 모습을 떠올리려는 순간이었다. 휘이익, 어디선가 물새 소리가 갑자기 들려오는 듯했다. 고개를 돌리는 다미를 향해 아버지가 웃어 보이고는 입을 둥그렇게 모아 휘파람을 불었다. 그러고선 할 일을 다 했다는 듯 바다를 등지고 급하게 걷기 시작했다. 다미는 몇 번이나 바다를 돌아보다가 아버지를 따라 발걸음을 옮겼다.

기차를 타고 서울로 돌아오는 내내 눈앞에서 바다가 아른거리고 있는 듯했다. 아버지와 단둘이 했던, 처음이자 마지막이었던 여행. 그 여행에 대

참 좋은 시간이었어요

한 기억을 떠올리려고 하면 화사한 벚꽃과 찰랑거리는 바다와 함께 먼 전생으로, 아득한 옛날의 꿈속으로 다미는 먼저 이끌려 들어가는 듯하곤 했다.

❖

진해에서 마산을 거쳐 서울로 돌아오는 긴 여정을 떠올리는 동안 내 옆에 누워 진순 씨는 잠꼬대를 하다가 입맛을 다시다가 하면서 깊고 긴 잠에 빠져 있었다. 그러다 갑자기 눈을 뜨고서 중얼거렸다.

─하아, 내가 또 잠들었던가베. 갈 날이 얼매 안 남아서 그런가 걸핏하면 잠이 쏟아지네.

하품을 크게 하며 일어나려는 진순 씨를 도와 소파에 앉혔다. 그러고서 마실 물을 갖다주었다. 진순 씨는 반쯤 마신 물 컵을 탁자 위에 내려놓더니 마당을 바라보며 말했다.

─벌써 해거름인갑네. 지수 씨, 와 안주 안 갔노?

퇴근 시각이 30여 분 지나 있었다. 벚꽃 여행을 다녀오느라······라고, 말하는 대신 나는 다른 핑계를 댔다.

─진순 씨 깨면 가려고 했지요.

─오데, 그럴 거 없다카이. 퍼뜩 가봐라.

나는 가방을 어깨에 메고서 평상시처럼 진순 씨에게 작별 인사를 했다.

─진순 씨, 참 좋은 시간이었어요.

진순 씨도 앵무새처럼 내 말을 그대로 따라했다.

─지수 씨, 참 좋은 시간이었어요.

그늘이 지기 시작하는 골목길을 걸어 나오며 나는 소망했다. 우리가 함께하는 시간들이 진순 씨에게도 나에게도 '참 좋은 시간'이었다고, 오래오래 기억되길…….

참 좋은 시간이었어요

9

사진들

이른 아침부터 엄마가 전화를 걸어와 버스 터미널이라고 했다. 하지만 목소리는 가라앉아 있었다.

─어디 가려고? 오늘 카페는 안 나가도 돼?

─늦게 간다고 했어. 지금 너한테 가려고.

갑자기 나한테 오다니? 대체 뭔 일로? 내가 뜨악해서 잠시 가만히 있는 사이, 엄마는 빠른 어조로 말을 쏟아내기 시작했다.

─하도 속이 답답해서 어디든 훌쩍 다녀와야 살 것 같아. 맨날 갇혀 있으니 더 이상은 못 견디겠다. 느이 아버진 차를 몰고 천지사방을 돌아다니지만 나는 이게 뭐냐? 그리고 밑반찬 몇 가지 해놓은 거랑 현수 옷가지도 전해주려고.

그런 것들은 택배로 보내면 될걸, 뭣 하러 굳이……. 요즘 한창 감사를 노래 부르며 잘 지내는 것 같더니 뭐가 갑자기 틀어진 건가?

이런 생각들이 떠올랐지만 정확한 이유는 알 수 없었다.

—엄마, 혹시 아버지랑 다퉜어?

—다투기라도 하면 덜 답답하게? 느이 아버지 얘긴 하지도 마. 열불 나.

아, 그렇구나, 역시! 엄마가 입에 달고 사는 감사가 유독 아버지한테만은 적용이 안 되는 걸까? 나는 더욱 엄마가 열불 날 소리를 하고 말았다.

—아버지한테도 감사하······

엄마는 내 말을 끝까지 도저히 듣고 있을 기분이 못 되는 모양이었다. 더 이상 나도 엄마의 마음을 헤아리고 앉아 있을 여유가 없었다. 냉장고 안부터 빨리 정리해야 했다. 엄마가 해준 반찬들이 유효기간을 훌쩍 넘어 상해가고 있는 걸 내버려둔 지가 꽤 되었다. 폭풍 같은 잔소리를 피하려면 서둘러서 처리하는 수밖에. 음식물용 수거 봉투에 재빨리 쓸어 담아 버리고 와서 용기들을 씻는 내 손은 지극히 민첩했다. 오전 중에 들을 계획인 '학교문법' 온라인 강의를 아무래도 밤늦게 미루어야 할 것 같았다. 한 시간 이상 잠을 줄여야 될지도 몰랐다. 짜증이 치밀어 오르는 손길로 침대 정리를 하고 청소기를 돌리고 나자 기다렸다는 듯 현관문 비번을 누르는 소리가 났다.

엄마는 들어와서 대뜸 잔소리부터 시작했다.

—환기를 자주 좀 시켜. 여자애 사는 방에 웬 퀴퀴한 냄새냐?

음식물 상한 냄새가 채 가시지 않은 모양이었다. 그런데 퀴퀴한

참 좋은 시간이었어요

냄새가 여자 방, 남자 방 가려서 난담? 눈꼬리가 살짝 위로 올라가고 입매가 내려온 걸로 봐서 엄마의 심기가 아주 불편한 기색이었다. 아무래도 조심하는 편이 좋을 듯했다.

─원룸이라 환기가 잘 안 돼. 그렇다고 현관문을 함부로 열어둘 수도 없고.

─그렇구나. 우리 딸, 고생이네. 다 돈 없는 부모 만난 탓이지, 뭐.

나는 냉커피를 타려고 얼음을 꺼내다가 깜짝 놀라 손을 멈추고 엄마를 바라보았다. 금방 울먹한 얼굴이 되어 내가 거들면 당장 엄마는 울음을 쏟아낼 것처럼 보였다. 뭐야, 혹시 갱년기 우울증? 쉰의 중반에 접어든 엄마의 나이를 그제야 나는 헤아리며 그럴 법하다고, 그동안 내가 너무 무심했다고, 생각하다가 나까지 울컥해지려 했다. 나는 애써 목소리 톤을 밝고 높게 내려고 했다.

─아니야, 엄만……. 내 나이가 몇인데, 벌써 서른이라고. 부모 탓하기엔 살짝 높은 나이가 아닐까? 아직 자리를 못 찾은 내가 문제지.

─요즘 서른이랑 옛날 서른은 다르지. 뭐든 다 경쟁해야 하는 사회니까. 그러니 금수저 물고 나온 놈이 앞서가는 거고, 아무것도 없는 놈들은 죽을 판 살 판 해도 따라잡기 어렵고. 에휴, 이놈의 세상이 어떻게 되려고 요 모양인지 모르겠다. 사는 게 날이 갈수록 빡빡해지니, 원. 우린 그럭저럭 살아왔다만 앞으로 너희들 세대가 걱정이다.

사진들

엄마는 오지랖을 넓혀 우리 세대 걱정까지 하더니 냉커피 한 잔을 단숨에 들이켰다. 분명 아버지와의 사이에 꽤 심각한 문제가 생긴 게 틀림없다. 그걸 내게 하소연하러 여기까지 온 거고. 갑자기 나도 긴장이 되기 시작했다.

—엄마, 뭔 일이야? 아버지한테 무슨 문제가 생겼냐고.

엄마는 한숨을 한 번 푹 내쉬더니 주절주절 이야기를 시작했다.

—얼마 후면 우리 집 전세 만기잖아. 집주인이 보증금을 삼천만 원이나 올려달라 하더라고. 갑자기 삼천만 원이 어디서 생기냐? 더 조그만 데를 알아봐야 하나, 고민하는데 마침 느이 아버지가 보증 서준 친구가 요즘 떼돈을 벌었다네. 그 친구가 사람이라면 모른 체하진 않을 거 아냐. 그래서 찾아가 돈 이야기를 하라고 했더니 펄쩍 뛴다, 글쎄. 십 년이 훨씬 넘은 일이라 그 사람한텐 법적으로 책임이 없다나. 누구 때문에 우리가 요 모양 요 꼴이 됐는데……. 법 따지기 이전에 사람 도리라는 게 있잖아. 일단 찾아가 말이라도 꺼내봐야 할 거 아니냐고. 그걸 못 하다니……. 얼마나 고생을 더 해봐야 세상 사는 법을 익힐 건지, 원. 답답해서 못 살겠어.

엄마의 마음을 충분히 나도 이해할 수 있었다. 하지만 아버지가 그럴 수 있는 사람이 못 된다는 걸 엄마야말로 얼마나 함께 더 살아봐야 알까? 어쨌든 지금 상황을 빨리 종료하려면 내 생각과 다른 말이라도 해야만 했다.

—찾아가봐야 소용이 없다는 걸 아시기 때문이겠지. 사람 도리를 아는 사람 같으면 벌써 아버지한테 와서 얼마라도 내놓았겠지. 그러

니 구태여 만나 이야기할 필요가 있겠어?

　─그럴까? 나쁜 놈. 성질대로 할 것 같으면 내가 가서 한바탕 퍼붓기라도 했으면 좋겠다만…….

　─절대로 그러지 마. 까딱 잘못했다간 그쪽에서 오히려 걸고넘어질 수 있어. 모욕죄니 해가면서 말이야. 그러니 아예 잊어버리라고. 아버지가 다 생각이 있으셔서 그런 거니까 엄마도 너무 속상해하지 마.

　내 말에 엄마는 완전히 꼬리를 내리고서 방 안을 둘러보더니 갈 채비를 했다.

　─그래, 알았어. 넌 공부해야지? 난 현수 얼굴 보고 빨리 내려가야겠네.

　엄마가 몇 번이나 들어가라고 했지만 나는 계단을 내려가 출입문까지 따라나서서 배웅을 했다. 아직 쨍쨍한 여름 볕 속으로 한 손에 쇼핑백을 든 채, 축 늘어뜨린 어깨로 걸어가고 있는 엄마의 뒷모습이 마치 고행을 자처하는 수도자처럼 느껴졌다. 코끝이 찡해지면서 가슴이 아려왔다. 저렇게 온몸으로 뜨거운 볕을 그대로 다 받으면서 가다니. 파라솔이라도 들고 오든지, 아니면 챙 넓은 모자라도 쓰고 다니든지…… 엄마도, 참. 이렇게 말해보았지만 내 속은 조금도 나아지지 않았다.

　싱크대 위에 놓인 플라스틱 통들의 뚜껑을 하나씩 열어보았다. 열무 물김치, 깻잎장아찌, 멸치볶음, 메추리알 장조림, 마른 오징어채 무침. 저녁 늦게 집으로 돌아가 이것들을 장만하기 위해 엄마는 동동걸음하며 얼마나 바삐 손을 놀렸을까? 좀 전에 내가 버린 반찬들이 생각나서 후회가 되었다. 도저히 가만히 있을 수가 없어 나는 엄마에게 문자 메시지를 보냈다.

> **반찬들이 무지무지 맛있네. 역시 엄마 솜씨는 짱이야~~^^**
> **더위 먹지 않게 조심하고, 잘 내려가. 엄마, 사랑해.**

흔들리는 지하철 속에서 내 문자 메시지를 읽고 조금이라도 기분이 나아졌을 엄마를 떠올리며 나는 '열공'이라고 중얼거리고서 책상 앞에 앉았다.

'학교문법' 100분 강의를 두 배 빠른 속도로 설정해서 50분 만에 듣고 나니 머릿속에 쥐가 날 듯했다. 제대로 다 알아들었는지 나도 모를 지경이었다. 어쨌든 열심히 공부했다는 생각이 들어 뿌듯해지긴 했다. 엄마의 반찬으로 점심을 챙겨 먹고 나는 진순 씨네 갈 준비를 했다.

모퉁이를 돌자 진순 씨가 대문 앞에서 서성이는 모습이 보였다. 나는 반갑게 손을 흔들었다. 하지만 진순 씨는 별 반응을 보이지 않았다. 빠른 걸음으로 다가가 나는 진순 씨 손을 잡고 말을 걸었다.

―일부러 저 마중 나왔어요? 자, 들어가요.

―아이다. 쪼매만 여어서 더 기다리볼란다. 골목에 집들이 비슷비슷해서 어문 집에 가는 수가 있다꼬.

대체 누구를 기다리고 있는가? 나는 궁금해져 묻지 않을 수 없었다.

—진순 씨, 누가 여기 찾아오기로 했어요?

—우리 동무 몇이 여어 오기로 했거등.

동무? 그것도 몇 명씩이나? 분명 진순 씨의 머릿속에 이상이 생긴 거라 단정하고 나도 옆에 서 있으려고 했다. 그러자 진순 씨가 한 사코 손짓하며 들어가라고 했다.

—아이다. 그럴 거 없다. 퍼뜩 들어가봐라.

어쩔 수 없이 나는 등이 떠밀려 안으로 들어갔다. 제일 먼저 내 눈에 들어오는 것은 마룻바닥에 떨어져 있는 누렇게 변색된 흑백사진 몇 장이었다. 양갈래로 머리를 땋아내리고 세일러복 차림을 한 소녀들이 교정 여기저기에서 짝을 지어 찍은 사진들이었다. 그중 누가 진순 씨인지 짐작도 할 수 없었다. 아마 진순 씨는 이 사진들을 들여다보다가 70년도 훨씬 넘는 시간 속을 여전히 헤매고 있는 모양이었다. 나는 마루에 퍼더버리고 앉아 진순 씨가 옛 기억의 시간 밖으로 뛰쳐나오길 하염없이 기다렸다.

—어서 온나. 덥제?

누가 정말 온 건가? 깜짝 놀라 나는 신발을 끌고 마당으로 나갔다. 진순 씨는 마당에 비치는 자신의 그림자를 들여다보며 친구 대접을 하고 있었다.

—더븐데 온다꼬 욕봤제. 퍼뜩 들어가자. 오다가 니가 더위 묵는가 싶어서 걱정했데이.

사진들

아직 햇볕이 쨍쨍한데 진순 씨야말로 더위 먹을까 걱정이 되어서 나는 그대로 보고 있을 수가 없었다. 다가가서 살며시 팔짱을 끼면서 진순 씨의 말을 흉내 냈다.

ㅡ아이다, 친구야. 이라다가 친구가 더위 묵는다꼬. 퍼뜩 들어가자.

진순 씨는 말 잘 듣는 어린아이처럼 내게 이끌려 마루로 올라갔다. 나는 진순 씨를 소파에 앉히고 시원한 물을 먹였다. 그러고는 사진들을 가지런히 탁자 위에 놓았다.

ㅡ애비가 내 사진들을 몽땅 다 없앴삐고 꼴랑 이거 몇 장 남겨났네.

이제 정신이 돌아온 건가? 미심쩍어하면서도 나는 진순 씨의 말에 장단을 맞추었다.

ㅡ아드님이 버린 거예요? 왜요?

ㅡ나중에 이런 기 자리만 차지하고 처치 곤란하다 카몬서 지 방 컴퓨터 안에다가 넣어놓는다카데. 뭘 수로 사진을 컴퓨터 안에 넣어놓노 말이다. 내가 그때 말렸어야 하는 긴데. 후회막심하다. 요번에 집에 들어오몬 내 사진 도로 내놔라 할 끼다.

휴대폰으로 사진들을 하나씩 다 찍어 컴퓨터에 저장을 시켜놓은 모양이었다. 집 밖을 나돌아 다니는 아들에 대한 원망과 미움이 깊어서일까? 진순 씨의 목소리는 약간 노기를 띠고 있었다.

ㅡ그 사진들이 다시 보고 싶으세요?

ㅡ하모. 사진밖에 남는 기 없는데, 그걸 몽땅 없애서께나 내가 우

참 좋은 시간이었어요

째 부아가 안 나겠노 말이다.

　―제가 한 번 사진을 꺼내볼까요? 잘 될지 모르겠지만······.

　컴퓨터에 제대로 보관이 되어 있는지조차 모르지만 아쉬워하는 진순 씨를 보니 어떻게든 시도라도 해보고 싶었다.

　―와아, 진짜로? 진수 씨가 할 수 있겠나? 그라몬 서재로 가자.

　내가 고개를 끄덕이자 진순 씨가 서재를 안내하기 위해 일어섰다. 마루 오른쪽으로 조그만 복도가 나 있었고, 그 끝에 여닫이문이 보였다. 몇 달 동안 오갔지만 나는 그곳에 복도나 방이 있으리라고는 전혀 생각도 못했었다.

　대여섯 평 남짓한 방에는 유리창이 난 한쪽 면만 제외하고, 나머지 벽은 모두 책장이 들어서 있었다. 구석진 골방에다가 그동안 잘 열어보지 않았던 탓인지 퀴퀴한 냄새가 코끝을 훅 끼쳐왔다. 그 냄새를 가까스로 참으며 나는 데스크톱 컴퓨터가 3분의 1 이상 차지하는 책상 앞으로 다가가 그 앞에 놓은 의자에 앉았다. 그러고서 버튼을 누르고 부팅하고 있는데 옆에서 진순 씨가 어린아이마냥 호기심 어린 눈빛으로 바라보며 물었다.

　―되나? 지수 씨가 할 수 있겠나?

　―해봐야지요. 좀만 기다려보세요.

　바탕 화면 위에 푸른 바다와 조그만 섬의 영상이 드러나면서 아이콘이 여러 개 주르르 떴다. 심장의학학회 논문, 학술대회, 골프 경기, 잡지 인터뷰 기사, 의학서적 서평 모음······. 마우스를 잡은 손이 사진이라고 쓰인 아이콘을 찾아 누르자 여러 개의 파일이 펼쳐졌다.

사진들　　　　　　　　　　　　　　　　　　　143

그것들은 여럿 찍은 가족사진들과 독사진들을 나누어 연도별로 묶어놓았는데 '모친 심진순'은 제일 아래에 따로 분류되어 있었다. 그 파일 위에 마우스를 갖다 대고 누르자 화면에 흑백사진이 가득 펼쳐졌다.

　─와아, 시상에!

　죽은 조상들을 다시 만나기라도 한 듯, 진순 씨는 화면 가까이에 얼굴을 바싹 갖다 대고서 그걸 들여다보느라 정신이 없었다. 그런 진순 씨를 보니 뿌듯해져 나는 좀 더 귀가 솔깃해질 제안을 했다.

　─이걸 프린트해서 언제든 볼 수 있게 해줄까요?

　─그런 것도 할 수 있나? 지수 씨 기술이 진짜로 대단하네. 퍼뜩 해봐라.

　나는 진순 씨의 칭찬에 힘입어 프린터에 용지를 넣고 작동시켰다. 하지만 계속 에러가 나면서 프린트가 되지 않았다. 금방 울상이 되어버린 진순 씨의 얼굴을 보자 안타까운 마음이 되어 몇 번이나 다시 시도했지만 실패했다. 어젯밤에도 내 프린터는 수십 장이나 되는 프린트를 너끈히 뽑아냈건만……. 유에스비에 저장해 집에서 뽑아오는 방법을 생각하며 나는 책상 위를 훑어보았다. 그러다 여러 문구들이 담긴 조그마한 바구니 속에서 유에스비를 발견했다. 그걸 내가 본체에 꽂는 걸 보고서 잠시 숨을 죽이고 있던 진순 씨가 궁금증을 참지 못해 물었다.

　─뭐 하는 기고? 이라몬 사진을 맨들어낼 수 있나?

　─그럼요. 우리 집에서 하려고요.

참 좋은 시간이었어요

―지수 집에서 우째 내 사진을 만들어내노?

　―지금 요기다가 저장해서 우리 집 프린터에서 뽑아내려고요. 내일이면 진순 씨가 사진을 볼 수 있을 거니까 아무 염려 말고 좀만 기다리세요.

　진순 씨는 내 말에 고개를 끄덕이면서도 미심쩍은 표정을 지었다. 손가락 한 마디보다도 작은, 저것이 무슨 조화를 부려 사진을 만들어낸다는 것인지 유에스비를 뽑아내는 내 손끝에 진순 씨의 의미심장한 눈빛이 와 닿았다.

　서재 문을 닫다가 내 옆에서 들려오는 진순 씨의 한숨 소리에 나는 잠시 손을 멈추었다.

　―오데를 돌아다니는고. 그 에레븐 공부를 한 기 아깝다 아이가. 참 모자라는 넘이제. 지만 자식새끼 잃어뿌렀나. 에미 마음은 오죽하겠나. 그래도 묵꼬 살라꼬 손바닥만 한 약국에 갇혀 살구마는……. 시상에 자식 잃어뿌린 부모가 어데 지밖에 없다카더나. 속이 썩어 문드러지도 목심이 붙어 있으이 다 살아가고 있는 거 아이가. 에릴 때부터 공부 잘하는 거 빼고는 하나부터 열꺼지 내 맘에 드는 기……

　길게 늘어지려는 진순 씨의 사설을 막기 위해 나는 진순 씨의 손을 들어 올리며 호들갑스럽게 말했다.

　―봉선화 물이 잘 들었지요? 어디, 봐요. 어머나, 정말 고와요. 대성공이네요.

　―그렇제? 하도 근질근질해서 풀고 싶은 거를 얼매나 꾹 참았다

사진들

꼬. 이기 첫눈 올 때꺼지 갈 수 있을라나.

─그렇다면 무슨 소원을 제일 먼저 빌고 싶으세요?

진순 씨는 내 물음에 빨리 대답을 않고 손톱을 내려다보며 머뭇거리다가 대꾸했다.

─보고 싶은 사람들을 다 보고 죽는 기다. 그 사람들을 하나씩 만나서 예전에 같이 지냈던 시간으로 돌아가보몬 얼매나 좋을꼬. 그라몬 참 좋은 시간이 될 낀데, 그런 시간을 쪼매이라도 보내고 눈을 감으몬 한이 없겠구마는……. 하기야 그거는 이루어질 수 없는 일 아이겠나.

보고 싶은 사람들과 함께 좋았던 예전의 시간들로 돌아가고 싶다니, 그중에는 틀림없이 죽고 없는 사람들도 많을 텐데……. 불가능한 소원인 줄 알면서 말하는 진순 씨가 딱해 보여 나는 엉뚱한 시비를 걸었다.

─진순 씨, 그럼 내가 서운하지요. 참 좋은 시간이었다고 헤어질 때마다 나랑 인사 나누면서……. 다른 사람들이랑 보낸 시간이 더 좋았던 거예요?

─아하하, 아이다. 지수 씨가 내 말을 곡해한 기다. 지수 씨랑 이래 보내는 시간도 참 좋고, 예전에 보고 싶은 사람들이랑 지낸 시간도 참 좋았다카는 말이제. 그래서 그때로 돌아가봤으몬 싶다, 하는 말인 기라. 뭐라 캐싸도 내 소원은 나돌아댕기는 아들이 진짜로 맘 잡고 집으로 돌아오는 거를 보는 기제. 인자 그거 말고 없다. 우옜든 지수 씨 덕분에 아직도 좋은 시간을 더 보낼 수 있으이 참

참 좋은 시간이었어요

으로 고맙제. 그라몬 지수 씨한테 참 좋은 시간은 언제라고 생각하
노?

─그건 진순 씨랑 이렇게 보내는 시간이지요.

나는 기다렸다는 듯 날름 대답했다. 사실인지 아닌지 굳이 따질
필요가 있겠는가? 그렇게 믿어야만 일하는 시간이 덜 힘들 거니까.

─허허, 진짜로? 진짜로 내캉 지내는 시간이 좋나?

내 말이 쉽게 믿어지지 않는 눈치지만 진순 씨는 아주 기분이 좋
아 보였다.

─맞다. 지금 이 시간을 잘 보내는 기 잘 사는 기라 카더라. 지나
가뿌린 시간이나 안주 오지 않은 시간이 뭔 소용이 있겠노. 알믄서
도 만날 후회하고 걱정하고 있다 아이가. 그라고 보께나 그때로 돌
아가보고 싶다 캐쌓는 내가 참 어리석네.

어리석기로 치면 나도 마찬가지였다. '지금, 여기'를 강조하는 마
음 다스리는 법이나 명상 동영상을 수없이 보고 들어왔으면서도 내
생각은 늘 과거나 미래에 가 닿아 있었다. 의식이 현재에 머물 수 없
어 나는 불행한지도 몰랐다.

해가 약간 시들해지자 우리는 마당을 걷기 시작했다. 그러다 대
문 앞에 놓인 화분들을 들여다보고서 진순 씨가 깜짝 놀라며 잎들을
안타까이 쓰다듬었다.

─우야노, 이것들이 누렇게 말라 죽어가네. 물을 안 줬는가?

그 말에 나는 욕실로 가서 대야에 물을 가득 담아 나왔다. 바가지
로 화분에 물을 부으며 나는 별로 궁금하지도 않으면서 화초의 이름

들을 물었다.

　─문주란, 필레아, 스킨…… 답서스, 이거는 마 생각이 안 나네. 보로…… 뭐시기라 캤는데, 애비가 보몬 기겁하겠네. 하기사 이것들을 진심으로 애끼몬 지가 집에 붙어서 물도 주고 비료도 주야 되는 거 아이가. 바쁜 에미가 하겠나, 내가 하겠나. 그렇다고 호야 엄마한테 이거꺼지 우째 해라 카겠노. 지지리도 못난……

　손가락으로 화분들을 하나씩 가리키며 이름을 말하다가 진순 씨는 다시 아들에 대한 노여움이 되살아나는 모양이었다. 나는 바가지를 내려놓고 진순 씨의 팔짱을 끼며 말했다.

　─오늘은 우리, 집 밖을 걸어봐요.

　─좋다, 그라자.

　고작 골목길을 돌 거면서 나는 멀리 갈 태세를 취했다. 진순 씨도 멀리 갈 형편이 못 되었다. 골목 두 바퀴 겨우 돌자 진순 씨는 턱까지 차오르는 숨을 헐떡거리며 감당하기 힘들어했다. 그 모습을 보니 심장에 너무 무리를 준 것 같아 겁이 덜컥 났다. 더 이상 걷기를 포기하고 나는 진순 씨를 데리고 집 안으로 들어갔다. 진순 씨는 마루에 털썩 주저앉으면서 말했다.

　─그거 쪼매이 걸었다꼬 이래 힘이 드는 거 보께나 내 심장이 인자 다 됐는갑다.

　─아니에요. 제가 조금 빨리 걸어서 그래요.

　나는 진순 씨를 안심시키기 위해 거북이걸음으로 걸었으면서도 그렇게 말했다. 그러자 내 말을 믿고 싶은 모양이었다.

참 좋은 시간이었어요

―하기사 꼬부라진 할망구가 젊은 사람 보조를 우째 맞추겠노. 아, 지수 씨, 인자 갈 시간 안 됐나?

정확하게 퇴근 시각이 되었다. 앞으로 한 시간 이상 혼자 보내야 할 진순 씨가 염려되지 않는 것은 아니지만 고시 준비생이라는 내 처지를 먼저 생각하기로 마음먹었기 때문에 나는 퇴근 준비를 했다. 준비래야 고작 가방을 챙겨드는 것이지만……. 그날은 특별히 유에스비를 가방 앞주머니에 넣고 지퍼를 잠갔다. 그걸 지켜보다가 진순 씨가 내게 당부했다.

―지수 씨 낼 올 적에 꼭 사진 맨들어서 온나. 잊아뿌지 말고.

―네네, 여부가 있나요. 기대하세요. 진순 씨, 참 좋은 시간이었어요.

―지수 씨, 참 좋은 시간이었어요.

늘 그러하듯, 우리식의 작별 인사를 나누고 대문을 나오면서 나는 '참 좋은'이라고 몇 번 중얼거려보다가 생각했다. '참 좋은 시간'을 보낸 현재가 바로 과거로 되지만 계속 이어진다면 미래도 '참 좋은 시간'이 되지 않을까?

편의점에서 간편식으로 나온 콩나물 해장국을 사서 엄마가 만들어준 밑반찬과 함께 먹으니 만족할 만한 저녁 식사가 되었다. 설거지를 끝내고 공부를 시작하려다 진순 씨가 부탁하던 사진이 생각났다. 사진부터 먼저 뽑아놓고 공부를 시작하는 편이 좋을 듯해 유에스비를 노트북 옆구리에 꽂았다. 그러고서 사진 파일을 불러내려다 '단상'이라는 파일을 발견했다. 단상? 때에 따라 떠오르는 짧은 생각

사진들

이란 뜻으로 붙인 건가? 일기와 비슷한, 아니면 긁적거려보는 낙서 정도로 지극히 사적인 내용이 담겨 있지 않을까? 그날 유에스비에 담긴 파일들을 확인해보지도 않고 급하게 사진을 저장시켰다는 걸 뒤늦게 깨닫고서 괜한 실수를 저지른 것 같아 마음이 찜찜했다. 다음 날 이걸 제자리에 빨리 갖다놓아야지, 하는 생각을 하면서도 호기심이 일어나 파일 위로 기어코 마우스를 누르고야 말았다. 그 파일이 판도라 상자 같으리라는 예상을 전혀 하지 못하고서……. 만약 알았더라면 나는 절대로 파일을 열지 않았을 것이다. 아무리 호기심이 발동했더라도 오랜 세월 동안 깊고 은밀하게 숨겨둔 남의 아픈 사연을 들여다볼 마음은 추호도 없었으니까. 그러나 내 손끝은 이미 일을 저질렀고, 내 시선은 앞에 펼쳐진 화면으로 끊임없이 이끌려가기 시작했다.

참 좋은 시간이었어요

10

단상

❖

늘 눈앞에 푸른 바다가 출렁거리며 손짓하고 있다. 그 손짓에 사로잡혀 바다로 향하는 나를 멈추게 할 수 없다. 바다가 부르는 대로 돌아다니다 보면 한 해의 절반이 사라져버리고, 내 일상은 무너져 있다는 걸 뒤늦게 알아차리곤 한다. 차라리 바다의 집시, 바자우족이 되어 원하는 것이 없다는 그들처럼 살아갈 수 있다면……. 이젠 더 이상 내 자신을 수습하기가 어렵다.

"박상현, 박상현……"

끊임없이 내 이름을 부르며 정체성을 찾아보려 하지만 처음부터 나라는 사람은 이 세상에 존재하지 않았던 게 아닌가, 하는 의구심에 빠진다. 지금의 나는 마치 다른 사람의 생을 훔쳐서 살아가고 있는 것 같다. 그러니 나는 내가 아닐지도 모른다. 이런 황당한 생각은 며칠씩이나 지속되는 불면 끝에 견디지 못해, 졸피뎀 주사액을 투여하고 나면 더 강력하게 든다. 쏟아지는 졸음과 함께 내 몸을 덮쳐오는 바닷물, 그리고 또렷하게 들려오는 목소리.

"박상현!"

그렇게 나를 부른 사람은 상민이었을 것이다. 내 추측이 확실하다면 상민이 이 세상에서 마지막으로 뱉은 말이 내 이름 석 자가 아니었을까? 그날, 물속에서 허우적거리며 상민은 평소처럼 나를 형이라 부르지 않고 왜 박상현이라고 불렀는지는 모를 일이다. 형이라고 불렀다면 나는 그 애를 모른 체하지 않았을지도 모른다는 생각이 세월과 함께 더 자주 든다. 그렇다고 물속에서 일곱 살의 형이 다섯 살의 동생을 구해내기야 했을까마는, 적어도 붙잡아오는 손을 뿌리치지는 않았을 것이다.

모래사장에서 눈을 떴을 때는 내 주위에 사람들이 둘러서 있었고 동네 형들은 죽을상을 짓고서 훌쩍거렸다. 나는 그 형들의 얼굴을 보자 몇 시간 전의 일이 꿈처럼 떠올랐다.

상민과 골목에서 놀고 있는데 뒷집 형이 친구들과 가방을 하나씩 메고 우르르 뛰어나왔다.

"형, 어디 가? 나도 따라갈래."

"꼬맹이들은 안 돼. 우리, 가포 해수욕장 간단 말이야."

기껏해야 나보다 서너 살 위인 뒷집 형은 나를 아주 꼬마 취급하며 거절했다. 올여름이 시작되면서부터 가포 해수욕장을 가자고 몇 번이나 아버지에게 졸라대고 있는 중이었다. 나는 작년에 배운 수영을 꼭 다시 멋지게 해보고 싶었다.

"형, 내가 수영을 얼마나 잘하는지 모르지? 아마 형들보다 내가 훨씬 더 멀리 나갈 수 있을걸."

"너, 진짜야?"

참 좋은 시간이었어요

그 중에서 가장 키가 큰, 형 친구가 믿지 못하겠다는 얼굴로 물었다.

"그럼. 내가 보여줄게."

좋아, 우리는 골목을 나가자마자 신작로에 서 있는 버스를 향해 달려갔다. 나는 그때까지 상민을 데리고 나왔다는 것도 까마득하게 잊고 있었다. 형들 중 한 명이 상민을 안고 버스에 오를 때에야 어쩌면 내가 지금 큰일을 저지르고 있는지도 모른다는 불안감이 들었다. 하지만 나는 수영 실력을 뽐낼 기대에 들떠 있는 데다가 버스 속에서 형들과 떠드느라 금방 잊어버렸다.

끝없이 펼쳐진 바다와 하얀 백사장이 햇살을 받아 반짝거렸다. 형들이 환호성을 지르며 금방이라도 바다에 뛰어들 듯 급하게 수영복들을 갈아입기 시작했다. 그 옆에서 부신 눈을 제대로 뜨지 못 하고 나와 상민은 팬티만 입은 채 우두커니 서 있었다. 그러자 뒷집 형이 날쌔게 튜브 하나를 빌려와 상민의 허리에 걸쳐주었다. 그걸 양손으로 조심스럽게 잡고 서서 상민은 햇살에 이마를 찡그리고 잔뜩 겁먹은 얼굴을 했다. 얼떨결에 나를 따라나선 게 무척 후회되는 모양이었다. 옆에 어머니가 있었으면 틀림없이 나를 혼냈을 것이다.

"대체 동생을 어디까지 끌고 간 거야? 인석아, 형 노릇을 제대로 하라구!"

어머니는 늘 동생만 감싸고돌았다. 아버지나 누나들, 심지어 고모까지도 나를 장남이라고 특별대우를 해주는 데 비해 어머니만은 동생을 우선으로 쳤다. 아무래도 나와 동생을 차별하는 것 같았다. 얼마 전 동생과 싸움이 벌어졌는데 나만 진탕 혼났다. 참을 수 없어 나는 불만을 터뜨렸다.

"씨이, 어머닌 왜 나만 가지고 그래요? 상민이가 먼저 나를 괴롭혔다고 요."

"뭐, 씨이? 이 녀석 좀 봐. 될성부른 나무는 떡잎부터 알아본다는데, 머리 꼭대기에 안즉 피도 안 마른 녀석이 벌써부터 어미한테 대들기나 하고. 실컷 키워놔봤자 헛고생이나 하는 게 아닌가 모르겠다. 네가 형이잖아. 형이 돼가지고서 그깟 것도 하나 못 참아?"

벌겋게 얼굴이 달아오른 내게 상민은 혀를 날름 내밀어 보이더니 어머니 무릎에 올라앉으며 말했다.

"그치, 엄마. 형이 나빴지?"

어머니는 아무 대꾸도 않고 품에 안긴 상민의 머리를 쓰다듬었다. 그날 밤, 나는 악당들 무리와 함께 동생을 처치하는 꿈을 꾸었다. 꿈속에서라도 동생을 흠씬 패주니 속이 다 시원했다.

나는 뒷걸음치려는 동생의 손목을 잡고서 바닷속으로 끌고 들어가다시피 했다. 겁에 질려 울먹거리는 동생에게 마구 핀잔까지 주었다. 어머니가 없으니 평소의 앙갚음을 할 수 있는 절호의 기회였다.

"겁쟁이, 등신! 수영을 하면 얼마나 신나는데 바보처럼 울고 서 있냐? 물이 뭐가 무서워? 튜브까지 두르고서 말이야. 정 무서우면 형이 헤엄치는 걸 구경이나 하든지."

큰소리치고 나는 물을 향해 온몸을 뻗었다. 부드러운 물살이 나를 감싸 안았다. 살짝 들어 올리는 물의 힘에 온몸을 맡기고서 손과 발을 저어 천천히 앞으로 나아갔다. 지난여름 아버지에게서 배운 수영을 내 몸이 용하게도 기억하고 있는 게 정말 신기했다. 형들이 옆에서 소리쳤다.

참 좋은 시간이었어요

"와우, 진짜 헤엄칠 줄 아네."

"꼬맹이, 뻥 아니었구나."

형들의 칭찬에 신나서 나는 더욱 물속 깊이 들어갔다. 상민은 튜브를 두르고서 기분이 나아진 얼굴로 나를 따라붙고 있었다. 나는 속으로 녀석이 제법이라고 생각하며 조금 더 속도를 빨리했다. 얼마나 더 갔을까, 저 멀리 커다란 파도가 혀를 널름거리며 다가오고 있는 게 아닌가. 재빨리 몸을 돌려 팔다리를 움직였지만 그건 순식간에 우리를 널름 삼키고 말았다. 물살에 떠밀려 어디론가 가다가 시커먼 튜브가 둥둥 떠 있는 게 보였다. 분명 상민의 것이다, 라는 생각이 들어 그걸 잡으려고 팔을 뻗는 순간 내 손을 필사적으로 잡아오는 손길을 느꼈다. 그리고 이어 들려오는 소리는 다급하지만 또렷해서 귓속에 박히는 듯했다.

"박상현!"

마치 그 소리에 힘입은 듯 나는 매몰차게 손을 뿌리쳤다. 그러고는 얼마 후 나는 정신을 잃고 말았다.

몇 날 며칠을 수색해도 상민의 사체는 찾을 수 없었다. 그야말로 초긴장 상태의 집안 분위기가 한동안 계속되었다. 그 속에서 나는 숨도 제대로 쉬지 못하고 이 눈치 저 눈치를 보며 지냈다. 그러던 중에 완전 초주검이 된 어머니를 동네 사람들이 위로하고 돌아서가며 수군거리는 소리들을 나는 들었다.

"벌써 고기밥이 됐을 거야. 쪼끄만 어린애 몸통보다 큰 고기들이 얼마나 많은데……."

"그러나저러나 진동댁이 저러다가 큰일나겠어. 줄초상 칠까 걱정이네."

"하기야 특별히 애지중지했으니…… 저렇게 빨리 갈 줄 알고 더 그랬는지 몰라. 진동댁 막둥이 사랑은 참 유별했지."

몇 개월이 지나자 아버지와 누나들은 상민의 죽음을 받아들이고 내 잘못이 아니라는 것도 인정했다. 그들과 달리, 유독 어머니만은 내가 상민을 죽게 했다고 믿는 눈치였다. 아니, 더 정확하게 말하자면 어머니 앞에서는 내가 상민을 죽게 했다는 생각이 들기까지 했다. 그 이유를 나도 알 수 없었다. 수십 년이 지난 지금도 우리 모자는 그때 일을 한 번도 언급한 적이 없었다.

어머니가 내 생모가 아니라는 걸 알았을 때는 중학교에 갓 입학했을 무렵이었다. 나는 마산서 제일 좋다는 중학교에 수석으로 합격했다. 그나마 어머니의 눈에 들 수 있는 방법은 우수한 학업 성적뿐이라는 걸 나는 일찍이 알고서 공부에만 매달린 결과였다. 어쨌든 어머니도 나도 아주 만족스러워했다. 내가 수석으로 입학한 학교의 교문을 드나들 때마다 나는 허리와 어깨를 당당히 펴곤 했다. 3월이었지만 꽤 쌀쌀한 날씨라 커다란 교복 속에서 자꾸 움츠러드는 몸을 바로하고서 교문을 나설 때였다.

"상현아, 박상현!"

아직 잎을 달지 않은 나뭇가지가 바람에 흔들리는 소리 사이로 내 이름을 부르는 소리가 가느다랗게 들려왔다. 저런 소리로 나를 부르는 친구가 있을 리 없다고 생각하며 잘못 들은 줄 알고 서너 걸음 더 걸었을 때, 또다시 내 이름을 더 크게 부르는 소리를 들었다. 그제야 나는 걸음을 멈추고 사방을 두리번거렸다.

"상현아! 여기야."

참 좋은 시간이었어요

짙은 보라색 스웨터를 걸친 여자가 내 앞에서 손을 흔들고 있었다. 그러고 보니 저 여자를 처음 보는 건 아니었다. 집 근처에서 몇 번이나 마주친 적이 있어 낯이 익었다. 마주칠 적마다 웃으며 내게 말을 걸어올 듯해 나는 잽싸게 몸을 돌리곤 했었다. 그런데 저 여자가 왜 여기까지 찾아와 나를 부르는 걸까? 모른 체하고서 고개를 돌리고 싶었지만 정면으로 마주치니 피할 길이 없었다.

"학교 끝났지?"

고개를 끄덕이자 여자는 내 팔을 잡더니 손등을 덮은 교복 소매를 접어주며 중얼거렸다.

"에그, 교복을 너무 큰 걸 해 입혔네."

나는 슬며시 팔을 뒤로 돌리며 퉁명스럽게 물었다.

"아줌마, 왜 그러시는데요?"

"아줌마? 그치, 아줌마……. 아줌마라고 부를 수밖에 없지."

이 아줌마가 정신 나갔나? 그럼 뭐라고 부르길 바란 거야? 나는 눈을 똑바로 뜨고 여자를 보면서 짜증스럽게 말했다.

"대체 왜 그러시냐고요?"

"상현아, 저기 빵집에 잠깐 들어가자."

학교 앞 제과점을 가리키며 여자는 아주 살갑게 말했다. 내 이름까지 어떻게 알았을까? 여자와 나 사이에 무슨 사연이 있다는 걸 직감하고서 목소리가 떨려서 나왔다.

"아줌마랑 빵집엔 왜요?"

"너한테 맛있는 빵을 사주고 싶으니까."

뭐 때문에 빵을 사주고 싶은지는 차마 물어볼 수 없었다. 여자의 입에서 엄청나게 충격적인 소리가 튀어나올 것 같은 예감이 들어서였다. 그런 내 속마음 따위는 알 바 아니란 듯 여자는 빙그레 웃어 보이더니 앞장서 걸어갔다.

입학한 지 얼마 되지 않은 탓에 학교 앞 제과점이나 분식집에 아직 한 번도 들어가 본 적이 없었다. 신입생 오리엔테이션 때 학생 주임은 제과점이나 분식집도 다 유흥업소로 간주하고 출입금지라고 분명히 일러두었었다. 하지만 열 평 남짓한 실내에 빈자리가 얼마 없을 정도로 우리 학교 아이들로 차 있었다. 도넛과 단팥빵을 주문하고서 나를 바라보던 여자와 그만 시선이 마주쳤다. 그러자 여자의 눈에서 눈물이 그렁그렁했다. 순간 나는 놀랍게도 모든 걸 알아차리고 말았다. 엄마와 아들이 아니면 이 모든 상황이 설명될 수 없다는 걸…… 주문한 빵들이 나오자 여자는 재빨리 손등으로 눈물을 훔치고는 단팥빵을 포크로 찍어 내게 내밀었다.

"자, 어서 먹어봐."

자주색 팥알이 어른어른 비치는 빵을 한 입 깨무는 순간 입안에서 팥이 으깨지면서 달콤한 맛이 입안에 가득 찼다. 내가 먹어본 단팥빵 중 최고의 맛이었다. 만족스러워하는 내 얼굴을 보면서 여자는 환한 미소를 지었다. 여자는 따뜻한 보리차를 권하면서 내가 빵 하나를 다 먹을 때까지 미소 지은 얼굴로 나를 건너다보았다. 그 미소가 약간 부담스러워져 나는 슬며시 포크를 내려놓았다.

"왜 더 먹지 그래? 이 도나스도 하나 먹어봐."

"아니에요. 배가 불러요."

내가 사양하자 여자는 접시에 남은 빵들을 점원을 불러 싸달라고 했다. 그런 다음, 여자는 다시 나를 똑바로 바라보면서 약간 멈칫거리다가 말을 꺼냈다.

"저, 집에서는 다들 잘해주시지?"

무슨 의도로 묻는 말인지 금방 알아듣지 못해 멈칫하다가 나는 고개를 끄덕였다.

"그럼 됐네. 하나밖에 없는 아들이니까 오죽 잘해주실까? 네가 복이 있는 아이구나. 얼마나 다행이니?"

"뭐가요?"

나도 모르게 퉁명스럽게 내뱉고 말았다. 어쩌다가 나를 남의 집에 맡기게 된 건지, 그 경위를 따져 묻고 싶은 걸 꾹 누른 탓이었으리라. 여자는 내 질문에 별로 당황하지 않고 대꾸했다.

"좋은 집에서 잘 자라고 있으니……. 부모님 말씀 잘 듣고, 공부도 잘해서 앞으로 출세했으면 좋겠구나."

여자는 자신이 생모라는 걸 나도 알고 있다고 짐작하는 눈치였다. 무슨 근거로 그런 짐작을 하는지 나는 궁금하지도 않았다. 점원이 빵을 넣은 비닐봉투를 가지고 오자 나는 자리에서 일어났다. 그러자 여자는 내 가방에 기어이 비닐봉투를 넣어주면서 말했다.

"공부하다가 출출할 때 먹어. 한창 클 나인데……. 하기야 부잣집이라 배곯을 일이야 없겠지만……."

빵집 문을 나오자마자 나는 여자에게 고개를 꾸뻑 숙였다. 할 말이 남은 얼굴로 여자가 나를 바라보았지만 나는 걸음을 빨리 했다.

단상   159

갑자기 생모가 나타난 일을 나는 비교적 덤덤하게 받아들였다. 그건 어딘가에 진짜 내 엄마가 있을지 모른다는 상상을 아주 어릴 적부터 해온 탓일지도 몰랐다. 여전히 어머니가 상민의 죽음을 내 탓이라고 여기고 있을 거라는 자격지심 때문에 나는 그런 상상을 즐겼을 거라 생각한다. 그렇더라도 내가 딱히 집어서 어머니에게 실망을 끼칠 만한 일을 하지 않았기에 지금까지 그런 대로 지내왔던 게 아닐까. 이런 생각들을 해가며 나는 집으로 돌아갔다. 마당에서 화분을 들여다보고 있다가 어머니는 나를 무덤덤한 얼굴로 맞았다.

"난초 잎이 왜 이리 누렇게 되어가누? 인제 오니?"

평소보다 한 시간 이상 늦은 귀가 시간이었지만 어머니는 내가 늦은 이유보다 난초 잎이 변색된 이유가 더 궁금한 모양이었다. 나는 내 방으로 들어가서 문을 잠갔다. 그런 다음 가방 한 귀퉁이에서 이미 온기를 잃은 빵들을 꺼내 꾸역꾸역 씹어 삼키기 시작했다. 그 여자의 눈에서 그렁그렁 괴었던 눈물이 떠오르면서 내 목이 메어지고 있었다.

그 후, 나는 하교할 때면 먼발치에서부터 교문을 먼저 살펴보곤 했다. 간혹 여자가 눈에 띄는 날이면 도서관에서 시간을 보냈다. 그러다 후문이 있다는 걸 알고서 나는 그 문으로 하교하기 시작했다. 하지만 얼마 지나지 않아 방학을 맞았고, 우리는 서둘러 서울로 이사했다.

처음 얼마간은 서울 생활에 적응하느라 나는 다른 생각을 할 여유가 없었다. 조그만 소도시에서 전교 수석은 명함도 못 내보일 정도로 우수한 아이들이 많았다. 그런 아이들에게 나는 결코 지지 않겠다는 결심으로 오로지 공부에만 매달렸다. 그 시절 나는 공부 외의 일에는 거의 신경을 끄다시피

참 좋은 시간이었어요

하고 지냈다. 심지어 아버지의 죽음조차도 내게 큰 타격을 주지 못했다. 당연히 상민의 죽음으로 인한 죄책감 따윈 잊어버렸고, 어머니와의 관계에서도 더 이상 서운함이니 불편함이니 따져보지 않았다. 그러니 교문 앞을 서성이던 여자에 대한 생각이 머릿속을 차지하고 있을 리 없었다. 몇 년간을 그렇게 공부에만 집중한 덕분에 나는 의과대학에 거뜬히 합격할 수 있었다. 어머니는 내 합격증을 들여다보고서 울먹거리며 기뻐했다.

"네 아버지가…… 살아 계셨으면…… 얼마나 좋아했을까? 상현아, 수고했다. 정말 대단하구나."

그 순간, 몇 년간 잊고 있었던 여자의 얼굴이 비로소 떠올랐다. 보고 싶다는 생각과 함께 찾아낼 방법까지 알아보려고 하는 자신을 깨닫고서 너무나 당혹스러웠다. 물론 여자에 대한 정보를 전혀 갖고 있지 않아서 찾을 길조차 없었다. 하다못해 이름이나 나이라도 알고 있었더라면……. 어머니에게 섣불리 물어볼 수도 없었다. 그래선지 보고 싶은 마음이 더 커져갔다.

캠퍼스에 봄꽃들이 만발하고, 때맞추어 축제가 시작될 무렵이었다. 쌍쌍파티에 데리고 갈 파트너를 구하느라 한창 미팅에 열을 올리던 중이었다. 그랬지만 마음에 드는 파트너를 만나지 못하고 있는데, 대타로 나가달라는 같은 과 친구의 간곡한 부탁에 응하게 되었다. 그날 내 상대가 된 그녀, 유선을 보는 순간 나는 처음에는 그 여자인 줄 알았다. 내 소개도 잊고 앉아 있자 유선이 먼저 고개를 까딱하며 자신을 소개했다.

"가정학과 일 학년 장유선이에요."

그렇지, 그 여자일 리 없잖아. 설마 그 여자의 딸이지는 않을 거고. 하이고, 이런 생각까지……. 내가 정말 미쳤군. 정신을 차려야지.

"아, 저는 의예과 일 학년 박상현입니다."

잠시 뜸을 들이고 인사하는 나를 향해 그녀는 방긋 웃어 보였다. 아, 어쩌면 저 웃음까지……. 우리의 만남은 그렇게 시작되었다. 처음 얼마 동안 그녀는 내게 물어보곤 했다. 아직도 내가 보고 싶어 하는 여자와 자신이 닮았는지. 그럴 때마다 내가 고개를 끄덕일 뿐, 더 이상 그 여자에 대해 이야기하지 않으니까 언제부턴가 묻지 않았다. 내 눈에만 그렇게 보이는 건 아닌 모양이었다. 그녀와 내가 나란히 걸어가는 걸 어머니가 우연히 목격하고서 소스라치게 놀라는 광경을 보게 되었다. 그러고서 집으로 돌아가자 어머니는 대뜸 내게 말했다.

"그 애랑 사귀니? 상현아, 걔랑은 만나지 않는 게 좋겠다."

"왜요? 유선이가 얼마나 괜찮은데요.. 어떤 점이 맘에 안 드세요?"

나는 약간 시비조로 불만스럽게 대꾸했다. 내 대답에 잠시 할 말을 잊은 듯하더니, 어머니답지 않은 이유를 댔다.

"뭐, 특별히 어디가 마음에 안 들어서라기보다……. 인상이 좀 별로……. 박복할 관상이야. 왠지 께름칙하게 느껴져."

"어머니가 언제부터 관상을 보셨다고 그래요? 그런 말도 안 되는 이유는 제가 받아들일 수가 없지요."

코웃음이 나오려는 걸 꾹 참고 나는 해서는 안 될 말이라고 생각하면서도 내뱉고 말았다.

"유선이 닮은 사람이 박복한 걸 보신 모양이죠? 안 그러시고야 그렇게 말씀하실 수는 없는 거예요. 관상에 특별히 조예가 있으시지도 않으면서 말이에요."

"네가 그렇게 말하니 내가 말하지 않을 수가 없구나. 예전에 우리 집에 있던 식모 애랑 많이 닮았더라. 그래서 하는 소리야."

뭐, 식모 애? 나는 온몸이 부들부들 떨려오는 걸 참으면서 내 생부는 누구일까, 비로소 궁금해졌다. 어째서 나는 그동안 생부가 누구인지는 전혀 생각해보지 않았을까? 그렇다면 혹시 돌아가신 우리 아버지가 그 여자를 건드려서 나를 낳은 건가? 어느 모로 봐도 아버지가 그럴 분은 아니지 않은가? 경악해하는 내 얼굴을 보고서 어머니는 심한 말을 했다는 생각이 들어선지 무슨 말이든 하려고 역력히 애를 쓰는 듯했다.

"내 말은……, 식모라고 해서 얕봐 하는 소리가 아니라……. 그 애를 보니 영자가 생각나서……. 아, 이름이 영자였거든. 우리 집에서 나가 가발 공장 다니면서 처자식 딸린 웬 건달을 알아가지고……. 그래, 더 이상 말하기도 싫다. 어쨌든 팔자가 사나웠지. 하필이면 걔랑 어쩌면 그리도 인상이 닮았는지……."

아, 그 여자의 이름이 영자구나. 그렇다면 내 생부가 처자식 딸린 건달? 내 출생 배경이 단번에 짐작되면서 친부모 손에서 자라기 어려운 상황이었다는 걸 알아차렸다. 어머니는 아무래도 괜한 말을 꺼냈다고 생각하는 얼굴이었다. 그 참에 궁금했던 그 여자의 안부를 나는 묻지 않을 수 없었다.

"그 영자라는 분은 지금 연락이 돼요?"

"연락은 무슨……. 우리 이사 오기 얼마 전에 집 근처에서 우연히 본 적이 있긴 해. 어디 있는지 모르지만 이제라도 제대로 잘 살고 있으면 좋겠구나."

어머니의 말에서 진심이 느껴졌다. 나도 그 여자가 잘 살고 있기를 진심으로 빌었다. 그 후, 얼마 되지 않아 어머니의 우려 덕분인지 유선은 가족들과 함께 미국으로 이민을 가면서 우리의 만남은 끝이 났다. 몇 번의 편지가 오가다가 1년이 채 되지 않아 그마저 끊기고 말았다.

수십 년이 지난 지금도 가끔 얼굴이 떠오르면서 보고 싶어진다. 그 얼굴이 유선인지, 생모인지 분명치 않을뿐더러 보고 싶은 대상 또한 둘 중 누구인지 나는 정확하게 알 수 없다. 그 당시 유선과의 교제를 반대했던 어머니의 심정을 나는 나이가 훨씬 더 들어서야 이해할 수 있었다. 그리고 당신이 낳은 하나밖에 없는 자식을 잃은 심정까지……. 더구나 그 죽음이 나로 인해서였으니……. 어머니는 속으로 피눈물을 흘리면서 나를 키워냈을 것이다.

다원은 우리 부부가 늦은 나이에 겨우 얻은 아들 아닌가. 다미를 멋모르고 키웠는 데 비해 다원은 자식 키우는 재미를 솔솔이 보면서 키운 아이였다. 그런데 그런 아이를 사고로 잃다니. 세상에 어떻게 이런 일이 일어날 수 있는가. 아이를 잃은 부모들이 모여 몇 개월 넘게 사고의 원인과 경위를 밝히려고 백방으로 뛰어다니지만 잃은 아이를 도로 찾아올 방법은 어디에도 없었다. 이젠 지쳐 유족 모임에도 더 이상 참석하지 않으려고 한다. 하지만 여전히 악몽은 계속되고 있다.

다원을 잃게 되자 수십 년 동안 가슴 밑바닥에 처박아둔 상민이 불쑥 떠올랐다. 어쩌면 아직도 바닷속을 유영하고 있을지도 모르는 상민을 찾아내면 우리 다원이도 구해낼 수 있으리라는, 어처구니없는 망상이 나를 미쳐가게 한다. 하지만 나는 망상에 쫓겨 바다를 찾아 나서지 않을 수 없다. 그러지 않으면 내 삶은 죽음과 다름없으므로……. 나는 죽지 않기 위해 바다로 향한다. 아니, 솔직하게 말하자면 상민의 삶을 훔쳐 살아왔다고 믿는 내 삶을 도로 돌려주고 싶어서다. 그러면 그 애도 나를 용서하고 우리 다원일 찾아주지 않을까?

　수학여행을 떠나기 전날 밤, 여행 가방을 싸면서 들려오던 아이의 웃음소리와 노랫소리. 그 소리들이 지금도 내 귀에 쟁쟁 울려오는데 아이의 모습은 보이지 않으니······. 그날 밤, 아이는 제주도로 가기 위해서가 아니라 저승으로 가기 위해서 콧노래까지 부르며 가방을 쌌단 말인가? 불과 열여덟 꽃다운 나이의 아이에게 저승이라니. 가당하기나 하단 말인가. 목놓아 우는 내 옆에서 어머니는 내 등을 어루만지면서 말했다.

　"애비야, 실컷 울어라. 그래야 네 속이 시원해진다면······. 자식 잃은 슬픔만 한 게 세상에 어디 있겠냐. 당해보지 않은 사람은 모른다. 티브이고 신문에서 아무리 떠들어대며 누구의 잘못이니 해봐야 자식 잃은 부모 마음을 지네들이 어떻게 다 안담. 다 하늘의 뜻이거니 해야 견딜 수 있단다. 누구를 탓하고 원망해봐야 아무런 소용 없고 너만 힘들지. 내가 겪어보니 그렇더라."

　아이러니하게도 어머니와 처음으로 동병상련했으며 비로소 내가 용서를 받았다는 생각이 들었다. 하지만 어머니의 충고에도 불구하고, 해마다 4월이면 병원 문도 닫아버리고 노란 리본들이 나부끼는 팽목항을 향해 나는 뛰쳐나가지 않을 수 없다. 그런 내게 어머니는 혀를 차며 못마땅해했다.

　"끌끌, 고연 놈. 어쩌면 저리도 모자랄까? 이제 정신을 차릴 때도 됐건만. 다 내 탓이야. 내가 자식을 잘못 키워놨구먼."

　팽목항에서 시작해 남해 바다를 다 돌고서 동해까지 오면 한 해의 반이 지나가버린다. 그 여정 동안 나는 다원을, 상민을 순간순간 곳곳에서 만나기 때문이라는 말을 어머니에게 절대로 할 수 없다. 그랬다가는 내가 정말

돌았다고 여기고 상심이 클 거니까. 습관적으로 계속되는 내 가출로 식구들에게 끼치는 피해 또한 나는 모르지 않다. 그래서 가출의 충동을 누르려 애를 써보지만 내 힘 밖의 일이다. 나로서도 어쩔 수 없는…….

나이를 먹을수록 내 의지와 상관없이 돌아가는 일들을 더 많이 겪게 된다. 하기야 세상에 태어날 때부터 내 의지와 상관없이 태어나지 않았는가? 내게 일어나는 일들을 어떻게 받아들이는가, 하는 문제가 바로 남은 삶에 주어진 과제일 것이다. 이 과제를 나는 잘 해결하고 싶다. 그러고 나면 잘 죽을 수 있으리라고 믿는다. ❖

11

피해자

단상을 여기까지 읽고 나자 박상현이라는, 전혀 알지 못하는 사람의 내밀한 이야기를 훔쳐봤다는 생각이 뒤늦게 들어 기분이 영 개운치 않았다. 더 이상 읽으면 안 될 것 같아 나는 '모친 심진순 사진' 파일을 빠르게 찾아내어 사진들을 프린트했다. 50여 장의 흑백사진을 A4 용지 예닐곱 장에 담아놓고 나자 마치 과제를 끝낸 기분이었다. 내 기분을 알 리 없는 진순 씨는 사진 속 여기저기서 해맑게 웃고 있다. 앞으로 자신에게 닥쳐올 위기나 고난을 전혀 알아차리지 못하고서……. 이 사진들을 보면서 70여 년 전의 시간 속으로 진순 씨가 돌아가 즐거울 수 있다면 좋겠다.

박상현의 단상을 읽느라 시간을 허비하고서도 공부에 집중하기가 어려웠다. 희끗희끗한 머리카락을 휘날리며 넘실거리는 푸른 바다 앞에서 망연자실하고 서 있는 초로의 남자가 자꾸만 내 눈앞에서 어른거렸다. 아무래도 공부를 하긴 걸렀다는 생각이 들어 나는 잠을 자두려고 서둘러 침대 속으로 들어갔다.

시퍼런 물살과 거센 파도와 난파한 배, 그리고 어린아이와 소년과 중년의 남자가 뒤죽박죽 섞여 나오는 어지러운 꿈속을 헤맸다. 그러다 눈을 떴을 때는 벌써 창이 푸르스름해지며 밝아오고 있었다.

─미쳤구나, 미쳤어.

나는 벌떡 일어나 앉았다. 습관적으로 베개 옆에 놓인 스마트폰으로 시간을 확인하다가 부재중 전화와 문자 메시지 들이 떠 있는 걸 발견했다. 주로 가족 채팅방에서 주고받은 문자들이었다.

우리 현수, 결국 해냈구나. 대단해! 수고 많았다.

장하다, 장해! 그 어려운 데를 들어가다니. 역시 우리 아들 최고!

뭘요. 뒷바라지해주시고 묵묵히 지켜봐주신 아빠와 엄마 덕분이지요. 며칠 후에 다녀갈게요~~^^

우리 가족 오랜만에 모여 축하파티를 열자꾸나.

그러니까 현수가 취업이 되었단 말이지? 나는 손등으로 눈을 비비고 다시 문자들을 읽어보았다. 분명했다. 뭐야, 난 그런 줄도 모르고 잠들어 있었다니……. 통화를 하긴 이른 시각이라 나도 채팅방에 축하한다는 문자 메시지부터 일단 보냈다. 그러자 놀랍게도 바로 스마트폰이 울렸다. 엄마였다.

—넌 이제야 문자를 봤니? 행여나 뭔 일이라도 있나 해서 걱정했어.

—일은 무슨……. 근데 엄만 이 새벽에 왜 깬 거야?

—잠이 안 와서. 너무 좋으니까 잠도 안 오네. 이번에도 안 되면 어떡하나 했는데……. 정말 감사할 일이야.

아, 또 '감사'가 나오는구나. 하지만 엄마의 감사 타령이 한숨보다는 훨씬 듣기 나았다. 그래서 나도 감사할 일이라고 맞장구를 쳤다.

—이제 너만 붙으면 돼. 잘 돼가고 있지?

—으으, 뭐 그렇지.

나는 어정쩡한 대답으로 통화를 마치고는 시험 준비할 기간이 3개월여밖에 남지 않았다는 사실을 떠올렸다. 지난밤에 공친 일이 후회되면서 엉뚱한 일로 시간을 자꾸 보내는 자신이 한심스러웠다. 그러자 남은 시일 동안 시험 준비에만 몰두해도 시간이 부족할 판에 아르바이트까지 해야 하는 상황이 새삼 불만스럽고 짜증났다. 불과 얼마 전까지 괜찮다고 큰소리쳐놓고선…….

'교육행정' 온라인 강의를 연달아 두 타임 듣고 나자 기다렸다는 듯 현수가 전화를 걸어왔다. 방방 뜨는 목소리로 먼저 합격자 명단을 확인할 때의 기분을 소상하게 떠들고 나더니 입사할 회사 측에서 지정하는 병원에 다음 날 신체검사를 받으러 가야 하는 일만 남았다고 은근히 자랑했다. 나는 축하한다는 말만 몇 번 되풀이하고서 통화를 끝내려 했다.

―누나, 파이팅!

현수가 신나서 외치는 파이팅이 왠지 내겐 기운 빠지게 느껴지면서 피식 웃음이 났다. '짜식, 내가 뭐 누구랑 싸우기라도 하냐. 아니야, 주어진 상황과 잘 싸워서 이기란 말이지? 알았어.' 이렇게 주절대다가 나는 진순 씨 집으로 갈 시간이 얼마 남지 않았다는 걸 알고서 외출 준비를 시작했다.

지하철 안은 벌써 개학일이 되었는지 중고등학생들로 꽤 붐볐다. 나는 한쪽 구석에 자리 잡고 서서 창에 언뜻언뜻 비치는 내 얼굴을 남의 얼굴 보듯이 바라보았다. 30년이나 봐온 내 얼굴이 왜 이렇게도 낯설게 보이는지 모를 일이라고 생각하다가 아흔 살쯤에는 어떤 얼굴일까 상상해보았다. 그러자 상상한 얼굴이 놀랍게도 진순 씨의 얼굴과 닮아 있었다. 앞으로 60여 년을 더 살면서 많은 세상사를 겪고 나면 우리의 얼굴들은 결국 다 닮아 있는 게 아닐까? 이런 내 생각을 흔들듯 지하철은 덜컥거리며 가다가 정거장마다 서서 사람들을 토하고 삼키고를 반복했다.

여전히 볕은 쨍쨍했지만 팔에 와 닿는 기운이 어딘지 모르게 시들하게 느껴졌다. 곧 8월이 가고 새로운 9월이 올 거라는 생각을 하자 쓸쓸한 기분이 먼저 들었다. 벌써 네 해째 반복되는 이 생활에 계절의 변화를 느낄 때마다 기분이 더욱 가라앉으면서 침울해진다. 더 이상 길게 할 짓은 아니었다. 이제 올해를 마지막으로 합격의 여부와 상관없이 때려치우고 말아야겠다.

'다나약국' 유리문으로 약사 아주머니가 턱을 괴고 앉아 있는 모습이 보였다. 웬일인지 손님이 한 명도 보이지 않았다. 아주머니는 무슨 생각에 저렇게 빠져 있을까? 약국을 때려치우고 싶다는 생각을 혹시 하고 있는 건 아닐까? 임용고시 준비 생활을 마음대로 끝낼 수 있는 나와 달리 저 아주머니는 약국을 폐업하고 싶어도 쉽게 할 수 없으리라. 남편 박상현이 돌아와서 정신 차리고 병원 문을 다시 열 때까지는⋯⋯. 저 아주머니야말로 남편이 얼마나 원망스러울까? 그렇든 말든 박상현은 아직도 바다 근처를 헤매며 다니고 있겠지. 가방 속에 넣어온 유에스비가 또다시 내 가슴을 짓누르기 시작했다.

─짜안, 진순 씨! 사진이 나왔어요.

나는 대문을 들어서면서부터 가방에서 사진을 꺼내들어 흔들어보였다. 기대와 다르게 진순 씨의 반응은 영 신통찮았다.

─무신 사진?

무슨 사진이라니. 진순 씨는 전날 일을 벌써 잊은 모양이었다. 나는 프린트해온 사진을 탁자 위에 펼쳐놓고는 급하게 서재부터 먼저 찾았다. 진순 씨는 사진을 들여다볼 생각은 않고 뒤를 따라와서 서재 문을 여는 내 팔을 잡았다.

─거어는 말라꼬 들어가노. 주인 없는 방에⋯⋯.

의심스런 눈빛으로 살피는 진순 씨를 대하니 불쾌감보다 두려움이 앞섰다. 지난밤에 훔쳐본 단상이 떠올라 나도 모르게 긴장된 목소리가 나왔다.

—아, 이걸 도로 놓아두려고요.

유에스비를 진순 씨에게 보여주고서 책상 위 바구니 속에 담고 나자 마치 폭발물이라도 처리하고 난 기분이었다.

—그기 뭐꼬? 와 그걸 지수 씨가 갖고 있었노?

따져 묻는 진순 씨에게 나는 농담조로 대꾸했다.

—보물인 줄 알고 갖고 있었네요. 하기야 우리 진순 씨 사진이 들어 있으니까 보물로 쳐줘야지요, 뭐. 자, 마루로 가서 사진이나 보자고요.

내 손에 이끌려 서재를 나오면서도 의심이 남았는지 진순 씨의 얼굴은 개운해 보이지 않았다. 내가 괜한 일을 했나? 아까운 시간을 허비해가며 말이야. 순간 기분이 상하려고 했다. 하지만 치매기가 있는 노인을 상대해서 화를 내는 건 어리석은 짓이라고, 나는 애써 마음을 달랬다.

—사진이 참 희한하게 생겼네. 요새는 이런 사진도 나오는가베. 그런데 지수 씨, 여어 있는 사람들이 다 누고?

진순 씨는 사진을 들여다보면서도 누구인지 정말 모르는 모양이었다. 풉, 하는 웃음이 나도 모르게 터져 나오고 말았다. 웃을 상황이 전혀 못 된다는 걸 바로 깨닫고서 나는 수습하기 위해 조근조근 설명하기 시작했다.

—자세히 보세요. 예전에 진순 씨와 친구들이 다 함께 찍은 사진들이에요. 어제 이 사진들을 진순 씨가 많이 보고 싶어 했어요. 아드

참 좋은 시간이었어요

님 컴퓨터에 이 사진들이 다 들어 있는 걸 아까 본 유에스비에 저장시켜서 제가 우리 집에서 다 뽑아 온 거예요.

진순 씨는 내 설명을 귀담아 듣지 않는 눈치였다. 하지만 점점 사진에 몰두되어가는 듯하다가 갑자기 크게 소리쳤다.

─하이고야, 야아들이 우얀 일로 여기 있노? 나도 여기 비이네. 아, 그라고 보이 우리 학교다. 건물이 그대로 남아 있네. 이기 언제 때 일이고? 전쟁이 나기 전인갑네.

진순 씨의 눈빛이 아련해지면서 그리움에 젖어들고 있었다. 그 옆에서 나도 사진들을 들여다보며 내가 태어나기도 훨씬 전, 70여 년 전의 시간 속으로 들어가 보았다. 하지만 희미한 흑백사진 속의 시간들은 내겐 불분명하고 비현실적으로 느껴질 뿐이었다. 나와 달리 진순 씨는 이제 또렷해진 기억을 더듬으며 생기 있는 목소리로 떠들기 시작했다.

─야는 인숙이, 그 옆에는 순정이다. 육이오사변 때 순정이는 그만 이북으로 끌리가서 볼 수가 없게 돼뿌린 기라. 나캉 마이 친했는데……. 그눔의 전쟁이 나는 바람에 참말로 여러 사람 인생을 바까놔삤다. 이북 고위 관직에 있는 사람이랑 결혼했다는 소문이 돌아쌓더라마는 그걸 우예 알겠노. 살아만 있으몬 우째 만나도 만날 줄 알았는데 인자 세월이 너무 지나버렀어께나 죽은 거는 아인가 모르겠다. 야는 정희. 정희는 일사 후퇴 때 피난을 못 가고 있다가 괴뢰군한테 겁탈을 당하는 바람에……

머잖아 전쟁이 발발해 자신들의 인생이 짓밟힐 줄 꿈에도 모르는 소녀들이 교정 여기저기에서 터뜨리는 웃음소리가 금방이라도 들려올 듯했다. 그때로 돌아간 진순 씨는 뭐가 우스운지 깔깔거리며 웃어댔다.

—이 선생님 별명이 삼각빤쭈다. 우째 그런 별명이 생깄노 하몬 재봉 선생이 잠깐 자리를 비운 사이에 지나가다가 우리가 바느질하는 거를 보고는……. 아하하, 너거 머 맨드노 묻는데 대답을 안 하께나 삼각빤쭈 맨드나, 그라는 기라……. 깔깔깔……

선생님 별명이 '삼각팬티'라는 것까지 소상히 떠올리며 진순 씨는 이제 사진에 홀딱 빠져 몇 시간이고 이야기할 태세다. 언짢았던 처음의 기분과 달리 나도 옆에서 적당히 보조를 맞추며 웃어주었다. 그러다 대문을 두드리는 소리가 들려 나가봤더니 우편 집배원이 소포로 온 책을 내밀었다. 처음 있는 일이었다. 그동안 택배나 소포가 배달되어오는 걸 본 적이 없기에 나는 발신인과 수신인을 유심히 들여다보았다.

발신인 : 윤태규
수신인 : 윤성희

약국 아주머니의 친정 오빠가 보낸 모양이었다. 진순 씨는 손뼉까지 치며 웃어대다가 내 손에 들린 책을 보고는 달라고 했다.

—이거 아주머니한테 온 것 같은데요. 아마 오빠 분께서 보내셨나 봐요.

－이리 주봐라. 내가 한번 보구로.

　진순 씨는 궁금증을 견디지 못하겠다는 얼굴로 기어이 봉투를 찢고 책을 끄집어냈다. 그러자 짙은 푸른색의 책이 갈색 띠지를 두르고서 모습을 드러냈다. 제목은 띠지와 같은 갈색 글씨로 '역사 속 민중의 삶'이라고 되어 있었다. 중후한 느낌이 나는 표지처럼 내용도 무거우리라는 짐작이 들었다. 한눈에 봐도 쉽게 읽을 수 있는 책은 아닌 것 같았다. 진순 씨도 책을 확인하자 호기심이 싹 가신 얼굴로 옆에 밀쳐놓았다. 좀 전까지 깔깔 웃으며 보던 사진에도 이미 흥미를 잃어버린 듯했다. 이제 좀 걷자고 할까, 생각하며 사진들을 주섬주섬 챙기는데 진순 씨가 소파로 올라가 쿠션을 베고 누웠다.

　－진순 씨, 마당 한 바퀴만 돌아요. 운동을 하루에 꼭 삼십 분은 해야 다리에 힘이 붙어 있대요, 네?

　－하이고 마아 됐다. 다리가 천근만근인데 우째 걷는다 말이고. 내사 한숨 잘란다.

　－만날 낮잠이네요. 그러다가 못 걷게 되면 난 책임 안 져요.

　－지수 씨한테 업어달라 안 할 끼께나 걱정 마라.

　전에 없이 그날은 유달리 진순 씨가 삐딱했다. 혹시 치매가 조금씩 심해지는 게 아닌가, 하는 걱정이 되었지만 내가 할 수 있는 것은 거의 없었다. 눈을 슬그머니 감고 있는 진순 씨를 바라보다가 딱히 할 일 없어져 나는 그가 밀쳐놓은 책을 집어 들었다.

　책 날개에 소개된 저자의 프로필을 먼저 들여다보았다.

1947년생. 한국 역사학자. ××대 명예교수. 한국역사위원회 상임 고문

[저서] 한국역사학연구, 식민지 시대 역사의 성찰, 한국 역사 바로잡기, 고대 삼국시대의 문화, 한국역사학 개론

약사 아주머니의 오빠가 역사학자시구나, 라고 중얼거리며 책장을 넘겨 서문을 대충 눈으로 읽어보았다. 커다란 역사의 파도에 휩쓸려 낯선 정착지에서 어려운 세월을 살아냈던 민중의 삶을 들여다보고, 그들에게 빚진 나라와 위정자들의 실수를 되짚어봄으로써 똑같은 잘못이 되풀이되지 않기를 바라는 취지로 썼다는 게 요지였다. 책을 덮으려다 마지막 부분을 나는 다시 읽어보았다. "이 책을 작년에 세상을 떠난 아내와 세월호 사건으로 자식을 잃은 누이에게 바친다." 재미없고 딱딱해 보이는 책이 왠지 서문의 말미 때문에 감성적으로 다가왔다. 외롭고 힘들어 보이는 약사 아주머니에게 이런 오빠가 있다는 게 다행스럽게 느껴졌다. 나는 책장을 손바닥으로 한 번 쓰다듬고는 탁자 위에 올려두었다. 이 책이 약사 아주머니에게 조금이라도 위로가 되었으면, 하는 마음에서였다.

─하이고, 내가…… 마이 잘못…… 용서해도고…… 자 잘못…… 다 내 탓입니더…… 지발…….

허공에 두 손을 내저으며 진순 씨는 마치 물에 빠진 사람처럼 허우적대며 목 질린 소리를 냈다. 그러자 봉선화의 붉은 물이 선명하게 드러난 손톱이 흔들리면서 괴기스럽게 보였다. 어쩔 수 없이 나

는 진순 씨의 낮잠을 깨우지 않을 수 없었다. 나는 진순 씨의 손을 잡고서 놀라지 않도록 낮은 목소리로 잠을 깨우기 시작했다.

　—진순 씨, 진순 씨, 그만 자고 눈을 떠봐요.

　—아입니더. 그카지 말고…….

꿈에서 또 영자를 만났는가? 60년도 넘는 세월이 지났지만 꿈속에서 진순 씨는 그 시간을 여전히 벗어나지 못하는 모양이었다. 나는 깨우기를 포기하고 아기를 잠재우듯, 진순 씨의 등을 토닥토닥 두드려주었다. 그러자 이내 조용해지며 진순 씨는 또다시 잠에 빠져들었다. 좀 전까지 잠꼬대를 하던 진순 씨는 언제 그랬느냐는 듯 낮은 숨소리만 냈다. 어디선가 째깍거리며 들려오는 시계 초침 소리와 진순 씨의 고른 숨소리 때문에 더욱 집 안이 적적하게 여겨졌다. 무료해진 나는 신발을 끌고 마당으로 나가보았다.

처서가 지난 탓인지 정원에서도 가을 기운이 느껴졌다. 흙바닥 위로 시든 꽃잎들이 여기저기 떨어져 있었다. 나는 손바닥 위에 떨어진 꽃잎을 올려놓고 바람에 날려보다가 한쪽 구석에서 붉게 타오르는 듯한 샐비어를 발견했다. 그러자 나도 모르게 팔을 뻗어 샐비어 꽃잎을 따서 입안에 넣기 시작했다. 입안에 감도는 달콤한 맛을 따라 나는 어린 시절로 돌아가고 있었다.

여름방학이 끝나고 개학한 다음 날 엄마는 담임 선생님을 만나러 학교에 찾아왔다. 이유는 내 자리를 바꿔달라고 부탁하기 위해서였다. 입학하자마자 한 학기 동안 내 짝이었던 아이와 도저히 더 이상 나란히 앉혀 공부시킬 수 없다는 말씀을 선생님께 꼭 드려야겠다고 엄마는 방학 내내 별렀었다. 할머니와 단둘이 사는, 그 애는 수업 준비물을 아예 챙겨오지 않았고 수업 시간에도 내게 자꾸만 말을 걸어 선생님 설명을 들을 수 없다고 내가 불평한 탓이었다. 그걸 증명이라도 하듯, 수업 시간에 산만하다고 지적한 통지표를 받아들고서 엄마는 당장 학교로 달려갈 태세였다. 그러다 아버지의 만류로 방학 내내 분을 삭이다가 엄마는 결국 담임을 찾아오고 만 것이었다. 아이들이 다 돌아가고 없는 교실에서 선생님과 엄마가 면담을 하고 있고 나는 운동장에서 기다려야 했다. 지루함을 견디다 못해 운동장 여기저기를 기웃거리다가 학교 담 모퉁이에 빨갛게 무더기로 핀 샐비어를 발견하고 나는 꽃잎을 따서 입안에 넣어보았다. 신기하게도 달짝지근한 맛이 느껴졌다. 나는 엄마를 기다리고 있다는 것도 깜빡 잊고서 하염없이 꽃잎을 삼키고 또 삼켰다. 그러다가 엄마의 새된 목소리에 놀라 뒤를 돌아보았다.

─한참을 찾았지 뭐냐? 교실 앞에서 기다리라고 했잖아.

엄마의 붉게 달아오른 얼굴과 샐비어의 붉은 꽃잎이 눈앞에서 흔들리며 나는 순간 어지럼증을 느꼈다.

─자리를 바꿔주기로 했다. 겨우 사정하다시피 해서……. 그런 애를 따끔하게 주의만 준다고 해서 달라지겠냐? 피해는 고스란히 네가 입는데 말이야, 답답하긴. 왜 남의 애 때문에 우리 애가 피해를 입어야 하느냐고. 처음 학교 입학하면서부터 짝을 잘못 만나다니. 속상해서, 원.

엄마의 입술 사이에서 가볍게 새어나듯 흘러나온 첫 음은 ㅍ이

참 좋은 시간이었어요

피해라는 단어로 발음되자 살벌한 의미를 담고 내 가슴을 무겁게 내려치는 것 같았다.

　─그럼 내일부터 짝이 바뀌는 거야?

　그렇지. 엄마는 고개를 끄덕이며 득의만만한 미소를 지어 보였다. 그 순간 입안에 남아 있던 단맛이 갑자기 쓰게 느껴져 나는 오만상을 찌푸리며 운동장에 침을 뱉었다.

　─왜, 갑자기?

　─속이 울렁거려서.

　─체기가 있나? 집에 가자, 얼른.

　엄마에게 손목이 잡혀 집으로 돌아가는 내내 나는 짝이었던 만석에게 미안함과 죄스러움을 느꼈다. 수업 시간에 그 애가 말을 걸었던 이유는 호의에서라는 걸 나는 모르지 않았다. 그러면서도 집에 가서 엄마에게 괜한 불평을 해댄 내 자신이 나쁜 아이로 여겨져 너무나 괴로웠다. 그 애의 호의를 악의로 받아들인 탓에 단맛이 쓴맛으로 바뀌어버렸다고 믿고서 나는 초등학교를 졸업할 때까지 샐비어를 거들떠보지도 않았다. 그 이후, 나는 샐비어의 달콤한 맛을 잊어버리고 있었다.

　그 애, 만석인 어떻게 되었을까? 20년이 넘도록 한 번도 궁금해 본 적 없었던 초등학교 1학년 때 짝을 떠올리며 샐비어의 꽃잎 맛은 역시 달짝지근하다고, 나는 고개를 끄덕였다. 그러다 안에서 들려오는 진순 씨의 들뜬 목소리에 화들짝 놀라 뛰어 들어갔다.

　─민아, 어데 가 있었더노?

어디서 이런 힘이 나왔을까, 싶을 정도로 진순 씨는 강한 악력으로 내 손목을 잡고서 안방으로 들어갔다. 나를 앉혀놓고도 진순 씨는 꿈속을 여전히 헤매는 듯했다. 요 근래 섬망 현상이 더 자주 일어나는 걸 아무래도 약사 아주머니에게 알려주어야겠다는 생각을 하며 나는 진순 씨의 상대가 되어주기로 했다.

─니가 없어진 줄 알고 얼매나 찾았다꼬. 상민아, 물에는 절대로 들어가지 마래이. 형아 따라 바다 가몬 큰일난데이. 알았나?

─응, 알았어. 형아 따라 댕기지 않을게.

박상현의 단상을 떠올리며 나는 상민의 역할을 착실히 해내려고 애썼다. 그러자 진순 씨는 내 머리를 쓰다듬었다.

─우리 민이는 참말로 착하다카이. 누구를 닮아 이래 착하고 의젓할꼬. 외할아버지를 닮았나, 외삼촌을 닮았나? 그런데 머리가 와 이리 마이 길었노? 이발소 갔다 온 지가 얼매쭘 됐는고? 한 달이 넘었던가? 민아, 아부지랑 이발소부터 댕기온나.

─응, 알았어. 아부지 들어오면 이발소 갈게.

─이 양반 올 시간이 지났구마는 와 이리 안 오노? 민아, 우리 아부지 마중 나가자.

나는 고개를 끄덕였지만 진순 씨를 집 밖으로 데리고 나가 감당할 자신이 없었다. 진순 씨의 낮잠이 언제까지 계속될지, 나는 점점 애가 탔다. 내 심정을 알 리 없는 진순 씨는 자리에서 일어나 옷장 문을 열었다.

─내 세타를 어따 뒀는지 모르겠네. 날씨가 차바서 세타를 걸치

참 좋은 시간이었어요

야 된다꼬.

옷장 속의 옷들이 하나둘씩 나오기 시작했다. 계속 두었다가는 옷장이 한바탕 다 뒤집힐 판이었다. 나는 서둘러 진순 씨의 잠을 깨워야 했다.

─진순 씨, 정신 좀 차려봐요.

흔드는 내 손길을 거칠게 뿌리치고는 나를 노려보았다.

─니가 누군데 이라노? 내 세타 니가 훔쳐갔나? 아, 그라고 보이 영자네. 나쁜 년, 니가 우리 상민이 데꼬 갔제? 우쨌노?

머리채를 금방이라도 휘잡을 듯, 내 머리 쪽으로 팔을 뻗어왔다. 날쌔게 몸을 피해 나는 화장실에 숨어들었다. 진순 씨의 꽝란이 빨리 끝나길 기다렸지만 우당탕 들려오는 소리가 예사롭지 않았다. 이대로 두었다가는 무슨 일이 생길지 모른다는 판단이 서자 나는 바지 주머니에서 스마트폰을 꺼내들었다. 신호가 울리자 약사 아주머니가 바로 받았다.

─무슨 일이에요?

긴장과 불안을 잔뜩 담은 아주머니의 목소리에 내가 괜히 전화했나, 하는 후회가 살짝 들었지만 나는 어쩔 수 없다고 마음을 다져먹었다.

─할머니 상태가 많이 안 좋은 것 같아서 전화 드렸어요. 낮잠을 주무시더니 꿈에서 못 깨어나고 엉뚱한 소리를 자꾸만 하셔서…….

─알았어요. 내가 바로 갈게요.

통화를 끝내고도 나는 화장실에서 바깥 동정을 살피고 있었다.

여전히 진순 씨는 소리를 지르고 물건들을 던져대는 모양이었다.

─어머니, 왜 이러세요?

아주머니의 목소리가 들리자 나는 바로 나갔다. 마루와 안방이 완전히 폭탄을 맞은 것처럼 어질러져 있었다. 진순 씨는 손에 쥐고 있던 책을 던지려 하다가 순간 정신이 돌아온 모양이었다.

─니가 이 시간에 우짠 일이고? 하이고야, 이기 다 뭐꼬? 누가 이래났노? 도둑이 들어왔더나? 이사 나가는 집구석겉이…….

진순 씨는 자신이 저질러놓은 게 아닌가, 하는 의심이 뒤늦게 들었는지 점차 말소리가 작아지더니 입을 다물었다. 어쩔 수 없이 나는 내던져진 물건들을 챙기고 정리하기 시작했다. 그때까지 혼이 나간 얼굴로 서 있는 아주머니에게 나는 약국에 가보시라고 했다.

─여긴 제가 치울게요.

─지수 씨에게 이런 일까지 하게 해서 미안해요. 이렇게까지 심하신 줄…….

내가 치우는 걸 옆에서 도와주며 아주머니는 아주 낮은 소리로 말했다. 하지만 진순 씨는 용하게도 그 말을 알아듣고서 주절거렸다.

─내가 노망이 났는가베. 우짜몬 좋겠노, 에미야. 애비 때문에 안 그래도 멘목이 없구마는 내꺼정……. 오늘 밤이라도 자는 잠에 고만 가삐리몬 좋겠다. 미안타.

─괜찮아요, 어머니. 좀 쉬시고 약을 들면 나아질 거예요.

아주머니는 말과 달리 하얗게 질린 얼굴로 물건들을 치우다가

참 좋은 시간이었어요

『역사 속 민중의 삶』을 발견하고는 손을 멈추었다.

　—아까 소포가 왔어요.

　그녀는 내 말에 고개를 끄덕이더니 책을 들고서 나갈 채비를 했다. 그러면서 퇴근할 때 약국에 들러달라고 부탁했다. 아주머니가 가고, 정리가 대충 끝나자 퇴근 시각이 가까워졌다. 그때까지 진순 씨는 안방 보료에 가만히 앉아 있었다. 그런 진순 씨를 보자 안됐다는 생각이 들어 나는 말을 건넸다.

　—진순 씨, 많이 피곤하지요?

　—지랄발광을 너무 마이 했는갑다. 삭신이 쑤시네. 내가 더 살아 뭐 하겠노? 애비가 정신 차리는 거 보고 눈 감을라 했더마는……. 인자는 하루라도 빨리 가는 기 여러 사람 도와주는 기다.

　—그렇게 말하면 나까지 슬퍼져요. 우리 진순 씨가 건강하고 즐겁게 살아야 지수도 마음이 놓이지요.

　나는 진순 씨의 어깨와 등을 주무르면서 위로의 말을 건네려 했지만 잘 되지 않았다. 손끝에 와 닿는 물컹하고도 딱딱한 감촉이 아릿한 슬픔을 동반했다. 90여 년 세월을 견뎌온 노구가 이제 머잖아 흙으로 돌아갈 날이 다가오는데, 제발 그때까지라도 맑은 정신으로 지낼 수 있다면……

　—지수 씨, 인자 가야 안 되나?

　제정신으로 돌아오자 진순 씨는 내 퇴근부터 챙기려 들었다.

　—좀 더 있다 가도 돼요.

　—아이다. 공부하는 시간이 모자랄 낀데, 퍼뜩 가봐라. 내 걱정하

지 말고……. 쪼매만 있으몬 에미가 들어올 끼라 괜찮다.

정말 괜찮을까? 퇴근해야 할 시각이 이미 40여 분을 지나고 있었다. 약국까지 들렀다 가면 더 늦게 귀가하게 될 것이다. 내가 미적거리고 있자 등을 떼밀 듯, 진순 씨는 가보라고 손짓했다. 마지못한 듯 나는 일어났다. 그러자 진순 씨가 서둘러 작별 인사를 먼저 했다.

―지수 씨, 참 좋은 시간이었어요.

―진순 씨, 참 좋은 시간이었어요.

습관적인 인사를 하면서 나는 쓴웃음을 지었다. '좋은'에 '참'까지 덧붙여 참 좋은 시간이라니. 어느 날보다 힘든 시간이었지만 진순 씨가 좋은 시간이었다고 생각한다면 나도 그렇게 믿고 싶었다.

손님이 없는 탓인지 아주머니는 책을 보다가 내가 들어가니 덮었다. 좀 전에 본 푸른색 표지의 책이었다. 그 책에 대해 웬일인지 나는 알은체해줘야 할 것 같았다.

―오빠 분께서 역사학자이신가 봐요.

―아, 네. 한국사 전공이지요. 퇴직하시고서도 계속 연구하고, 책 써내고……. 작년에 올케가 세상을 뜨고 나자 더 열심히 일에 매달리는 것 같아요. 내가 가장 믿고 의지하는 사람이에요.

책 서문을 나는 다시 떠올리며 고개를 끄덕였다. 그러자 그녀는 평소와 달리, 주절주절 말을 이어갔다.

―내가 아주 어릴 때 길을 잃는 바람에 부모까지 잃고, 우연히 만난 오빠를 따라갔거든요. 불과 네댓 살 때였지요. 그때부터 오빠가 내겐 보호자와 다름없었어요. 참 특별한 인연이에요. 하이고, 내가

그러고 보니 바쁜 지수 씨 붙잡고 별 이야길 다 하네요. 말이 고팠나 봐요. 누구랑 제대로 대화를 나눌 일이 없다 보니······.

그랬으리라. 허구한 날 약국에 찾아오는 사람들을 상대로 주고받는 말과 진순 씨와 나누는 몇 마디 대화 빼고, 입을 열 기회가 거의 없을 것이다. 진순 씨 가족 중 현재 누구보다도 가장 힘들고 고통스러운 사람은 바로 아주머니가 아닐까, 하는 생각이 들면서 딱하게 여겨졌다. 그러자 나는 그녀가 수다를 떨 수 있도록 도와주고 싶었다.

－전 괜찮아요. 그런 오빠 분이 계시니까 든든하시겠어요. 잃은 부모님은 영영 못 찾으셨어요?

－찾을 생각을 별로 해보지 않았어요. 키워주신 부모님이 잘해주셨고 기억나는 게 거의 없으니 엄두가 나지 않더라고요. 그래도 예전에는 봄이 되면 마산으로 가고 싶은 충동을 못 이겨 몇 번 다녀온 적이 있긴 해요. 이젠 그럴 수도 없고, 부모님들이 다 돌아가셨을 거라는 생각에······.

아주머니의 말이 끝나기 전에 손님들 몇 명이 한꺼번에 우르르 몰려들어왔다. 그러자 그녀는 급하게 일어나며 말했다.

－할머니 치매 약을 반 알씩 더 드려요. 그 말 하려고 들르라고 해놓고는······. 어서 가봐요.

나는 약국을 나와 지하철역으로 가면서 얼마 전에 혼자 상상해본 아주머니의 이야기를 떠올려보다가 중얼거렸다.

－어려서 부모를 잃어버리고, 나중엔 아들까지······. 피해 의식에

서 평생 벗어나기 힘드실 거야.

　인생이 뒤바뀔 만한 엄청난 사건사고를 두 번씩이나 겪은 아주머니를 생각하다가 짝을 잘못 만나 내가 피해를 입었다고 담임에게 따지러 간 엄마가 떠올라 실소를 머금고 말았다. 하지만 그런 엄마 덕분에 이만큼이라도 내가 올 수 있었던 게 아닐까? 저만치서 지하철이 들어오는 소리에 엄마와 통화를 하려다가 나는 역 계단을 향해 마구 달려가기 시작했다.

12

가족, 추석, 그리고 전화

9월 중순이지만 낮은 여전히 더웠다. 더위 속에서도 추석이 다가 오고 있었다. 엄마와 아버지는 번갈아가며 잠깐이라도 집에 다녀가 라고 전화를 해댔다. 아주머니도 추석 연휴에 약국을 쉴 거라며 사 흘 휴가를 주겠다고 했다. 사흘이면 한 과목 정도는 대충 총정리를 할 수 있는 기간이라 망설이는데 현수가 전화를 걸어왔다.

— 누나, 언제 집에 내려갈 거야?

— 글쎄, 아직 갈지 안 갈지 못 정했어.

— 뭔 소리야? 당연 가야지. 추석 하루도 못 쉬어? 공부는 그렇게 하는 게 아니야. 가끔 쉬어줘야 머리가 돌아가는 거라고. 효율적으 로……

이제 인석이 누나를 가르치려고 드네. 나는 알았다고, 대뜸 소리 를 지르고서 전화를 끊어버렸다. 아무래도 추석 한나절은 가족과 보내는 수밖에 없다고 생각하고서 승차권을 인터넷으로 예매했다. 그러다가 내 눈에 띄는 기사가 있어 클릭했다. 강동구 A중학교 1학년 학생이 왕따를 견디다 못해 학교 옥상에서 투신했고 학부형의 반발을 견디지 못한 담임 교사가 똑같이 학교 옥상에서 투신하려는 걸 같은 학교 동료 교사가 막았다는 내용이었다.

―어렵게 교사가 되어도 이런 일들이 생기면……. 아휴, 끔찍해.

나는 고개를 절레절레 흔들다가 강동구 A중학교면 민서가 재직하고 있는 학교라는 생각이 들었다. 곧바로 민서에게 문자 메시지를 보냈지만 몇 시간이 지나도 읽지 않았다. 점심시간에 맞추어 전화를 했더니 휴대폰이 꺼져 있었다. 그날, 몇 번이나 통화를 시도했지만 휴대폰이 계속 꺼져 있었다. 연락 바란다는 문자 메시지를 또다시 보냈지만 더 이상 민서와 연락이 닿지 않았다.

추석 날, 이른 시각에 출발하는 버스를 탄 덕분에 도착했을 때는 아침 7시가 약간 넘어 있었다. 아침 식사 전에 충분히 집에 들어갈 수 있겠다고 생각하며 나는 거리 여기저기에 눈길을 주며 걸었다. 나날이 변하는 서울과 달리 8개월 만에 들르는 고향 마을은 변한 게 거의 없었다. 이래서 고향이 좋은 거라고, 생각하며 아파트 단지로 들어서다가 나는 우리가 사는 동 입구에서 손을 흔드는 현수를 발견했다.

―설마 나를 마중 나온 건 아니겠지?

―왜 아니야. 하도 나가보라고 아버지가 성화를 부리시기에……. 누나가 집을 못 찾아올까 봐 걱정되시는 모양이지. 하도 오

랜만에 누나가 오니까…….

　—하이고, 그러는 넌 뭐 자주 온다고?

　—지난 주도, 지지난 주도 왔다 갔어. 이제 다음 주부터는 연수원에서 합숙하면 어떻게 될지 모르지만……. 연수원이 구미에 있거든. 신입생 연수를 한 달 동안 받아야 한대.

　현수는 괜히 불만스러운 투로 말하지만 헤벌쭉 벌어지는 입을 감당하지 못했다. 나는 등을 한 대 툭 쳐주며 말했다.

　—짜샤, 좋으면 그냥 좋다고 해. 어쨌든 다시 한번 취업 축하한다.

　—이히히, 좋아. 자다가도 꼬집어본다니까.

　나도 임용고시에 최종 합격한다면 자다가 꼬집어보겠지? 아참, 그런데 민서와는 왜 연락이 계속 안 되는 걸까? 이런 생각을 하며 계단을 올라가는데 앞서 가던 현수가 우리 집 현관문을 열자 엄마가 얼굴을 내밀었다.

　—지수야, 얼른 와. 아버지가 눈 빠지게 너 기다리신다.

　현관에 들어서자마자 나는 아버지를 힘껏 껴안았다. 딱딱하게 뭉쳐진 어깨의 근육과 튀어나온 등뼈가 느껴져 코끝이 찡해왔다. 옆에서 엄마가 놀렸다.

　—하이고, 눈물겨운 부녀 상봉이네. 우리 지수가 언제 커서 저렇게 아버지를 다 안아주고…….

　—그러게. 세월이 정말 잠깐이다.

　아버지는 대견한 듯 나를 보고 벙긋 웃었다. 오랜만에 온 식구가

다 둘러앉은 식탁에서 우리는 즐거운 이야기만 했다. 현수의 취업이 아버지와 엄마의 흥분을 한동안 가라앉히지 못하는 모양이다. 얼마 후면 올려줘야 하는 전세 보증금에 대한 걱정 따위가 그 덕분에 당분간 날아가버린 것 같았다. 어쨌든 그런 그들을 보니 나도 덩달아 즐거웠다.

―지수도 오늘 밤은 자고 갈 거지?

아버지가 고스톱을 치자며 화투를 펼치면서 물었다. 나는 어물거리다가 대답했다.

―오후에 가려고 표를 예매해놨어요.

화투짝을 담요 위에 펼쳐다가 아버지의 손이 잠시 멈추었다. 비광(光) 속에 우산 쓴 남자와 나는 눈을 맞추면서 변명처럼 덧붙여 말했다.

―시험이 얼마 안 남아서요. 아직 공부할 게…….

―그렇겠지. 어쨌든 하는 데까지 해보아라.

아버지는 이내 고개를 끄덕이고서 화투를 마저 펼치며 중얼거리듯 말했다.

―나도 저녁에는 일하러 나가봐야 해. 하루 쉬면 쉬는 만큼 손해지.

송편 접시를 내밀며 엄마가 끼어들었다.

―힘이 있을 때까지 부지런히 움직이다 보면 잘 풀리겠지. 끝이 좋으면 다 좋은 거라고. 결국엔 우리가 다 잘 될 거야. 이만큼이라도 온 게 얼마나 다행이야? 감사한 일이지.

　　　　　　　　　　　　참 좋은 시간이었어요

크크, 변함없이 튀어나온 엄마의 감사에 식상했지만 나도 감사하게 생각하려 했다. 고스톱은 엄마를 따를 사람이 없어 몇 판을 치다가 끝내버렸다.

─역시 우리 엄만 고스톱계의 여왕이라니까!

현수는 엄지손가락을 내밀며 피자를 쏘라고 엄마를 부추겼다.

─피자보다는 송편이지. 이 집 송편은 열흘 전에 주문해야 돼. 다 재료가 국산이래. 네 이모가 이 집 단골이야.

─엄만……, 송편은 송편이고 피자는 피자지. 내 돈을 따놓고선 입을 싹 닦으시려 하네.

─알았다, 인석아. 피자 한 판 쏜다. 대신 오늘 점심은 피자로 때운다. 당신도 괜찮은 거지요?

─암, 굶는 거보다는 피자가 낫지.

아버지의 대답이 끝나자마자 앗싸, 하며 현수가 재빠르게 피자를 주문했다. 피자가 오자 화장실에 있던 엄마가 소리쳤다.

─경대 서랍에 내 카드가 있어.

나는 안방으로 가서 서랍을 열다가 신용카드와 함께 흰 사각봉투를 발견했다. 한눈에 봐도 청첩장인 듯했다. 신용카드를 손에 쥐고서 서랍을 닫으려다가 나는 봉투를 열어보았다. 예상대로 청첩장이었는데, 놀랍게도 신랑이 이정효였다. 더욱 놀라운 것은 주례가 신영준, 우리 아버지였다. 세상에! 낯짝이 두껍기도 하지. 우리 아버지에게 주례를 부탁하다니. 흥, 다음 달에 결혼을 한단 말이지? 청첩장을 확 구겨버리고 싶은 충동이 일어났다. 그걸 말리기라도 하는 듯 현수가 소리쳤다.

─누나, 뭐해? 빨랑 결제하라고!

어쩔 수 없이 나는 급하게 서랍을 닫고 마루로 나가 신용카드를 내밀었다. 라지 크기의 콤비네이션 피자 한 판이 식탁 위에 놓이자 엄마가 개인 접시를 꺼냈다.

─크, 엄마가 만들어주셨다 생각하고 맛있게 먹을게.

현수의 너스레에 엄마가 고개를 끄덕이고서 피자 한 조각을 내 접시에 담아주었다. 다들 피자를 먹느라 조용했다. 하지만 나는 목에 걸려 잘 넘어가지 않아 물을 계속 마셨다. 옆에서 아버지가 딱하다는 듯 말했다.

─지수야, 물 그만 마시고 피자를 먹으렴. 네 입맛에 안 맞아? 다른 걸 시킬걸 그랬나.

─아니에요. 그런데 아버지, 주례를 서세요?

기어코 나는 입 밖으로 뱉어내야만 직성이 풀릴 것 같았다. 아버지보다 엄마가 먼저 나서서 대답했다.

─그러게. 정효가 오랜만에 찾아와서 느이 아버지께 주례를 부탁하더라. 세상에서 제일 존경하는 사람이라나. 그 말에 홀랑 넘어가 난생처음 주례를 덥석 맡았으니……. 어쨌든 걔가 느이 아버질 그렇게 생각하는 줄 전혀 몰랐어.

미친놈, 누구를 놀리는 것도 아니고 말이야. 싸가지 없는 새끼, 끝까지 밥맛이라니까.

─그래서 아버진 좋으세요?

참 좋은 시간이었어요

나도 모르게 이죽거렸다. 아버지의 표정이 순간 머쓱해지더니 입을 열었다.

　─뭐, 좋다기보다……. 고맙지. 이십 년 가까운 교직생활에서 나를 잊지 않은 유일한 사람이니까. 넌 정효가 싫냐? 예전에 꽤 친했었잖아.

　─아버지도 참……. 누나랑 사귀었잖아요, 형이랑. 모르셨어요?

　현수의 깜짝 발언에 아버지와 엄마가 둘 다 먹던 피자를 접시에 놓고서 입을 벌렸다. 순간 내 얼굴이 벌겋게 달아올랐다.

　─지수야, 정말이니? 너네 사귄 거야? 그렇담 정효, 그 자식 아주 웃기는 놈이네. 그렇잖아요, 여보?

　─그래? 정효는 전혀 그런 내색하지 않고 네 안부를 묻더라. 임용고시 준비 중이라니까 한번 찾아가서 맛있는 거 사줘야겠다고 하던데?

　─뭐야, 그럼? 누나 혼자 사귄 거고, 형은 단지 우정이었다?

　정효와 함께한 5년의 시간이 시궁창에 내던져져 시커멓게 흘러가고 있는 걸 바라보는 기분이었다. 아무리 가족들 앞이라고 해도 형편없이 구겨진 내 체면을 바로 잡아야 했다.

　─아니야. 사귄 거 아니라고. 쟤는 제대로 알지도 못하면서 그러네. 아무리……. 내 눈이 그리 형편없을까? 내가 출판사 다닐 때 가끔 찾아오면 몇 번 밥을 사준 적이 있어. 안되어 보여서…….

　바르르하던 엄마도, 약간 불편한 기색을 보이던 아버지도 고개를 끄덕이며 평정을 되찾는 듯했다. 현수만 여전히 의아한 표정으로 나를 건너다보았다.

　─어쨌든 당신, 이번 기회에 양복 한 벌 새로 해요. 예전에 입던
건 낡고 유행이 지나서……. 설마 주례 서주었는데 모른 체하진 않
겠죠.

　─뭘 그런 걸 바라? 그냥 옛 제자 결혼식에 주례 서주었으면, 그
것으로 의미가 있는 거지.

　─하여튼, 저 양반은…….

엄마는 입을 비죽거려도 별로 못마땅하지 않은 얼굴이었다. 이쯤
에서 나는 떠날 채비를 차리는 게 좋을 듯해서 일어서며 말했다.

　─현수는 언제 올라올 거니?

　─난 모레쯤에 갈 거야. 누난 지금 가려고?

내가 고개를 끄덕이자 엄마는 자리에서 일어나 급하게 밀폐 용기
들을 꺼내기 시작했다. 나는 엄마의 등 뒤에 대고 괜찮다고 말했지
만 가득 채운 쇼핑백 하나를 내밀었다. 그걸 들고 현수에게 배웅하
라고 등을 떠미는 아버지와 엄마에게 나는 손사래를 치며 사양했다.
그랬더니 현수는 슬그머니 뒤로 물러나더니 서둘러 작별 인사를 했
다.

　─누나, 조심해서 올라가. 서울 가면 연락할게.

아파트 출입구까지 따라 나온 아버지와 엄마에게 어서 들어가라
고 손짓하고는 나는 빠른 걸음으로 집에서 멀어져갔다. 정효 일만
아니었으면 오랜만에 가족들이랑 짧지만 즐거운 시간을 보내어 기
분 좋았을 텐데…….

참 좋은 시간이었어요

시외버스가 빠르게 달리더니 두 시간이 채 못 되어 나를 서울에 떨어뜨렸다. 버스에서 내리는 순간, 불과 몇 시간 지나지 않았는데도 집에서의 일이 꿈처럼 비현실적으로 느껴졌다. 다시 제자리로 돌아와 나는 아침에 급하게 나가느라 어질러놓은 방을 치우며 일상을 다시 시작해보려 했다.

연휴가 끝나자 나는 민서가 근무하는 학교에 전화부터 걸었다. 휴대폰이 계속 꺼져 있고 문자 메시지를 아예 읽지도 않았기 때문이었다. 휴대폰을 분실했다고 하더라도 민서의 성격에 그대로 있을 리 없었다. 분명 무슨 일이 생겼을 거라는 짐작을 하며, 부디 크게 나쁜 일이지 않기를 바라면서 강민서 선생님을 바꿔달라고 했다. 하지만 돌아온 대답은 병가를 내고 휴직에 들어갔다는 것이었다. 어디가 어떻게 아프냐고 물었지만 사생활이라 함부로 말해줄 수 없다고 딱 잘랐다. 나는 절박한 심정이 되어 휴대폰이 되지 않으니 다른 연락처를 가르쳐달라고 했다. 그 역시 개인정보라 노출할 수 없다고 했다.

—흥, 개인정보, 사생활……. 귀찮으니 별 핑계를 다 대는구만. 근데 얘는 어디가 아파서 휴직에 들어간 거야?

통화를 끝내고서 중얼거리다가 그제야 며칠 전에 본 인터넷 기사가 다시 떠올랐다. 그렇다면 민서가? 순간 온몸이 오싹해졌다. 세상에! 얼마나 힘들었으면……. 민서가 연락을 해오지 않는 한, 우리는 이제 다시 연결될 수가 없다는 걸 깨닫자 가슴이 너무나 아프고 허전해서 견딜 수 없었다. 집 전화번호라도 알아둘걸, 후회하다가 이내 생각이 달라졌다. 민서가 원하는 게 당분간 세상에서 멀리 떨어

가족, 추석, 그리고 전화

져 지내는 것이라면 그렇게 할 수 있도록 해줘야 하지 않을까? 어서 회복되길 바라는 것 말고는 내가 할 수 있는 게 없었다.

민서 생각에서 벗어나 공부에 집중하려고 했지만 자꾸 여러 생각들이 차례대로 떠올랐다. 바라던 대로 천신만고 끝에 임용고시에 합격하고 발령을 받는다고 해도 어떤 문제들이 또다시 산재해 있을지 모를 일이었다. 하기야 세상사가 다 그렇고, 그게 인생살이라는 걸 모르는 바 아니지만 어쩐지 맥이 빠졌다.

추석 연휴가 끝나고 모든 게 다시 제자리로 돌아가자 나 역시 시간 맞추어 진순 씨에게 가야 했다. 잠시 끊어진 흐름에 느슨해진 몸과 마음을 추스르며 애써 발걸음을 빨리했다. '다나약국' 안에서 손님에게 약 봉투를 건네던 아주머니와 내 시선이 마주쳐 유리문을 사이에 두고 눈인사를 했다. 골목으로 들어서자 지열 대신 서늘한 기운이 느껴졌다.

─아, 가을인가?

그렇게라도 말해야 내가 계절의 변화를 감지한 것으로 여겨졌다. 골목 끝, 그 위로 보이는 하늘에는 새털구름이 깔려 있었다. 대문을 밀고 들어가자 마루에 앉아 있던 진순 씨가 낯선 얼굴로 나를 바라보았다. 나는 애써 반가운 기색을 드러내며 인사를 건넸다.

─진순 씨, 추석 잘 보냈어요?

─추석이라 해봐야 벨시리 뭐 다를 끼 있나? 에미캉 우두커니 집 안에서……. 애비라도 올란가 했더마는 코빼기도 안 비더라. 멩절에도 집에 안 오고 어데를 돌아댕기는고 모리겠다. 가만히 생각해보께

참 좋은 시간이었어요

나 내가 지 안 낳은 걸 암만 캐도 아는 모양이라. 안 그라고는 이래 못 하는 거 아이겠나. 인자 와서 지가 안다 캐도 우짜겠노. 아, 그란데 누구요? 누군데 시방 내한테…….

갑자기 당황한 낯빛을 보이더니 눈을 반쯤 덮은, 쭈글쭈글한 눈두덩을 손등으로 비비고서 나를 쳐다보았다. 진순 씨는 박상현이 자신을 생모라고 여태 믿고 있다고 생각했을까? 다시 단상이 떠올랐지만 나는 모른 체하고 그 곁에 털썩 주저앉으며 장난스럽게 말했다.

—또 시작이네. 진순 씨, 어디 한 번 알아맞혀봐요, 앞에 있는 사람이 누군지…….

—누고? 그라고 보이 눈에 익은 거 겉기는 하네. 어데서 봤던고? 가물가물하다.

—에이, 섭섭해요. 며칠 못 봤다고 친구를 깜빡 잊어버리다니요. 어디, 우리 친구 손톱에 봉선화 물은 얼마만큼 남았나?

나는 진순 씨의 손을 잡으며 손톱을 들여다보았다. 발그스름한 봉선화 물이 반 이상 남은 손톱이 수줍은 듯 배시시 웃는 것 같았다. 나도 진순 씨에게 붉은 손톱을 내밀며 웃어 보였다.

—자, 봐요! 우리 이렇게 손톱이 똑같이 발갛잖아요. 마당에서 봉선화를 따다가 이렇게 함께 물을 들였다고요. 진순 씨랑 저랑 이름도 비슷하고……. 우리, 처음 만났을 때부터 친구 먹기로 해놓고선.

—아, 맞다. 그랬제. 인자 생각이 나네. 이름이 뭐시라 캤더노?

—지수, 신지수.

지수라고 몇 번 입속으로 외더니 갑자기 손바닥을 치며 말했다.

─메칠 안 비이서 고만 내가 깜빡 잊아뿌렀네. 참 좋은 시간, 지수 씨제. 그래, 잘 지냈더나? 반갑데이.

진순 씨가 어린아이처럼 내 손을 잡고 흔들면서 웃어 보였다. 그때 나는 진순 씨의 팔에서 은빛으로 빛나는 팔찌를 보았다. 내 눈길이 팔찌에 닿자 진순 씨는 약간 쑥스러워하며 말했다.

─아, 이거…… 추석 선물이라고 에미가 하나 해주더라.

팔찌에는 아주머니의 휴대폰 번호가 새겨져 있었다. 진순 씨의 치매가 심해지자 염려가 되어서 해준 모양이었다.

─아주 예쁘네요. 꼭 차고 있어야 해요. 그런데 아드님이 추석에도 다녀가지 않았나 봐요? 우리 진순 씨, 많이 섭섭했구나.

─인자 와서 벨시리 섭섭한 것도 모리겠다. 어데 있든지 목숨이나 부지하고 있으몬 다행이라고 생각해야제.

박상현은 그 후, 생모를 만났을까? 둘은 서로 연락을 주고받을까? 이런 생각들을 해보다가 나는 아주머니의 부탁대로 반 알을 더해 진순 씨에게 약을 먹였다. 그리고 나자 진순 씨는 어디가 안 좋아서 먹는 약인지 새삼스럽게 물었다.

─머리를 맑고 좋게 해준대요.

─흐흐, 그라몬 똑똑해지겠네. 할망구가 똑똑해서 뭐 하겠노.

─똑똑하면 좋지요. 정신도 건강하고, 몸도 건강해야 잘 지낼 수 있어요. 진순 씨, 우리 걸어요. 몸이 건강하려면 다리를 자꾸 움직여줘야 한대요.

별로 내키지 않은 얼굴을 하는 진순 씨에게 나는 신발을 신기면

참 좋은 시간이었어요

서 말했다. 마당으로 나서니 가을 햇살이 일렁거리며 이마에 와 닿자 진순 씨는 손차양을 만들며 나직하게 말했다.

　―가을이 왔는갑다. 같은 볕이라도 봄캉 가을이 다르니라. 가을볕에 나서몬 가슴팍이 이상시럽게 서늘해지몬서 착 가라앉는 기분이 든다. 어릴 적에 낮잠을 자다가 깼는데 옆에 아무도 없을 때맹치로…….

그때 기분이 되살아나는지 진순 씨가 약간 울먹하자 나는 정원 한 모퉁이에서 가을 볕 아래 붉게 피어난 꽃무더기를 가리켰다.

　―어머나, 저 꽃 좀 봐요. 탐스럽게도 피었네.

　―하이고야, 꽃무룻이네. 운제 저래 폈노? 저 흰 꽃은 닥풀, 그 옆에는 족두리꽃…….

진순 씨는 내 손을 놓고서 쪼그리고 앉아 꽃 이름들을 하나씩 호명하기 시작했다. 비비추, 별개미취, 배초향……. 어떻게 저런 이름들을 다 기억할 수 있지? 때로는 자신이 누구인지도 잘 기억하지 못하면서……. 신기하기도 하고 슬프기도 해서 나는 꽃들과 놀고 있는 진순 씨를 바라보다가 스마트폰으로 사진을 찍었다. 9월의 꽃들 속에서 진순 씨도 꽃이 되어 어울리고 있는 사진을 나는 저장해두었다. 그런 줄도 모르고 진순 씨는 꽃들과 도란도란 이야기를 나누었다. 가을볕이 진순 씨의 등허리와 어깨를 감싸주고 있었다.

해가 점점 짧아지고 있다는 걸, 가을이 조금씩 깊어간다는 걸 나는 퇴근할 무렵에 더 자주 느끼곤 했다. 그럴 때면 나는 어김없이 하루씩 다가오고 있는 임용고시 날짜를 헤아려보며 부르르 몸을 떨어댔다. 그러던 어느 날, 내 코트 주머니 속에서 스마트폰도 부르르 떨어서 나는 화면을 들여다보았다. 모르는 번호였다. 받지 않으려 하다가 혹시 그사이 민서가 휴대폰 번호를 바꾸었을지도 모른다는 생각이 들어 통화 버튼을 눌렀다. 하지만 아무 소리도 나지 않더니 머뭇거리는 남자 목소리가 들려왔다. 잘못 건 모양이라 생각하고 종료 버튼을 누르려는데 상대가 내 이름을 불렀다.

　―지수야, 나야.

나? 그제야 정효인 걸 알았다. 느닷없이 웬 전화? 나는 잠시 아무런 대꾸도 하지 않았다.

　―정효라고. 이제 내 목소리도 잊은 모양이네.

　―당연하지. 기억해야 할 게 얼마나 많은데, 네 목소리까지 기억하겠냐? 근데 왜 전화했어?

　―공부하느라 힘들지? 맛있는 거 사주고 싶어서……. 예전에 너, 나한테 많이 사줬잖아.

애가 웃기네, 진짜. 이제 와서 그 보답을 하겠다고? 결혼을 앞두니 반성해야 될 것 같아서? 네가 안 사줘도 맛있는 거 많이 먹걸랑. 이런 소리들을 꾹꾹 누르고서 나는 거절했다.

　―내가 너무 바빠서 시간을 낼 수가 없어. 너도 바쁠 텐데, 됐어.

스마트폰을 주머니 깊숙이 넣고 나는 가던 걸음을 재촉했다. 내가 타야 하는 지하철역의 출입구가 저만치 보였다. 그 위로 보이는 엷은 먹빛 하늘에 그믐달이 어슴푸레 빛나고 있었다.

13

깊은 죄의식

임용고시 원서를 접수하고 나니 시험이 바로 코앞에 닥친 기분이었다. 처음 계획했던 대로 아르바이트는 이달 말까지 하고, 11월부터는 총정리하면서 인터넷으로 모의시험을 봐가며 준비할 예정이다. 그러고 보니 진순 씨와 헤어질 날도 얼마 남지 않았다. 약국 아주머니에게 10월 말에 그만두겠다는 말을 한 번 더 해야겠다고 마음먹고서 집을 나섰다. 지하철역으로 가다가 톡, 소리가 나서 스마트폰을 보니 가족 채팅방에 아버지가 새 양복을 입은 사진을 올렸다. 예전에 양복 입은 아버지의 모습을 언제 마지막으로 보았는지 기억이 잘 나지 않았다. 나는 재빨리 엄지 척, 하는 이모티콘과 함께 문자를 보냈다.

아버지! 진짜 멋져요. 10년은 더 젊어 보이세요. 앞으로 종종 양복 입은 아버지 모습을 보고 싶어요~~^^

누나 말이 맞아요. 정말 젊어 보이세요^^ 외모도 멋지고, 말씀
도 잘하시니 이제 주례를 전문으로 해도 좋을 듯해요~~

역시 우리 자식들이라 아비 칭찬을 많이 해주는구나. 너희들 응
원 덕분에 주례를 잘 할 자신이 생기네. 처음 하는 일이라 긴장하
고 있는데…….잘해볼게^^

문자를 읽고서 나는 아버지 사진을 다시 들여다보았다. 20년 가
까운 세월 저편에서 양복을 차려입고 학교로 출퇴근하던 아버지의
모습이 떠올랐다. 미처 지우지 못한 분필 자국이 남은 손으로 퇴근
할 때면 우리들에게 쥐어주던 간식거리나 용돈. 그것들을 받아들고
서 우리는 아버지의 볼에 입을 맞추어주곤 했다. 이젠 분필 대신
핸들을 잡고서 손바닥만 한 도시가 세상 전부인 양 알고 돌아다니는
아버지의 수고는 언제쯤이면 끝날 수 있을까? 정효가 주례를 부탁한
일이 아버지에게 새로운 활기를 불러일으키고 있다는 걸 나는 인정
하지 않을 수 없다. 그러니 그를 향한 분노나 배신감을 깨끗하게 지
울 수 있기를, 나는 스스로에게 주문했다.

─그래, 이정효! 결혼 축하해. 잘 살아라.

약국 아주머니를 만나기 위해 10분쯤 일찍 갔지만 '다나약국'은
불이 꺼져 있었다. 웬일일까? 금일 휴업이라는 팻말이 걸린 걸 처음
보니 머릿속으로 여러 생각들이 오갔다. 제발 별일 없기를 바라면서
진순 씨 집의 대문을 밀었다.

참 좋은 시간이었어요

－지수 씨, 왔나?

　마루에서 홍시를 먹고 있다가 진순 씨가 나를 맞았다. 단번에 나를 알아보는 걸로 봐서 요 근래 들어 가장 컨디션이 좋아 보였다. 아주머니에게도 별일이 없을 거라는 짐작이 들어 마음이 놓였다.

　－약국 문이 닫혔더라고요.

　－아, 오늘 올케 소상이라 절에 갔다 아이가. 이거 하나 묵어봐라.

　나는 홍시를 받아들면서 소상이 뭔지 몰라 또 물었다.

　－세상 뜬 지 일 년 되몬 지내는 제사다. 세월이 참말로 빠르다카이. 갑재기 죽었다는 소리를 들은 기, 엊그제 겉은데……. 안주 얼매든지 살 나인데 아깝거로 고마 가뿌린 기라. 에미가 상심이 참 컸다. 얼릉 맛봐라. 대봉이라 홍시가 참 크고 달다.

　나는 고개를 끄덕이면서 홍시 꼭지를 떼고 반으로 나누어 입에 넣었다. 부드러운 식감과 함께 달짝지근한 맛이 느껴졌다. 진순 씨는 휴지로 입을 닦더니 안방으로 들어가 책을 가지고 나왔다. 내게 읽어달라고 하지 않고 웬일인지 혼자서 독송을 시작했다.

　－보광보살이여, 추하고 병이 많은 여인이 자신의 모습을 싫어하여 지장보살의 존상 앞에서 밥 한 끼를 먹는 동안만이라도 지극한 마음으로 우러러 예배하면, 이 사람은 천만 겁 동안 원만한 상호를 갖추고 태어나면, 어떠한 질병에도 걸리지 않게 되느니라. 또 이 추한 여인이 여자의 몸을 싫어하지 않는다면……

　진순 씨의 목소리가 가을 기운이 감도는 마당까지 제법 낭랑하게 울려 퍼지고 있었다. 나는 구름 한 점 없는 청명한 하늘을 우러러보며 듣고 있다가 올케 제사 지내러 절에 간 아주머니를 떠올렸다.

❖

성희는 서둘러 외출 준비를 하고서 집을 나섰다. 절까지 운전을 할 엄두가 나지 않아 택시를 탔다. 오빠네 들러 같이 갈까, 하는 생각을 하다가 영찬이 제 아버지를 틀림없이 모시러 갈 텐데 괜히 끼어들기가 거북할 것 같아 그만두었다. 관음사까지 가는 길은 그새 새롭게 4차선으로 닦여 차는 매끄럽게 잘 달렸다. 올케의 혼백을 여기에 두기 위해 오빠와 처음 왔을 때만해도 포장이 안 된 도로 위를 차는 미친 말처럼 달렸었다.

그날, 거친 도로 위를 흔들리며 달리는 차 속에서 성희는 정신까지 혼미해져 마치 이승과 저승을 오가는 듯한 기분에 빠져들었다. 그러다 옆에 앉아 운전대를 잡은 오빠의 얼굴 위로 죽음의 그림자가 어른거리며 사색이 되어가고 있는 걸 보았다. 얼마나 놀랐는지 그의 손을 있는 힘을 다해 잡았다. 긴장으로 차갑게 굳은 손이 강한 악력에 놀란 듯 스르르 힘을 뺐다. 그러더니 점차 온기가 돌며 손이 부드러워지고 있었다. 성희는 그를 마치 죽음에서 건져 올려놓은 듯한 기분에 사로잡혀 안도의 한숨을 내쉬었다. 그때의 일이 떠올라 성희는 두 손을 꼭 쥐어보았다.

택시에서 내리는데 오빠의 검정색 소나타가 절 안으로 들어가는 게 보였다. 성희는 빠른 걸음으로 절의 일주문을 들어섰다. 경내에 차를 주차시키고 오빠가 혼자 차에서 내렸다. 그 옆으로 성희는 빠르게 다가갔다.

"영찬네는요?"

"영찬인 해외 출장 갔고, 며늘애는 유산기가 있어 꼼짝 못 하고 누워 있

참 좋은 시간이었어요

단다.”

어쩔 수 없는 상황이라는 것은 알겠지만 순간 못마땅한 생각이 들었다. 그렇다고 내색한다면 오빠가 더욱 속상하고 서운해할 것 같아 성희는 말머리를 돌렸다.

“그렇다면 제가 오빠네 가서 같이 올걸 그랬어요.”

“전화해보려다가 약국 사정이 어떨지 몰라서 안 했다.”

“오빠도 참, 약국 사정이 뭔 상관이래요. 열 일 제치고 언니 제사에 참석해야죠.”

그들은 법당 쪽으로 나란히 걸어 들어가다가 절 마당에 핀 꽃들에게 눈을 주었다. 절굿대와 쑥부쟁이, 엉겅퀴, 맥문동……. 그것들은 환하게 빛나는 가을 햇살 아래서 한껏 자신들의 모습을 당당히 드러내고 있었다.

“저렇게 한철 피다가 지고서 내년이면 또다시 피어나겠지. 사람도 저러면 좋지 않겠냐? 몇 해 살다가 쉬고서 또다시 일어나 살고…….”

“그러게요. 그렇게 살면 영원히 사는 게 되지 않을까요? 어쩌면 죽는 게 쉬는 걸지도 모르죠. 그러다 또다시 태어나고……. 그렇게 끝없이 윤회하는 게 아닐까요?”

고개를 끄덕이는 그를 보면서 성희는 전생에서도 틀림없이 그와의 인연이 있었을 거라는 생각을 했다. 몇 번의 생을 거쳐 자신은 여기까지 왔을까, 하는 의문을 품어보며 성희는 오빠를 따라 법당 안으로 들어갔다.

영정 속에서 올케는 금방이라도 뛰어나와 바쁘게 돌아다닐 것 같다. 늘 활기에 넘쳐 쉬지 않고 활동하던 사람. 직업이 있는 것도 아니고 뭐가 만날 저렇게 바쁜지 모르겠다는, 어머니의 푸념이 새삼 떠올랐다. 하지만 이승에서 보낸 분주다사한 생활은 다 접고 이제 영정 속에 들어앉아 올케는 무슨 꿈에 깊이 빠져 있는 걸까? 만수향이 매움한 냄새와 함께 아련히 피어올라 깊은 꿈에 빠진 올케를 슬쩍 건드려보는 듯했지만 영정 속의 그녀는 꿈쩍도 하지 않는다. 그런 그녀에게, 성희는 오빠의 뒤를 따라 술을 올리고 절했다.

여시아문 일시 불재사위국기수급고독원 여대비구중 천이백오십인구
이시 세존 식시 착의지발 입사 위대성 걸식어기상중 차제걸이 환지본처

금강경을 독경하기 시작하는 스님의 낭랑한 음성이 법당에 울려 퍼지면서 공기의 미세한 입자들이 조용히 진동하고 있는 듯했다. 두 손을 모으고 무슨 생각에 깊이 빠져 있는지 오빠는 꿈쩍도 하지 않고 있었다. 그러는 오빠를 살짝 곁눈질해 보다가 성희는 지장보살을 입속으로 외고서 올케의 극락왕생을 빌었다. 외국과 지방에 있는, 올케의 친정 식구들은 아무도 참석하지 않았고 하나밖에 없는 자식 또한 오지 못했으니 얼마나 서운할까, 하는 생각이 들어 성희는 더욱 진심을 다해 빌었다. 부디부디 여러 생에 걸쳐 지은 업장들을 다 소멸하고 가볍게 극락정토로 오르시기를……. 그렇게 성희가 축원하는 동안 스님은 어느덧 금강경의 마지막 분을 독경했다.

하이고 일체유위법 여몽환포영 여로역여전 응작여시관 불설시경이 장로수보리
급제비구비구니 우바새우바이 일체세간천인아수라 문불소설 개대환희 신수봉행

참 좋은 시간이었어요

모든 유위법이 꿈과 같고 환과 같으며 물거품과 같고 그림자와 같고 이슬과 같으며 또한 번개와 같나니, 마땅히 이와 같이 관을 할지니라……. 그럴진대 무엇에 얽매여 그토록 오랜 세월 나는 고통 속에서 헤매고 있는 걸까? 재가 끝나도 금강경의 마지막 분은 성희의 가슴에 여운이 되어 남아 있었다.

그들은 공양을 간단히 하고서 공양간을 나왔다. 차를 세워둔 쪽으로 걸어가다가 탑 앞에서 그가 발을 멈추었다. 맑고 푸른 하늘에서 쏟아지는 햇살이 탑 위로 눈부시게 부서지고 있었다. 균형 잡힌 몸매를 자랑하며 탑은 우아한 모습으로 서서 그들을 내려다보는 듯했다.

"뭐 하시게요?"

"너도 여기 향을 하나 꽂고 탑을 돌면서 소원을 빌려무나."

이미 탑 앞에는 여러 개의 양초가 켜져 있었고, 타다 만 향들이 몇 개나 꽂혀 있었다. 연꽃 그림이 그려진 갑에서 향을 꺼내 조심스럽게 불을 붙이고서 오빠는 두 손을 모으고 탑 주위를 돌기 시작했다. 무슨 소원을 빌고 있는 걸까, 그의 뒤를 따라 탑을 돌면서도 성희는 정작 자신의 소원이 무엇인지 생각해낼 수가 없었다. 탑돌이를 끝내고 차 앞으로 다가가는 그에게 성희는 물었다.

"오빠, 무슨 소원을 비셨어요?"

"이제 내게 별 다른 소원이 있겠냐? 자식에게 폐 끼치지 않고 살다 가는 것밖에는. 것보다 그동안 지은 죄에 대해 참회하고 용서를 빌었지."

지은 죄라니? 세상 어느 누구보다도 반듯하고 바르게 살아온 사람이 스스로 죄를 지었다고 말하다니. 성희는 자기도 모르게 눈을 동그랗게 뜨고서 물었다.

"세상에, 오빠가 죄라니요? 얼토당토하지 않게……."

"그렇게 눈을 동그랗게 뜨고 물으니 네 어릴 때가 생각나는구나. 넌 끝까지 알아내야만 할 경우에는 언제나 그런 눈을 하고서 꼬치꼬치 캐묻곤 했었지. 세상에 죄를 안 짓고 사는 사람이 얼마나 있겠냐? 뭐 난들 예외겠냐?"

아무려면, 오빠가? 성희는 고개를 흔들고서 차의 조수석에 탔다. 그는 빙긋 웃으면서 시동을 켰다.

"약국까지 널 데려다주고 갈게."

"굳이 그러실 것 없어요. 전 중간에서 내려 택시 타고 가면 돼요."

"무슨 소릴……. 그랬다가는 네 언니가 혼낼걸. 난 네 언니한테 혼나는 게 여태도 무서운 사람이야. 귀신이 되었으니까 살아 있을 때보다도 더 힘이 막강하지 않겠냐?"

올케 앞에서 오빠는 큰소리를 한 번이라도 친 적이 있었을까? 어디 하나 빠질 데 없는 아들을 자랑스럽게 여기던 어머니가 오빠가 그러는 것만은 늘 못마땅하게 여겼었다. 사내자식이 저렇게 용해빠져서는……. 원, 끌끌. 어머니의 혀 차는 소리가 금방이라도 들려올 것 같아 성희는 웃으면서 말했다.

"하하하, 언닌 그러고 보니 참 대단하시네요. 죽어서도 오빠를 꼼짝 못하게 하다니. 비법이 뭐였을까?"

"비법은 이담에 저승 가서 네 언니한테 물어보고 거기 선글라스 좀 꺼내다오."

오빠는 차 옆의 콘솔박스를 가리키며 말했다. 그는 선글라스를 건네받

참 좋은 시간이었어요

아 끼고서 말했다.

"선글라스를 끼면 이상하게도 마음이 편안해져. 죄의식이 사라지는 느낌이랄까?"

"왜 자꾸만 오늘따라 죄를 들먹이세요? 세상 누구보다도 깨끗하게 살아오신 분이⋯⋯."

선글라스 아래서 그의 눈이 몹시 흔들리고 있다는 걸 성희는 느낌으로도 알아차릴 수 있었다. 멈칫거리는 듯하더니 그의 음성이 약간 떨리면서 무겁고 낮게 울렸다.

"나이가 들수록 너를 훔쳤다는 생각이 자꾸만 들어. 그래서 얼마 전부터 네 가족을 찾기 위해 여기저기 알아보고 있다. 아직은 별 진전이 없네. 우리 가족이, 특히 내가 엄청난 범죄를 저지른 셈이지. 유괴범이나 다를 바 없었으니까. 왜 진작 그 생각을 못 했을까, 후회가 돼."

"범죄, 유괴범. 그런 무시무시한 단어는 제발 쓰지 마세요. 제가 괜찮으면 괜찮은 거라고요. 저는 아버지 어머니 딸로, 오빠 동생으로 만족해요. 그러면 됐어요. 물론 저를 잃은 친부모는 평생 마음에 남아 있겠지만⋯⋯. 눈앞에서 자식의 죽음을 확인하는 것에 비하면 훨씬 나을 수도 있어요. 어디서 살아 있겠거니, 잘 살고 있겠거니, 그렇게 여기며 지내겠지요."

성희는 결국 울컥해서 목소리가 떨렸다. 우리 다원이도 어디서 살아 있다고 여길 수 있다면⋯⋯. 차 안의 공기가 무겁게 가슴을 누르는 것 같아 성희는 차창을 내렸다. 가을 햇볕을 받으며 길가에 핀 코스모스들이 바람에 흔들리고 있었다. 그 위로 보이는 파란 하늘엔 흰 구름 몇 점이 둥둥 떠가고 있었다. 그 어떤 것도 쉽게 흔들지 못할 것 같은, 절대적인 평화와 평온.

마치 영원의 세계를 마주하고 있는 느낌이었다. 이제 오빠가 오랜 세월 누더기처럼 감고 있었을, 죄의식을 부디 훨훨 벗어던지게 되길 바라며 성희는 깊은 숨을 천천히 내쉬었다. 그러다 무거운 침묵의 장막을 걷어내듯 성희는 약간 목이 잠기고 낮은 목소리로 입을 열었다.

"진심이에요, 오빠. 두 번 다신 그런 말씀 입에 올리시지도 마세요. 그리고 제 친부모 찾느라 애쓰시지도 말고요. 부탁이에요. 저는 그저 오빠가 고마울 뿐이에요."

"그래, 고맙다."

시내로 들어서자 차가 밀리기 시작했다. 그러자 그는 성희를 건너다보며 물었다.

"오늘 약국은 아예 안 하는 거냐?"

"봐서요. 하루쯤 쉰다고 뭔 일이 나진 않는데, 쉬어봤자 달리 할 일도 없어요."

오빠는 고개를 끄덕이다가 조심스러운 얼굴로 물었다.

"박 서방은 연락이 있냐? 어서 맘을 잡아야 할 텐데……."

"아주 가끔요. 이제 저도 기대 안 해요. 그러려니 해야지요."

"그래. 내 마음대로 되는 일이 아닌 건 그렇게 생각하는 수밖에 없지."

둘은 차창 밖에 시선을 주다가 동시에 한숨을 내쉬었다. 그러다 약국 근처까지 왔을 때는 짧은 가을 해가 일몰을 서두르고 있었다. 성희를 내려다놓고 차는 모퉁이를 돌아 어스름한 저녁의 거리로 나섰다. 차가 완전히 보이지 않을 때까지 그녀는 그대로 서 있었다. ❖

참 좋은 시간이었어요

아주머니는 지금쯤 돌아와서 금일 휴업 팻말을 떼고서 약국 문을 열었을까? 그녀의 생각에 잠겨 있는 사이, 어느새 진순 씨는 독송을 그치고 소파에 누워버렸다. 진순 씨가 읽던 지장경은 마룻바닥에 떨어져 있었다. 죽은 자의 영혼이 지옥에 떨어지는 것을 구제한다는 지장보살의 공덕을 설하는 지장경. 이걸 읽으면 죽어서 지옥에 가는 것을 막아준다고 진순 씨는 믿고 있겠지? 책을 탁자 위에 주워 올리면서 나는 잠에 빠진 진순 씨의 얼굴을 물끄러미 바라보았다. 간간이 얼굴을 찡그렸다가 입을 오물거렸다가……. 꿈속에서도 온갖 감정이 다 일어나는 모양이었다. 그러다 갑자기 잠꼬대를 하기 시작했다.

─아이라예. 지 딴에는 한다꼬…… 마 그라몬 된 거…… 너무 그라시지 마이소…… 압니더. 쥔 줄이야 와 모르겠……

지장보살을 만나기라도 한 건가? 나는 무릎걸음으로 다가가 진순 씨의 귓가에 대고 속살거렸다.

─심진순 씨, 그러면 된 거예요. 죄인 줄 알고 참회하면 지옥에 가는 일은 절대로 없어요. 부디 이제 맘 편하게 지내세요.

내 말이 효력을 발생했는지 잠잠해졌다. 할 수만 있다면, 평생 시달려온 죄의식에서 진순 씨를 완전하게 해방시켜주고 싶었다. 진순 씨의 잠은 오래 계속되고 있었다.

골목을 나서자 옅은 어둠 속에서 '다나약국'의 불빛이 환하게 빛나고 있었다. 괜히 반가운 마음이 앞서 나는 걸음을 빨리했다.

─식후 삼십 분이고, 사흘 분이에요.

깊은 죄의식

손님이 나가고 나자 아주머니가 먼저 내게 물었다. 피곤기가 어린 얼굴에 불안한 빛이 순간 감돌았다.

―우리 어머니께 무슨 일이라도?

―아니에요. 제가 이달 말까지밖에 일할 수 없다는 말씀을 드려두려고요. 새로운 사람을 구하려면 시간이 필요할 테니까요.

―아, 네에. 처음부터 그랬었죠. 오전에 오는 도우미 아줌마에게 얼마간 부탁드리다가……. 그러다 보면 다미 아빠 돌아올 때가 될 거예요.

아주머니는 내게 새로운 사람을 구해야 하는 걱정을 말란 듯 말했지만 다미 아빠 돌아올 때, 라고 할 때는 입가에 비뚜름한 웃음을 슬쩍 떠올렸다. 그러더니 온장고에서 쌍화탕을 꺼내주었다. 그걸 받아 들고 나는 고개를 꾸뻑하고 약국을 나왔다. 병에서부터 전해오는 온기가 손바닥을 따뜻하게 해주었다. 나는 뚜껑을 열어 한 모금씩 마시면서 지하철역을 향해 가고 있었다. 역에 닿았을 때, 그새 해는 꼬빡 넘어가버리고 진한 어둠이 사방을 잠식하고 있었다. 다 마신 병을 쓰레기통에 집어넣고는 빠른 걸음으로 지하도 계단을 내려가기 시작했다. 계단 중간쯤 갔을 때 안내 방송과 함께 지하철이 요란한 소리를 내며 들어오는 소리가 들렸다. 혹시나 놓칠세라 나는 힘껏 달려갔다. 그걸 놓치면 마치 임용고시 합격을 놓치기라도 할 듯…….

달리는 지하철 속에서 나도 모르게 쌉싸름한 맛이 남아 있는 입을 자꾸만 오므렸다 폈다 하고 있는데 스마트폰에서 문자 들어오는

참 좋은 시간이었어요

소리들이 끊임없이 나고 있었다. 무슨 일인가 싶어 화면을 열었더니 중고등학교 임용고시 카페에서 주고받는 문자들이 계속 뜨고 있었다.

임용고시 스터디 룸을 구합니다. 연락처 010 3488 × × × ×

한 달 남았을 때의 총정리 : 합격 비법을 남깁니다.

불법 자료의 거래는 선생님들이 될 분으로서 삼가시기 바랍니다. 불법 자료로 인한 피해는 카페에서 책임지지 않습니다.

중등임용 1차는 교육학에 관한 것 같은데, 고등학교 때 봤던 내신 형으로 나오나요?

스마트폰을 닫고 나자 목구멍에서 쓴맛이 자꾸 올라왔다. 쌍화탕 맛이 남아서일까? 휴지에 몇 번이나 침을 뱉었지만 그 맛은 사라지지 않았다. 진순 씨의 죄의식도 이런 걸까? 그래서 죽음이 가까워 올수록 불안해지는 모양이다. 어쨌든 지옥 가는 걸 막아준다고 진순 씨가 믿는 지장보살처럼 낙방을 막아주는 보살은 없을까, 하는 생각이 들자 나도 모르게 킥킥 웃음이 났다. 그러다 복잡한 지하철 안에서 웃음을 터뜨린 것이 민망해 나는 얼굴을 붉혔다.

지하철역에서 나와 지상으로 올라오자 싸늘한 가을 밤 공기가

깊은 죄의식

얼굴과 목덜미에 와 닿았다. 나는 코트 속으로 목을 움츠리고 걸어가다가 손수레에서 군밤 한 봉지를 샀다. 따뜻한 군밤을 꼭꼭 씹으면서 내가 살고 있는 원룸을 향해 내키지 않는 걸음으로 걸어갔다. 도착하면 어쩔 수 없이 나는 또다시 책상 앞에 앉아 밤이 깊도록 공부에 매달려야 하리라. 이 아름답고 청량한 가을 밤에……. 하늘에는 만월이 채 되지 못한 달이 푸른빛을 내뿜으며 고층 건물 사이에서 얼굴을 내밀었다. 나는 달과 눈맞춤하면서 아주 먼 길을 갈 듯이 걷고 또 걸었다.

참 좋은 시간이었어요

14

마지막 날

시험 날짜가 다가오듯이, 진순 씨와의 마지막 시간도 점점 가까워오고 있었다. 진순 씨와 보낼 날짜가 열흘가량 남았을 때 나는 미리 말해두어야겠다고 생각했다. 진순 씨의 입장에서는 어느 날부터 내가 갑자기 발걸음을 뚝 끊어버린 걸로 여겨질 수 있을 테니까.

― 진순 씨, 이제 열 밤 자고 나면 우린 헤어져야 해요.

― 뭐시라꼬? 그기 무신 말이고? 와 우리가 헤어진다 말이고?

이게 무슨 날벼락 같은 소린가, 하는 얼굴로 진순 씨가 물었다. 그러면서 엄마와 떨어지기 싫어하는 어린아이처럼 내 손을 꼭 잡았다.

― 시험이 얼마 안 남아서요. 다음 달에 선생님 되는 시험을 봐야하거든요. 이번에는 꼭 붙어야 해요. 그러려면 시험 준비를 잘해야하니까요.

― 지수 씨가 선생이 될라꼬? 선생 하몬 잘 할 끼다. 그래도 너무

섭섭다. 내가 요새는 아침에 눈 뜨몬 지수 씨 기다리는 재미로 지낸다 아이가.

아침에 눈 뜨면서부터 나를 기다리다니. 울컥했지만 나는 애써 담담한 얼굴로 말했다.

—역시 우린 친구라니까요. 저도 진순 씨 만나러 올 때는 신나서 달려와요. 제가 시험에 붙으면 놀러 올게요. 그동안 건강하게 잘 지내야 해요. 곧 아드님도 돌아오겠지요. 아드님이랑 재미있게 지내세요. 이제부턴 옆에 꼭 붙들어놓으세요. 다른 데 다니지 못하게요. 진순 씨가 엄만데, 엄마 말을 들어야지요.

내 당부에 진순 씨는 콧방귀를 끼며 말했다.

—그럴 꺼 겉으몬 벌써 그랬제. 내 말 안 듣는다꼬. 해마다 날씨가 쌀쌀해지몬 들어왔으께나 올해도 그랄란가.

진순 씨의 눈길이 마당을 거쳐 대문께로 가 닿았다. 굳게 입을 다문 대문 위로 빈 가을 하늘이 진순 씨의 눈에 가득 차는 듯했다. 머잖아 저 대문을 밀고 박상현 씨가 들어오길 나도 진순 씨와 한마음이 되어 빌어보았다.

그 후부터 진순 씨는 헤어질 때, "참 좋은 시간이었어요."라는 인사는 자꾸 빼먹으면서 마지막 날을 손가락으로 세는 일이 잦아졌다. 여덟, 일곱…… 세다가 결국 열 손가락을 활짝 펴고서 열흘이라 하곤 했다. 내가 아니라고 하면 손가락 열 개를 활짝 펼쳐 마구 흔들며 우겼다. 그럴 때마다 불그스름한 봉선화 물이 조금 남은 손톱 위에서 가을 햇살이 반짝거렸다. 대문을 나서다가 진순 씨의 반짝거리는 손

참 좋은 시간이었어요

톱이 눈앞에 아른거려 나는 자꾸만 뒤를 돌아보곤 했다. 하지만 골목을 벗어나는 순간부터 나는 수험생의 본분을 잊지 않으려 애썼다. 좀 더 빠르게 달려가 지하철을 타고서 원룸에 도착해 저녁을 먹으며 인터넷 강의를 듣고, 오답 노트를 들여다보며 외고 또 외고…….

지친 몸을 침대에 뉘는데 엄마가 전화를 걸어왔다.

─지수야, 오늘 한약을 지어서 택배로 보냈다.

나는 벌떡 자리에서 일어나 소리쳤다.

─엄만, 뭣 하러 쓸데없이…….

─그거라도 먹어둬야 몸이 지탱을 하지. 공부만 해도 힘에 부칠 건데, 아르바이트까지 하러 다니니 어떻게 몸이 견뎌내겠냐? 아르바이트는 언제까지 하니? 이제 그만둬.

─안 그래도 이달 말까지만 한다고 말해놨어. 근데 엄만 뭔 돈으로 내 보약까지 지었어? 부담스럽게……. 보증금까지 올려줘야 된다면서?

나도 모르게 걱정과 짜증이 담긴 목소리를 내고 말았다. 하지만 의외로 엄마는 웃으면서 여유롭게 대꾸했다.

─흐흐, 염려 마. 다 길이 생기는 거라고. 느이 이모가 천만 원 빌려주고……. 흐흐, 세상에 놀랍게도 느이 아버지가 적금을 다 넣어놓았더란다. 그거랑, 대출 좀 받고……. 무사히 해결됐어. 네 약은 정효가 꽤 두둑하게 주례비를 넣어서……

뭐야? 그럼 정효한테서 받은 돈으로 내 약을 지었다고? 꽥, 나는 소리를 지르고 말았다.

마지막 날

─그 약 안 먹어. 절대로 안 먹는다고.

─너, 진짜 이상한 거 아니? 정효가 준 돈이 뭐가 어때서? 느이 아버지가 공짜로 받아온 것도 아니고 말이야. 정효한테 뭐 꿀리는 게 있어? 대체 왜 그러냐고? 그냥 다 감사하게 생각하면 될 일이야.

─그놈의 감사, 감사……. 정말 지겨워. 엄만 뭐가 그렇게 맨날 감사하냐고!

평소와 달리 거친 내 말투에 잠시 무르춤하는 기색이 느껴지더니 엄마는 태도를 바꾸어 냉랭하게 말했다.

─많이 예민한 것 같아서 긴 말 안 한다. 약은 일단 보냈으니 네가 알아서 해. 먹든 말든, 끊는다.

엄마의 말대로 내가 예민해져 괜한 짜증을 부린 것 같아 금방 후회가 되었다. 나는 이불을 뒤집어쓰고 도로 자리에 누웠다. 시커멓고 탁한 물에 빠져 허우적거리는 꿈을 밤새도록 꾸었다. 자리에서 일어나자 나는 바로 샤워부터 하면서 간밤의 꿈을 지우려 했다. 로즈마리 향의 바디 샴푸가 온몸을 어루만지며 나를 위로해주는 듯했다.

'국어교육론' 인터넷 강의를 듣고서 주관식 문제 푸는 연습을 하고 나자 점심때가 되었다. 전자레인지에 국과 밥을 데워 한 술 뜨려고 하는데 택배가 왔다. 한의원에서 보낸 택배 박스를 받아놓고서 밥을 먹으며 망설였다. 엄마에게 문자 메시지를 보내야 할지 통화를 해야 할지, 아니면 아예 모른 체하고 가만히 있을지……. 그러다 엄마가 해준 깻잎김치가 마늘 향과 함께 입안에서 매콤하게 번져나자 나도 모르게 단축키를 누르고 말았다.

참 좋은 시간이었어요

─방금 한약이 도착했어.

─그래? 빨리 갔네. 꼬박꼬박 챙겨 먹어. 그래야 효험이 있는 거야. 그 한의원이 유명한 데라더라.

엄마는 지난밤에 내가 짜증 부린 것을 까마득히 잊은 듯한 목소리로 말했다. 그러자 나는 미안한 생각이 들어 이것저것 물으면서 통화를 계속 이어나가려고 했다.

─지금 카페야? 이모는 잘 계시지? 요즘 손님은 많아?

─응. 느이 이모야 항상 안녕하지. 여긴 요즘 한창 입소문을 타서 손님들이……. 아, 저기 또 한 팀이……. 끊는다.

모처럼 내가 마음을 내었건만 엄마는 휴대폰 저편으로 황망히 사라지고 말았다. 남은 밥을 우적우적 씹어 삼키고는 식사를 끝냈다. 그러고는 택배 박스에서 한약 한 팩을 꺼내 들어 비닐을 찢었다. 데우지 않은 채로 나는 삼키면서 그 시간에 신혼여행에 가 있을, 정효를 떠올렸다.

─얌마, 니가 내 보약을 지어준 거네. 나한테 다 갚았어. 이제 됐으니까 빚진 기분 따윈 싹 날려버리라구.

빈 비닐봉지를 쓰레기통에 집어넣으면서 나는 중얼거렸다. 그러고는 진순 씨에게 가기 위해 서둘러 집을 나왔다.

우수수 바람이 불 때마다 푸른 물감을 풀어놓은 듯한 하늘을 향해 노란 은행잎들이 이리저리 날려갔다. 하지만 그것들은 얼마 날아가지 못하고 여기저기 떨어져 내렸다. 거리에는 떨어져 내린 은행잎과 은행 열매들이 뒹굴다가 행인들의 발밑에서 으깨져 악취를 풍겼다.

마지막 날

예전에 다녔던 출판사의 건물 주위로 은행나무가 몇 그루나 있었다. 새파란 하늘을 배경으로 하고 서 있는 은행나무들이 바람에 흔들리면 출판사 건물의 붉은색 지붕이 언뜻언뜻 보이곤 했다. 특히 가을 햇살이 좋은 날, 지붕 위로 은행나무가 황금색 잎을 찬란하게 떨구는 모습은 가히 일품이었다. 대표도 그 모습에 반해 덜컥 계약을 했노라고 했다.

―아휴, 냄새가 이렇게 지독할 줄은 꿈에도 몰랐다니까. 완전 똥냄새야. 창문도 맘대로 못 열고……. 살아봐야 안다고, 마누라처럼. 아무리 겉모습이 근사하면 뭐하냐고.

―혹시 근사한 사모님 외모에 혹 가셔서 결혼하신 건 아니죠, 대표님?

편집장 질문에 대표는 껄껄웃음으로 답을 대신했다. 마감을 코앞에 두고 컴퓨터 화면에 눈을 박고 있던 직원들도 모두 한바탕 웃었다. 출판사는 지금쯤 마감이라 여전히 바쁘겠지. 그때를 떠올려보다가 이제 연락이 닿는 사람이 한 명도 없다는 사실을 깨닫자 쓴웃음이 나왔다. 그때는 가족보다 더 많은 시간을, 사건을 공유하던 사람들이었는데……. 직장 동료는 그런 건가? 같은 버스를 탄 승객처럼 각자 내려야 할 정류장에 내리면 그만인 관계의 사람들. 그래도 민서만은 아니었는데……. 민서는 어디서 무얼 하며 지내는 걸까? 언제쯤이면 연락이 될 수 있을까? 이런저런 생각들을 하다 보니 어느새 진순 씨 집골목이었다. 못 보던 노란색 국화 화분이 대문 앞에 놓여 있었다. 나는 키를 낮춰 코를 갖다 대고 국화 향을 맡았다.

참 좋은 시간이었어요

-그 누구요?

진순 씨는 대문 밖의 미미한 기척도 알아차린 모양이었다. 혹시 누구를 기다렸던 걸까? 나는 대문을 밀며 장난스럽게 대답했다.

-기다리고 기다리는 친구 지수지요.

-아, 지수 씨가?

웬일인지 시큰둥한 반응을 보였다.

-오늘은 친구가 하나도 안 반가운가 봐요.

-연습을 해놔야제. 몇 밤 자몬 안 올 낀데……. 더러븐 기 정이라 카는 말이 와 있는고 인자 알겠다. 그라이 사람이든, 짐승이든 정을 주는 기 아인 기라.

진순 씨도 나와 헤어지는 것이 많이 섭섭한 모양이었다. 이제 다음 날이면 끝날 거라는 생각이 들어 나도 서운한 감정을 누르고 덤덤해지려 했다

-대문 앞에 국화 화분을 새로 갖다 놓았더라고요.

-아, 그거? 아침에 호야 엄마 시키서 장에 가서 하나 사 오라 했다.

-진순 씨가 국화를 많이 좋아하나 봐요. 마당에도 피어 있는데…….

내 말에 약간 머뭇하더니 웅얼거리듯 말했다.

-대문 앞에 있는 화분들이 시들시들해서……. 그런 거 보몬 뭐 좋겠노, 싶어 하나 사라캤다. 그라고 국화를 좋아했니라.

누가? 주어가 빠졌지만 아들이라는 걸 나는 금방 눈치챘다. 못마땅하지만 아들을 향한 마음은 어쩔 수 없는 모양이었다. 누가 뭐라

해도 진순 씨가 박상현의 친어머니라고, 이젠 영자는 잊어버리고 더이상 악몽 따위는 꾸지 말라고 말해주고 싶었다. 그런 것들을 대신할 말을 찾다가 나는 엄지를 내밀었다.

―진순 씨가 최고! 최고의 엄마라고요.

―갑재기 그기 무슨 말이고?

민망한 얼굴로 묻는 진순 씨에게 나는 그냥 활짝 웃어 보였다. 그러자 나더러 실없다면서 비시시 따라 웃었다.

마당을 걷자고 했더니 피곤해서 싫다고 했다. 걷는 대신 우리는 마루 끝에 두 다리를 걸치고 나란히 앉아 볕 바라기를 했다. 가을볕이 무릎 위를 간질거리고 마당에서부터 흙냄새와 풀 냄새가 뒤섞여 바람에 실려 왔다.

―볕이 좋다. 옛날 겉으몬 이런 볕에 고추를 말렸다꼬. 마당 한가운데 돗자리를 깔고 고추를 널어놓으몬 바짝바짝 잘도 말랐구마는……. 도구통에다가 찧어놓으몬 양식 장만해놓은 거맨치로 든든했제.

예전에 방영했던 티브이 드라마에서 그런 장면을 몇 번 본 듯했다. 나는 고개를 끄덕이며 진순 씨의 말에 공감하려 해보았다. 요 며칠은 진순 씨의 상태가 괜찮은 것 같아 다행이라 생각하는데, 불쑥 엉뚱한 소리를 하기 시작했다.

―아 참, 인자 생각나네. 어젯밤에 난데없이 우리 영감이 왔더라꼬. 와 왔소, 하고 물었더마는 임자를 데리러 왔네, 그라는 기라. 어데로 데리갈라 카느냐고 하께나 좋은 데라 카더라. 좋은 데가 어데

냐고 물으께나 대답은 안 하고 빙긋이 웃기만 하데. 그란데 희한하
게도 영감 얼굴이 나보다 더 젊었더라꼬.

　－영감님 꿈을 꾼 모양이네요.

　－하이고, 아이다. 꿈은 무신 꿈. 생시라께나.

　진순 씨가 손을 휘휘 내저으며 반박했다. 아, 생시……. 나는 장
단을 맞추는 수밖에 없었다.

　－그래서 따라갔어요?

　－아이라. 갈라꼬 내가 옷을 다 입고 나께나 고마 어데로 갔는지
흔적도 없이 사라져뿌렸더라꼬. 얼척이 없어서…….

　－많이 서운했겠네요.

　－뭐, 서운키야……. 오랜만에 와놓고 갈 때는 온다 간다 말도 없
이 그리 시부적이 갈 줄 몰랐제. 인자 발걸음을 하기 시작했으께나
조만간에 또 오지 싶다.

　그렇겠지요, 나는 고개를 끄덕여주었다. 그러고 나자 진순 씨
는 밑도 끝도 없는 이야기들을 주절거리기 시작했고 나는 중간중간
에 적절한 말로 추임새를 넣어주었다. 한참을 이야기하다가 지쳤는
지 어느 순간에 입을 다물었다. 그러고서 내 어깨에 기대어 꼬박꼬
박 졸기 시작했다. 한쪽 어깨를 빌려주고서 나는 가을이 익어가는
마당을 무연히 바라보았다. 청량한 기운이 감도는 정원에서 꽃과 나
무 들은 다가올 겨울을 위해 미리 볕을 조금이라도 더 받아놓으려고
발돋움하고 있는 듯했다. 무릎 위에 내리던 볕이 이제 종아리 부근
에서 부드럽고 따스하게 감싸주었다. 몇 개월 전, 여기 처음 왔을 때

마지막 날

화사한 봄기운으로 생기가 넘쳐나던 정원을 본 것이 아주 먼 과거의 일처럼 여겨졌다. 그때부터 우리가 매일 나누어왔던 인사처럼 우린 지금 참 좋은 시간을 보내고 있다고, 참 좋은 시간이 지나가고 있다고 믿고 싶었다.

진순 씨와 보내는 마지막 날, 나는 며칠 전에 사둔 덧신과 장갑을 잘 챙겨서 집을 나왔다. 썰렁한 기운이 자꾸만 목 주위와 가슴으로 파고들어 코트 깃과 단추를 몇 번이나 단속했지만 쉽게 없어지지 않았다. 지하철역을 나와 걸어가는데 저만치서 누렇게 시든 플라타너스 잎들 사이에서 '다나약국' 간판이 내게 알은체했다. 나도 간판을 향해 웃어주었다. 골목을 들어서면서 나는 빌었다. 오늘은 진순 씨의 상태가 좋아 맑은 정신으로 이별을 잘 할 수 있기를……. 하지만 내 바람과 달리 진순 씨는 내가 대문으로 들어서자 멀뚱멀뚱 바라보기만 했다.

ㅡ진순 씨, 친구가 왔는데 왜 모른 척해요?

ㅡ처자가 누군데 친구라 카노?

ㅡ지수, 신지수. 우리, 친구 먹기로 했잖아요.

잠시 나를 바라보더니 마지 못하는 듯 진순 씨는 고개를 끄덕였다. 나는 가방에서 장갑과 덧신을 꺼내 진순 씨의 손에 쥐여주었다. 폭신한 털실의 촉감이 좋은지 진순 씨는 얼굴에 비비며 좋다고 몇 번이나 말했다.

ㅡ이걸 날 주나? 고맙데이.

나는 똑같은 장갑과 덧신을 등 뒤에 감추었다가 보여주며 말했다.

참 좋은 시간이었어요

－이건 내 것이에요. 진순 씨와 똑같은 걸로 샀어요.

－히아, 그러네 진짜로. 벵아리 색에 분홍색 줄무늬 들어간 기 똑같네.

－우리, 지금부터 여기다가 수를 놓아요.

수? 의아해하는 진순 씨에게 나는 설명했다.

－푸른색 실로 시옷, 지읒, 시옷, 이렇게요. 우리 이름자예요. 자, 보세요. 여기다가 미리 연필로 써왔다고요. 내가 하는 거 보다가 할 수 있으면 진순 씨도 하고, 아니면 안 해도 괜찮아요.

준비해 온 수실을 바늘에 꿰어 글자 위에 나는 아웃라인 스티치를 놓기 시작했다. 옆에서 진순 씨가 숨죽이며 보고 있다가 말을 걸었다.

－우리 여학교 때 재봉 시간에 마이 했다. 내가 얼매나 잘했다꼬. 진순이 기, 최고로 이쁘다고 재봉 선생한테 칭찬받았제. 나도 해보까?

나는 진순 씨의 손에 골무를 끼우고 바늘귀에 실도 꿰어주었다. 그러자 진순 씨는 안방에 들어가 돋보기도 들고 나왔다. 우리는 그전날처럼 마루 끝에 걸터앉아 볕을 받으며 수를 놓기 시작했다. 순하고 투명한 가을 햇빛이 연노란 털실 위에서 찰랑거리며 손등을 간질거렸다. 몇 번 화장실을 다녀오고, 약을 먹고 하면서도 진순 씨는 집중해서 덧신 양쪽과 장갑 한쪽의 두 번째 자음까지 수놓기를 마쳤다. 그러고선 힘든지 허리를 비틀고 어깨를 흔들더니 수놓은 덧신을 신고 진순 씨는 잠이 들었다. 환한 햇살이 덧신 위에 앉아 밖으로 나가자고 조르고 있는 듯했다. 진순 씨는 덧신 위에 수놓은 푸른색 자음 ㅅ ㅈ ㅅ을 발가락에 걸고 언제든 대문 밖의 세상으로 나갈 것 같다. 하지만 내 생각과 달리 수놓느라 지친 진순 씨의 잠은 길고 깊었다. 내 덧신과 장갑에 수놓기를 끝내고서 진순 씨 장갑까지 마저 수를 놓았다. 나는 목운동을 하고 허리 스트레칭을 하면서 진순 씨가 잠에서 깨어나길 기다렸다. 마지막 날인데 다른 날처럼 잠든 진순 씨를 슬그머니 두고 갈 수는 없었다.

짧은 가을 해가 붉은 빛을 거두자 엷은 어둠과 훈무가 내리고 있었다. 저녁이 오고 있는 마당을 한동안 바라보다가 나는 진순 씨의 팔을 흔들어 잠을 깨웠다. 그러자 벌떡 자리에 일어나 주위를 두리번거렸다. 나는 얼른 전등 스위치를 올렸다. 갑자기 환한 불빛이 어둑하던 마루를 밝히자 순간 진순 씨의 정신도 명료해지는 듯했다.

—하이고야, 내가 한잠이 들었는가베. 그런데 지수 씨, 이기 다 뭐꼬?

신고 있는 덧신과 장갑을 보면서 진순 씨의 눈이 휘둥그레졌다.

—제가 진순 씨에게 하는 선물이에요. 여기 이것들은 우리가 좀 전에 수를 놓은 거고요.

진순 씨는 수놓은 것을 유심히 들여다보더니 빙긋이 웃었다.

—이것들은 우리 이름에서 따온 기네. 심진순, 신지수. 그렇제? 이거 주고 인자 갈라꼬? 이별 선물이네. 오늘이 마지막이라꼬, 그렇제? 우짜노. 나는 선물을 준비 못했다.

—아니에요, 진순 씨가 따로 선물할 필요 없어요. 보세요, 내 것

참 좋은 시간이었어요

도 직접 준비해왔다니까요. 진순 씨와 똑같은 장갑과 덧신, 그리고 수놓은 것도.

—그래, 이것들이 우리가 친구라는 증푠갑네. 고맙데이, 지수 씨. 이 늙은 할망구 친구 해주서…….

말끝을 맺지 못하고 진순 씨의 목이 메었다. 나는 두 손으로 진순 씨의 손을 꼭 잡고서 말했다.

—아니에요. 제가 고맙지요. 선생님 시험에 붙으면 꼭 찾아올게요. 그때까지 건강하게 잘 지내셔야 해요. 자, 약속!

나는 새끼손가락을 내밀어 진순 씨와 약속했다. 이미 내 손톱에서 사라진 봉선화 물이 진순 씨의 손톱 끝에 희미한 줄로 남아 있었다. 진순 씨는 손가락을 풀고 나를 똑바로 바라보며 말했다.

—인자 가봐라. 늦었다.

나는 자리에서 일어서서 코트를 챙겨 입고 갈 채비를 했다. 그러자 진순 씨가 먼저 손을 번쩍 들고 말했다.

—지수 씨, 참 좋은 시간이었어요.

—진순 씨, 참 좋은 시간이었어요.

울컥해지며 목이 메어오는 걸 나는 애써 참았다. 내가 신발을 신자 진순 씨가 대문까지 따라 나와 배웅하려는 걸 만류했다. 금방이라도 주저앉을 듯이 위태롭게 마루 끝에 서서 내 뒷모습을 바라보는 진순 씨의 모습을 지우듯이 나는 대문을 닫았다. 어둠이 주위의 윤곽을 조금씩 흐리게 하면서 골목 안을 맴돌고 있었다. 약국에 들러 아주머니에게 인사해야겠다고 생각하며 모퉁이를 도는 순간, 배

마지막 날

낭을 짊어진 초로의 남자가 골목에 들어섰다. 희미한 어둠 속이지만 아주 먼 길을 다녀온 듯 피곤한 기색이 역력하게 느껴졌다. 그러자 순간 박상현 씨라는 걸 직감적으로 알아차리고 아, 소리를 나도 모르게 내뱉을 뻔했다. 이제 진순 씨에 대해 마음을 놓아도 되겠지, 라고 생각하며 나는 빠른 걸음으로 약국을 향해 갔다.

아주머니는 조제실에서 나오다가 나를 보고 기다리라는 눈짓을 보냈다. 나는 소파에 앉아 평소와 다름없는 얼굴로 손님에게 약 봉투를 내밀고 카드를 결제하는 아주머니의 모습을 보면서 박상현 씨가 약국에 들렀는가, 괜히 궁금했다. 하지만 그녀는 내 궁금증과 상관없는 말을 먼저 꺼냈다.

─오늘이 마지막 날이지요?

손님이 나가자 아주머니는 봉투를 내밀었다. 마지막 달이라 수고비를 계좌 이체하지 않고 직접 주고 싶었던 모양이었다.

─네, 그동안 감사했어요.

─감사하긴, 내가 더 고마웠지요. 시험이 다음 달이라고 했지요?

네, 고개를 끄덕이는 내 얼굴에서 불안과 초조의 기색을 그녀는 엿본 걸까?

─결과에 너무 연연해하지 말아요. 물론 쉽지 않겠지만……. 만에 하나 원하지 않는 결과가 나오더라도 너무 실망하지 말란 이야기를 해주고 싶어요. 이 나이 되어보니 절대로 못 받아들일 일이 없더라고요, 다 지나가게 되어 있어요. 어쨌든 시간이 흘러가듯이……

아주머니의 말이 채 끝나기도 전에 손님이 들어와서 나는 목례를

참 좋은 시간이었어요

하고 약국을 나왔다. 몇 걸음 걸어가다가 나는 돌아보았다. 조제실로 들어갔는지 그녀는 보이지 않고 어둠 속에서 약국 간판의 불빛만 환하게 보였다.

15

이제는 만날 수 없는

11월의 시작과 함께 나는 완전히 칩거하다시피 하면서 시험 준비에 몰두했다. 가족들도 내 공부에 방해될까 봐 통화도 자제했다. 간혹 가족 채팅방에 응원하는 문자를 올리는 정도였다. 처음 얼마간은 진순 씨를 떠올리곤 하다가 나중에는 시험 외 아무런 생각조차 할 수 없었다. 그러다 시험 치기 전 날, 비록 조금 오다 그친 첫눈이었지만 창밖으로 떨어지는 눈을 보다가 진순 씨를 떠올렸다. 진순 씨의 손톱에 봉선화 물이 아직 남아 있을까, 기다리던 아들이 돌아왔으니 더 이상 손톱을 들여다보며 연연해하지 않겠지, 이런 생각들을 하면서 나는 진순 씨를 그리워했다.

전날 온 눈과 추위로 꽁꽁 얼어붙은 길을 조심스럽게 걸어서 시험장에 도착했다. 1교시 교육학의 논술 문제는 비교적 내가 많이 공부했던 부분에서 나온 거라 수월하게 쓸 수 있었고 2교시와 3교시에 치른 전공 시험도 기입형과 서술형으로 되어 있었는데 그리 어렵지 않았다. 시험을 마치고 나오자 기다렸다는 듯, 엄마가 전화를 걸어 왔다.

─지수야, 수고했다. 날씨가 갑자기 추워져서 걱정했다. 컨디션 은 괜찮니?

잘 봤느냐고 묻고 싶은 걸 억지로 참는 눈치가 역력했다.

─그럭저럭 봤어.

─휴우, 다행이다. 얼마나 가슴 졸였는지……. 느이 아버지도 몇 번이나 전화했다. 너한테 직접 못 하고……. 어쨌든 이제 안심이 된 다.

─아직 안심하긴 일러. 갈 길이 멀다고. 일차 합격했다고 해도 이 차 준비가 얼마나 많은데……. 적성 검사에 심층 면접에 수업 능력 평가까지. 작년에도 이차에서 떨어졌잖아.

간만에 곱게 차리고 외출하려는 엄마의 치맛자락을 붙잡는 어린 아이처럼 내게 대한 염려를 거두려는 엄마의 마음을 다시 붙잡으려 했다. 그러고 나자 1차 시험이 끝나서 홀가분해지던 마음이 사라지 고 2차 시험에 대한 부담이 다시 온몸을 짓누르기 시작했다. 나는 심 호흡을 하면서 하늘을 우러렀다. 전날 눈발이 날리고 흐렸던 하늘이 새파랗게 개어 있었다. 시린 손을 패딩 점퍼 주머니에 넣으면서도 나는 왠지 아직 가을이라 믿고 싶었다. 겨울이 오기 전에 어디든 후 딱 다녀올 수 있다면……. 하지만 나는 고개를 절레절레 흔들며 원 룸으로 돌아갔다.

참 좋은 시간이었어요

새해를 이틀 남겨놓고 1차 시험 결과가 발표되었다. 그때까지 심층면접과 수업 실기 연습을 하면서 임용고시 카페에 종종 들어가는 것으로 혼자가 아니라고 여기며 견뎌내고 있었다. 다행히 1차 시험에 합격한 걸 확인하고서도 나는 들뜨는 마음을 자제하려고 애썼다. 가족들도 아직 축하한다, 라고 말하기는 이르다고 여기는지 조용하게 넘어갔다. 다만 새해 인사로 덕담을 주고받으며 은근히 내 합격을 기원하는 듯한 문자 메시지를 보내왔다.

1월과 함께 들이닥친 한파 때문에 여기저기서 수도관이 동파되고 폭설로 인한 재해가 발생했다는 인터넷 뉴스들을 간혹 보며 나는 바깥생활과 두절된 고립을 은근히 즐기고 있었다. 현수가 몸보신 시켜준다며 고기를 사주겠다는, 기특한 제안도 거절하고 나는 원룸에 철저하게 갇혀 지냈다. 시험 준비를 하다가 지겨우면 컴퓨터에 저장해놓은 내 글들을 읽곤 했다. 예전에 소설이랍시고 써놓은 것들과 진순 씨 집을 들락거리며 내 멋대로 상상해서 적은 글들을 읽으며 나는 진순 씨와 손가락까지 걸며 했던 약속을 뒤늦게 떠올렸다.

―인자부터 내가 하는 이야기들을 잘 듣고 책으로 꼭 맨들어도 고. 약속했대이.

그 약속을 지켜야겠다는 마음이 이제야 들었다. 일단 임용고시가 완전히 끝나고 나면 진순 씨를 찾아가 필요한 이야기들을 더 듣고 보충해서 제대로 한번 써봐야겠다고 나는 다짐했다.

1월 말, 수업 능력 평가와 심층면접을 이틀간 연이어 보고서 나는 며칠 동안 지독한 감기 몸살을 앓았다. 합격의 여부를 점쳐볼 여

이제는 만날 수 없는

유조차 없이 고열과 근육통에 시달리다가 회복되고 나니 입춘이 지나, 예년보다 늦은 구정이 코앞에 다가와 있었다. 구정에 집으로 함께 내려가자며 현수가 전화를 걸어왔다.

—난 엿새를 쉴 수 있어. 누난 완전 프리잖아. 표는 내가 알아서 예매할게.

—프리는 무슨, 몸만 프리면 뭐 하냐? 발표를 봐야 내려갈지 말지 정하지.

—발표랑 집에 내려가는 거랑 뭔 상관? 떨어지면 집에도 안 갈 거야?

인석 봐라, 제 일 아니라고 속 편하게 말하네. 나는 꽥 소리를 지르고 말았다.

—야, 너 같으면 떨어졌는데 갈 맘이 나겠냐고. 넌 공감지수가 제로야.

—됐고, 어쨌든 표는 예매해놓을 거니까 그리 알아.

되긴 뭐가 됐냐? 나한테 지금 구정이 뭔 대수라고. 나는 이미 통화가 종료된 휴대폰을 들여다보고 소리쳤다. 그제야 나는 정신이 제대로 차려졌는지 곧 있을 발표 결과가 걱정되기 시작했다. 절대로 못 받아들일 일이 없고, 시간이 흘러가듯 다 지나가게 되어 있다는 약국 아주머니의 말을 떠올리며 심호흡을 끊임없이 했지만 불안은 쉽게 가라앉지 않았다.

미친년 널뛰듯이, 수온주도 심하게 오르락내리락했다. 겨울과 봄을 오가는 날씨 때문인지 창밖으로 보이는 행인들의 옷차림도 두꺼

참 좋은 시간이었어요

운 패딩 점퍼에서부터 얇은 점퍼까지 다양했다. 발표 당일에는 창문을 열어보니 날씨가 봄처럼 느껴졌다. 하지만 여전히 몸과 마음이 얼어붙어 나는 손바닥만 한 방 안을 이리저리 오가며 떨리는 몸과 마음을 달래려 했다. 그러다 합격 여부를 확인하라는 메시지를 받고는 수험번호와 주민등록번호 앞자리를 입력하면서 나는 숨도 제대로 쉬지 못했다. 스마트폰 화면에 합격이라고 뜬 것을 보았을 때, 나는 선 자리에서 무의식적으로 몇 번이나 위로 뜀박질을 하며 중얼거렸다.

　―아, 감사합니다, 감사합니다, 감사…….

　누구한테 하는 감사 인사인 줄도 모르면서 하다가 그제야 가족들을 떠올렸다. 내 합격 소식을 듣자 엄마는 아무런 말도 못 하고 울기만 했다. 엄마가 기뻐서 엉엉 우는 소리를 나는 세상에 태어나 처음으로 들었다. 감격으로 울컥 목이 멘 아버지의 목소리도……. 서른이 되도록 내가 누구에게 기쁨이 된 적이 언제 있었던가? 얼른 생각나지 않았다. 어쨌든 나는 백수에서 벗어나 안정된 직장에 발을 들여놓을 수 있게 되었다는 데 안도하면서 깊은 숨을 쉬었다.

　현수는 내 합격보다 예정대로 다음 날 집에 함께 갈 수 있는 것이 더 기쁜 모양이었다.

　―아, 잘됐네. 그러면 내일 내려갈 거지? 터미널에서 여덟 시 오십 분에 만나. 아홉 시 차야. 늦잠 자지 말고, 시간 잘 지켜.

　―알았다, 인석아. 너나 시간 잘 지키라고.

　집에 내려가기 전, 진순 씨를 만나야 하는 것이 왠지 모르게 꼭 해야 할 일처럼 느껴졌다. 나는 서둘러 외출 준비를 했다. 날씨가 따뜻한 것 같아 두꺼운 패딩 점퍼보다 코트가 나을 듯했다. 베이지색 코트를 걸치고 길을 나서서 지하철을 탔다. 진순 씨 집을 마지막으로 갔던 때가 불과 3개월 좀 전이었는데, 아주 오래된 일처럼 느껴졌다. 그러고 보니 베이지색 코트와 청바지, 내 옷차림은 그때와 같았다.

나는 지하철역을 나와서 횡단보도를 건너다가 나도 모르게 '다나약국' 간판을 찾았다. 하지만 그 자리에 '한마음약국' 간판이 매달려 초봄의 햇살을 받아 반짝거렸다. 약국 이름을 왜 바꿨을까, 하는 생각을 하며 나는 빠르게 걸어갔다. 급하게 약국 문을 밀자 아주머니 대신 마흔 살쯤 되어 보이는 남자 약사가 어서 오시라고 인사했다.

─전에 여기 계시던 약사님은요?

─아, 한 달 전에 제가 인수했어요.

그렇다면 아주머니가 약국을 그만두었단 말인가? 전혀 예상해보지 못한 일이라 나는 순간 할 말을 잊었다.

─이사하신다고 약국을 내놓은 모양이더라고요.

─혹시 어디로 이사 가셨는지 아세요?

─그건 물어보지 않았어요.

손님이 들어오자 그는 나를 상대하기 귀찮은 눈빛을 보이고서 처방전을 들고 조제실로 들어가버렸다. 나도 더 이상 있을 필요가 없어 밖으로 나왔다. 이사를 갔다지만 진순 씨 집에 일단 가서 확인해보고 싶어 골목으로 들어섰다. 그러자 진순 씨 집 대문 앞에서 중년의 여자와 남자가 화분을 집 안으로 나르고 있는 모습이 보였다. 확인할 필요도 없겠다는 생각이 들어 나는 골목 입구에 망연히 서 있

참 좋은 시간이었어요

었다. 그러다 아주머니의 휴대폰 번호가 남아 있을 거라는 생각이 들어 눌렀지만 결번이라는 안내멘트가 나왔다. 이제 이사를 가버린 진순 씨를 다시 만나기란 요원한 일일까? 소개해준 민서까지 연락이 닿지 않으니……. 어쩔 수 없이 돌아서서 나오다가 나는 작년 가을에 저장해둔 진순 씨의 사진이 생각나서 스마트폰을 들여다보았다. 따스한 볕을 받으며 갖가지 색의 꽃들에 둘러싸여 꽃처럼 보이는 진순 씨. 진순 씨는 이제 내게 사진 속의 꽃으로만 남아 있는 걸까? 진순 씨 집을 오간, 지난 6개월간의 흔적들을 찾아보고 싶은 심정으로 골목을 돌아봤다. 그 순간 바람이 불어와 화분을 나르던 부부의 옷자락도 내 코트 자락도 마구 흔들렸다. 한바탕 골목을 돌아 나온 바람이 울부짖는 소리 사이로 진순 씨의 음성이 들려오는 듯했다.

─지수 씨, 참…… 좋은…… 시간이었어요.

시간은 환영(幻影)이라고 했던가. 진순 씨와 함께한 시간들이, 그녀에게서 들은 가족 이야기들이 파노라마처럼 눈앞에 펼쳐지다가 사라진다. 그걸 놓치지 않으려고 나는 눈을 부릅뜬다.

지하철역 계단을 내려가다가 나는 코트 주머니에서 장갑 한 짝을 발견했다. ㅅ ㅈ ㅅ이 푸른색 실로 수놓인 털실 장갑. 서른의 나와 아흔이 넘는 진순 씨가 함께한 지난 시간, 참 좋은 시간의 실체를 붙잡아보듯 장갑을 꼭 쥐어보았다. 포근한 감촉이 손안에서 느껴졌다.

지하철이 들어오는 소리가 났다. 나는 지하철을 타기 위해 달려가기 시작했다. 마치 60여 년 후에 다가올 세월을 향해 질주하듯이…….

자기 극복을 위한 '지금, 여기'

이덕화

1. 들어가기

무거운 짐을 지는 낙타의 삶을 벗어던지고, 그것을 거부하는 사자의 삶을 넘어, 긍정의 수레바퀴를 돌리며 실패에 두려워하지 않고, 고통조차도 사랑하고, 깊숙한 곳의 자기와 타자들의 목소리에 귀를 기울이고, 분노를 웃음으로 다스리고, 때로는 고독을 즐기며 전사가 되고, 지금 여기의 삶을 사랑하는 사람이 되기를 니체는 바랐다.

인간은 누구나 나름대로 각자의 짐을 지고 있다. 그 짐이 부당한 것일 수도 있다. 우리나라 근대사에 일어난 다양한 사건은 개인이 어찌할 수 없는 불가항력적인 것이 많았다. 그런 것들이 개인의 운명에 절대적인 영향을 끼친다. 이 작품의 인물들은 개인의 잘못보다는 국가의 폭력 앞에서 어쩔 수 없이 당할 수밖에 없는 피해로 불행을 겪는 인물이다.

이 작품 속에는 그토록 사랑했던 부모, 자녀, 약혼자, 친구 등의 많은 죽음이 있다. 사실 그들과 했던 경험과 아직 여기 남아 있는 인물들과의 그 많은 죽음 속에서 현실에 있는지, 또 다른 세상에 있는지 혼란스럽다. 그들의 죽음으로 내 곁을 떠난 것이 아니라 처음부터 없었던 게 아닐까 하는 삶의 환영을 본 듯하다.

죽음으로 가까운 이들을 떠나보낸 인물들은 이처럼 혼란된 경험 속에서 미몽을 헤맨다. 어제까지 웃던 사람들과 오늘부터 만날 수 없다는 점에서 모든 죽음이 같다. 사랑하는 사람의 인생이 이토록 일찍 끝난다는 것에 슬픔을 느낄 사이도 없이 혼란 속을 헤맨다.

6·25사변이 그렇고 세월호 사건이 그렇다. 전쟁으로 약혼자를 잃고 불행한 삶을 살아야 했던 인물, 가부장적 의식에 의한 남아선호사상으로 훔쳐진 인물의 혼란된 정체성, 자녀의 개인 주체성보다는 집안의 소유물화에 의한 불행, 다양한 이유로 이 작품에 주로 등장하는 인물 외 가족으로 거론되는 인물까지 모두 불행하지 않은 사람이 없다.

이것은 작가의 세계관과도 관련이 있다. 인간은 나름대로 다 불행하다는 명제를 가지고 작가는 그 불행을 어떻게 극복하고 '지금, 여기'를 행복하게 즐길 수 있느냐에 서사의 초점을 맞춘다.

이것은 작가가 메타픽션적 글쓰기의 방법을 선택한 것과도 관련이 있다. 전략적으로 메타픽션적 글쓰기를 선택한 것이다. 한 인간의 일생이 마치 누군가 자신의 운명을 조작해놓은 듯한 환영과 같은 것으로 보는 세계관에 의하면 한 인간의 인생을 한 가지 관점으로 해석하는 것은 불합리하다. 여기에 작가의 메타픽션적 글쓰기가 유효하다.

계절의 변화라는 순환주기를 따라 서사를 전개한 것도 시간은 언제나 흘러가고 불행도 사라져버린다는 주제 의식과 어울리는 서사 전

참 좋은 시간이었어요

략이다. 여기에서는 인물의 불행을 일일이 나열하지 않고 주요 사건을 중심으로 서사의 전개를 분석해보겠다.

2. 메타픽션적 글쓰기

메타픽션적 글쓰기는 작가가 자신의 글을 되돌아보며 의심하고 환상이나 상상을 가하는 등 글쓰기에 대한 자의식이 드러나는 글쓰기를 말한다. 즉 작가의 자의식과 상상으로 만든 창작이라는 것을 끊임없이 상기시킨다. 사실과 허구가 뒤섞인 이야기임을 지속적으로 일깨우기도 한다.

『참 좋은 시간이었어요』는 서른의 나, 신지수와 아흔이 넘은 심진순이 6개월 동안 함께 오후 시간을 보내면서 겪고 들은 이야기들을 소설가 지망생인 신지수의 관점으로 재생된다. 즉 신지수의 관점에 의해서 새로운 이야기가 탄생하는 것이다. 작품 초반부의 심진순의 이야기가 그대로 옮기는 수준에서 차츰 신지수의 관점으로 재창작된다.

신지수는 국문과 출신으로 예전에 출판사를 다닐 때, 가끔 소설을 써서 투고를 했지만 매번 낙방했다. 심진순이 들려주는 이야기들을 통해서 새로운 창작욕이 생성된다. 약간의 치매기가 있는 인물인 심진순의 이야기를 듣고 다시 이야기를 재배열해야 하고 그 이야기들을 바탕으로 멋대로 상상해보는 재미까지 느낀다.

신지수는 이제 서른의 나이로, 90세 심진순의 불행한 가족사를 들으면서 과거의 우울한 이야기 속에 매몰되지 않기 위해서는 자신의 의식을 작동해야 한다. 그러기 위해서는 그동안 자신이 습작으로 해온 글쓰기를 통해 심진순이 들려주는 이야기를 새롭게 각색하고 자신의 자의식을 작동하는 것이다.

하지만 먼 하늘을 올려다보는 진순 씨의 얼굴에는 많은 상념이 담겨 있는 듯해 슬프게 느껴졌다. 나는 진순 씨의 얼굴에서 슬픔을 얼른 지워버리고 싶었다. 그래야만 돌보는 일이 덜 힘들어지기 때문이었다. (31쪽)

위의 인용문에서 숨은 작가이면서 화자인 지수는 "돌보는 일이 덜 힘들어지기 때문"이라고 이유를 대지만 심진순의 불행한 가족사를 통해서 신지수 자신이 슬픔을 느끼고 싶지 않은 것이다. 신지수가 심진순의 불행한 가족사를 들을 때는, 아버지가 잘못 쓴 보증으로 살던 집에서 쫓겨난 어릴 때의 불행한 과거가 중첩된다. 심진순의 이야기에 몰입하면서도 거기에 슬펐을 때의 기억을 되살리고 싶지 않은 것이다. 즉 심진순의 불행이 자신의 과거를 소환하는 것을 원치 않기 때문이다.

―식모가 낳은 아를 슬쩍해뿌렀제. 동지섣달 깜깜한 밤이라 보는 사람이 아무도…… 서방은 금광에 미쳐가꼬 집을 비우고…… 시에미는 죽고 없는데 벨난 시누가 하도 아들 타령을…… 예펜네가 고만 헤까닥 해뿐 기라. 앞뒤 가릴 행펜이…… .
낮고 은밀하게 속삭이면서 이어졌다 끊어졌다, 하는 진순 씨의 말을 따라 내 머릿속에서 자판이 두드려지기 시작했다. (32쪽)

위의 인용문에서도 숨은 작가이면서 화자의 자의식이 드러날 뿐만 아니라 끊임없이 이 이야기가 지수에 의해서 새롭게 재창출되고 있음을 독자에게 일깨워주고 있다. 작품 전체에 걸쳐서 이런 특징이 드러난다. 또 한 부분을 보자.

> 남의 연애사를 내 멋대로 창작해내느라 인터넷 강의 들을 시간까지 날리고 엉뚱한 곳에 서 있는 자신을 한심해하며 나는 하늘을 올려다보았다. 새끼손톱만 한 그믐달이 희미하게 빛나고 있었다.
>
> (117쪽)

위의 인용문은 심진순 양아들의 딸, 손녀 다미의 불행한 연애사에 신지수의 상상력을 가미해 이야기를 꾸민 것을 두고 후회하는 부분이다. 신지수는 목전에 놓인 교사 임용 시험의 인터넷 강의를 제쳐놓고 다미의 연애사 창작에 몰두하다 후회한다. 이것은 현재 시간대의 심진순과의 대화 시간을 적극적으로 즐기려다 보니 자신의 앞에 놓인 본업을 잊어버릴 정도로 현재에 집중하고 있음을 동시에 보여주는 부분이다.

작가는 머리말에 다음과 같이 쓰고 있다.

> 지난 시간에 대한 후회와 다가올 시간에 대한 불안으로 현재를 제대로 살아내지 못한다고 반성하면서도 여전히 나는 현재에 머물지 못한다. 과거와 미래를 끊임없이 오가는 내 의식을 붙잡아 두기 위해 필요한 것은 언제나 '글쓰기'이다. 글을 읽고 쓰는 일

만큼 나를 온전히 사로잡는 게 없다는 사실이 행(幸)인지 불행(不幸)인지 알 수가 없다. (5쪽)

이 인용문을 통해서 알 수 있는 것은 작가는 이 작품을 통해서 자신이 과거에 대한 후회와 미래에 대한 불안으로 현재에 충실하지 못하는 삶을 글쓰기를 통해서 극복하고자 하는 의도를 엿볼 수 있다. 그런 의도는 글쓰기를 통해 이 작품의 인물들의 불행했던 과거를 극복하고 좀 더 밝은 미래를 꿈꾸는 것은 바로 자신의 삶도 글쓰기를 통해서 극복하고자 하는 자신의 소망이기도 하다는 것이다. 그렇기 때문에 작가는 인물들의 삶에 적극적으로 개입하는 메타픽션 글쓰기를 택한 것이다.

3. 영원회귀에 의한 운명애

인간은 질병과 고통의 끊임없는 되풀이 속에서도 새날이 밝아오면 삶의 의욕과 희열을 느낀다. 끝없이 반복되는 병고와 회복의 원환을 니체는 영원회귀라 했다. 그 고통의 영원회귀 속에서 그 순환을 필연으로 인식함으로써 삶의 의욕을 다시 일으키는 것, 그것이야말로 니체는 운명을 사랑하는 방식이라 했다.

30년이나 봐온 내 얼굴이 왜 이렇게도 낯설게 보이는지 모를 일이라고 생각하다가 아흔 살쯤에는 어떤 얼굴일까 상상해보았다. 그러자 상상한 얼굴이 놀랍게도 진순 씨의 얼굴과 닮아 있었

참 좋은 시간이었어요

다. 앞으로 60여 년을 더 살면서 많은 세상사를 겪고 나면 우리의 얼굴들은 결국 다 닮아 있는 게 아닐까? 이런 내 생각을 흔들듯 지하철은 덜컥거리며 가다가 정거장마다 서서 사람들을 토하고 삼키고를 반복했다. (170쪽)

위의 인용문의 배경이 되는 시간은 작중 화자인 신지수가 교사 임용 시험 합격 통지를 받은 가장 환희의 시간이다. 그런데 지하철 창에 언뜻언뜻 비치는 자신의 얼굴이 갖은 불행을 겪어온 90세의 심진순의 얼굴과 겹쳐 보인다는 것이다. 이 합격이라는 이 기쁨은 찰나적인 것이며, 자신도 심진순이 겪은 삶의 회오리 속으로 휘말리고 심진순과 같은 인생을 반복할 것임을 예언하는 것이다. 타자의 삶을 통해서 자신의 삶을 바라보는 것이다.

이 작품에서 심진순은 젊었을 때 가부장적 의식에 의해 남아선호 사상으로 불행을 겪은 피해자이면서 한편 가해자이다. 심진순은 여학교 때 친구 오빠와 약혼했지만 6·25사변 때 전사하고 만다. 그러자 흠 있는 여자가 되어 딸 둘인 홀아비와 결혼한다. 시부모는 없지만 시누의 아들 타령 스트레스에 시달리다가 가정부가 낳은 아들을 가로채 자신의 아들이라고 감쪽같이 속인다. 몇 년 후, 그녀는 아들을 낳았지만 그 아들은 양아들과 함께 바다에 갔다가 빠져 죽는다. 그녀는 자신이 저지른 잘못 때문이라 여기며 평생 죄의식에 시달린다. 진순 씨는 태평양 전쟁 때 죽은 오빠와 6·25사변으로 잃은 약혼자를 떠올리며 자신을 역사의 피해자라고 생각한다. 하지만 거기서 끝난 게 아니라, 손자(양아들의 아들)를 또한 세월호 사건으로 잃게 된다. 그러자 의사인 양아들은 병원 문을 닫고 4월이면 바다를 찾아 정처 없이 떠돌아다니다가 추워질 때면 돌아오곤 한다.

반복적으로 불행이 이어진다. 양아들이 세월호 사건이 일어났던 4월이 되면 못 견디고 넋이 나간 채 방황하는 것은, 자신이 무의식적으로 죽였을지도 모를 익사한 동생에 대한 괴로운 기억이 다시 떠오르기 때문이다. 이 작품 속의 심진순이나 주위 사람들에게 일어나는 크고 작은 반복된 불행은 결국 가부장적 의식에 의해서 그 불행이 재생산되고 있다.

> 니체는 틀린 것, 잘못된 것도 한때는 진리의 가치가 있었고, 그렇게 진리로서 삶에 도움이 되었다는 것, 따라서 오류 자체를 부정하거나 거부할 일이 아니라는 것이다. 그 오류가 한 시기의 필연적 경험이었다면 그 필연을 아름답게 받아들이는 것, 이것을 사랑하는 법, 곧 운명애라는 것이다.
>
> (고명섭, 『니체 극장』, 김영사, 298~299쪽)

위의 인용문에서 니체가 말했듯이 한때의 진리, 즉 작품에서의 가부장적 의식에 의한 남아선호사상은 그 당시는 진리였다. 가문의 대를 잇기 위해 필연적인 것이다. 전쟁을 자주 하던 남성 위주의 사회에서 육체적 힘과 경제적인 것을 중시했고 남성의 폭력이나 남아선호사상은 당연시되어왔다. 그에 의한 개인의 피해나 인권에 대한 개념은 당연히 무시되었다.

이 작품 속의 불행의 원인이 된 전쟁이나 세월호 사건 역시 가부장

참 좋은 시간이었어요

적 의식의 산물이다. 전쟁은 남성들이 영토 확장을 위해서 혹은 권력을 전유하기 위한 것이다. 세월호 사건 역시 개개인의 인간 생명 경시로 인한 물질 만능주의가 빚어낸 권위주의의 산물이다.

"박상현, 박상현……."

끊임없이 내 이름을 부르며 정체성을 찾아보려 하지만 처음부터 나라는 사람은 이 세상에 존재하지 않았던 게 아닌가, 하는 의구심에 빠진다. 지금의 나는 마치 다른 사람의 생을 훔쳐서 살아가고 있는 것 같다. 그러니 나는 내가 아닐지도 모른다. 이런 황당한 생각은 며칠씩이나 지속되는 불면 끝에 견디지 못해, 졸피뎀 주사액을 투여하고 나면 더 강력하게 든다. 쏟아지는 졸음과 함께 내 몸을 덮쳐오는 바닷물, 그리고 또렷하게 들려오는 목소리.

"박상현!"

그렇게 나를 부른 사람은 상민이었을 것이다. 내 추측이 확실하다면 상민이 이 세상에서 마지막으로 뱉은 말이 내 이름 석 자가 아니었을까? 그날, 물속에서 허우적거리며 상민은 평소처럼 나를 형이라 부르지 않고 왜 박상현이라고 불렀는지는 모를 일이다. 형이라고 불렀다면 나는 그 애를 모른 체하지 않았을지도 모른다는 생각이 세월과 함께 더 자주 든다. 그렇다고 물속에서 일곱 살의 형이 다섯 살의 동생을 구해내기야 했을까마는, 적어도 붙잡아오는 손을 뿌리치지는 않았을 것이다.　　　　(151~152쪽)

위의 인용문에서 양아들 상현은 가족 속에서의 자신의 위치에 대한 불안, 정체성에 대한 혼란 속에서 그 집의 친아들인 상민과 자신 사이에 알지 못하는 의문을 가지고 있었다. 바닷속에서 허우적거리던 상민이 상현에게 이름을 부르는 대신 형이라고 했다면, 상현은 동생의 손을 뿌리치지 않았을 것이다. 동생의 익사 이후 내내 큰 죄의식으로 자리 잡아, 아들 다원의 죽음은 동생 죽음에 대한 죗값이라고 생각한다. 한 인간에 대해 개인적인 인격보다는 혈연이냐 아니냐를 중시하는 가부장적 의식에서 친아들에 대한 집착은 어쩌면 당연하다. 그러나 그로 인해 불행은 반복된다.

다원은 우리 부부가 늦은 나이에 겨우 얻은 아들 아닌가. 다미를 멋모르고 키웠는 데 비해 다원은 자식 키우는 재미를 솔솔이 보면서 키운 아이였다. 그런데 그런 아이를 사고로 잃다니. 세상에 어떻게 이런 일이 일어날 수 있는가. 아이를 잃은 부모들이 모여 몇 개월 넘게 사고의 원인과 경위를 밝히려고 백방으로 뛰어다니지만 잃은 아이를 도로 찾아올 방법은 어디에도 없었다. 이젠 지쳐 유족 모임에도 더 이상 참석하지 않으려고 한다. 하지만 여전히 악몽은 계속되고 있다.

다원을 잃게 되자 수십 년 동안 가슴 밑바닥에 처박아둔 상민이 불쑥 떠올랐다. 어쩌면 아직도 바닷속을 유영하고 있을지도 모르는 상민을 찾아내면 우리 다원이도 구해낼 수 있으리라는, 어처구니없는 망상이 나를 미쳐가게 한다. 하지만 나는 망상에 쫓겨 바다를 찾아 나서지 않을 수 없다. 그러지 않으면 내 삶은 죽음과 다름없으므로……. 나는 죽지 않기 위해 바다로 향한다.

아니, 솔직하게 말하자면 상민의 삶을 훔쳐 살아왔다고 믿는 내 삶을 도로 돌려주고 싶어서다. 그러면 그 애도 나를 용서하고 우리 다원일 찾아주지 않을까?　　　　　　　　　　　(164~165쪽)

상현이 자신의 친아들을 잃음으로 다시 상민을 떠올리는 것은 자신의 정체성에 대한 불안으로 생긴 반복적인 불행 때문이다. 그 아버지는 아들의 상흔을 통해서야 죽은 동생에 대한 자신의 무의식적인 살인을 자각하고 혼란을 일으킨다. 아들의 죽음과 동생의 죽음이 중첩, 의식을 교란시킨다. 끊임없이 자신을 교란시키는 의식 속에서 생업인 병원마저 문을 닫고 세월호 사건이 일어난 4월이 되면 집을 가출한다.

이 작품에서 크고 작은 불행은 너무 많지만 현재 심진순의 가족이 당면하고 있는 불행은, 세월호 사건으로 아들 다원을 잃고, 이 죽음을 동생의 죽음에 대한 죗값이라고 생각하여 혼란에 빠진 상현의 가출이다. 상현의 아내인 성희의 약국 운영과 시어머니 돌봄에 의해서 가족 생활은 간신히 유지되지만, 가족의 해체 위기에 있다.

반복적인 불행은 이 작품의 전면에 드러나는 인물, 심진순과 그 며느리, 정신을 잃고 돌아다니는 상현, 그 손자 다원이, 손녀 다미, 다미의 남자친구, 작품 속의 인물 모두에게 해당된다. 세월호의 피해자인 다원의 누나, 다미 역시 그 불행은 피해갈 수 없다. 동생의 죽음에 이어 같은 음악을 전공, 서로 공감대를 가지고 사귀고 있었던 다미의 남자친구 역시 엄마를 잃고 새엄마에 의한 연애 반대로 인해 자살로 삶을 마감한다. 불행은 작중 화자인 신지수까지 계속된다. 지수를 이 집에 소개한 친구 민서까지 교사 임용 시험에 합격한 후 근무하던 학교에서 불미스런 사건으로 행방불명, 소식을 알 길이 없다. 니체는 이런 반복적인 운명애를 필연으로 받아들일 때 자유를 느끼고 삶의 의욕이 살아난다고 했다.

이런 각 인물을 불행하게 만든 작가 의식은 그 불행이라는 것이 특정한 사람의 전유물이 아니라 누구나 각자 몫의 불행을 가지고 있음을 역설하고 있다고 할 수 있다. 그렇다면 그 불행을 우리는 어떻게 감당할 것인가. 위의 인용문대로 니체의 운명애로 받아들이고, 그것은 누구에게나 반복된다는 의식이다. 그 순환을 필연으로 끌어안고 다시 자신의 삶을 일으키는 것, 그것이야말로 운명을 사랑하는 것이다.

시간은 환영(幻影)이라고 했던가. 진순 씨와 함께한 시간들이, 그녀에게서 들은 가족 이야기들이 파노라마처럼 눈앞에 펼쳐지다가 사라진다. 그걸 놓치지 않으려고 나는 눈을 부릅뜬다.

(237쪽)

위의 인용문을 통해서 바라보면, 작가는 불행을 포함한 어떤 인생사도 시간이 지나가면 환영과 같은 것으로 인식한다. 현재를 잡기 위해서는 눈을 부릅뜨는 노력에 의해서 가능하다는 것이다.

심진순과 신지수 두 사람은 육십 년 넘는 나이 차이에도 불구하고 친구가 되기로 한다. 둘 다 자신들의 이름자 첫 음운들이 'ㅅㅅㅅ'인 것이 신기하게도 똑같다면서…. 두 사람이 헤어질 때마다, 과거의 불행했던 것은 모두 잊어버리고 "참 좋은 시간이었어요"라는 인사를 나누는 것은 그 행복한 시간을 떠올림으로써 새로운 삶에 대한 의욕을 불러일으키는 메타포로 작용한다.

> ─지수 씨, 참 좋은 시간이었어요.
> 늘 그러하듯, 우리식의 작별 인사를 나누고 대문을 나오면서
> 나는 '참 좋은'이라고 몇 번 중얼거려보다가 생각했다. '참 좋은
> 시간'을 보낸 현재가 바로 과거로 되지만 계속 이어진다면 미래
> 도 '참 좋은 시간'이 되지 않을까?   (149쪽)

4. 자기 극복을 위한 '지금 여기'

작가는 작품의 도입부 인물들의 의식이 머물렀던 과거의 시간대와
현재, 신지수와 심진순이 함께했던 시간, 신지수가 아르바이트를 끝내
고 교사 임용 시험에 합격한 이후의 시간대를 구분해서 배경과 계절을
의도적으로 묘사하고 있다.

심진순을 처음 만나는 도입부를 보자.

> 약국이 있는 건물을 끼고 돌자 바로 한옥들이 줄지어 선 골목
> 이 나왔다. 가끔 종로통을 쏘다니곤 했지만 그 바로 뒤에 이런 풍
> 경이 펼쳐져 있으리라고는 전혀 생각도 하지 못했었다. 마치 수
> 십 년의 시간이 흘러가지 않고 그대로 괴어 있는 느낌이었다. 나
> 는 태어나기 이전의 시간대로 돌아간 기분이 되어 골목에 들어섰
> 다. 그녀는 잠시 걸음을 멈추고 한옥 하나를 가리켰다.   (13쪽)

신지수가 심진순의 며느리가 운영하는 '다나약국'에서 면접을 거쳐서 집을 찾아가는 도중을 인용한 부분이다. "태어나기 이전의 시간대로 돌아간"다는 말은 초점 인물 심진순을 만나 그녀의 불행한 과거를 통해서 앞으로 자신이 겪을 미래를 추체험하기 위한 것이다.

이런 고여 있는 시간과 닮아있는 심진순을 만나면서 작가는 의도적으로 밝게 묘사하려고 노력한다.

> 예닐곱 평쯤 되는 마루 위로 오후의 햇살이 일렁이고, 그 햇살 속에서 빛나는 뽀얀 머리통이 정원 한가운데 피어난 목련을 닮아 있었다. (15쪽)

심진순을 처음 만난 날의 묘사이다. 통장 잔고가 바닥난 지수는 임용고시 전까지 살아가야 하는 생활비가 심진순과 잘 사귀느냐 아니냐에 달려 있다. 편의점이나 카페 아르바이트보다 수입은 훨씬 좋고 시간이 짧아, 심진순과 좋은 친구 삼기는 자신이 심진순과 함께하는 시간대를 잘 보내야지 하는 각오와 '지금, 여기'를 즐거운 시간대로 만들고 싶은 각오라고 할 수 있다. '봄의 햇살 가운데 피어 있는 목련' 같은 심진순은 실제라기보다는 신지수가 의도적으로 생각하고 싶은 인물상이다. 한겨울의 추위를 이기고 피어난 목련은 심진순의 불행한 과거를 극복하고 행복한 미래를 담지한 이미지이다.

> 대문 앞에 놓인 화분들이 햇볕에 축 늘어져 시들거렸다. 나는 파초 잎에 손바닥을 갖다 대고서 되살아나길 바라는 심정으로 만

지작거리며 집 안의 동정을 살폈다. 아무런 기척이 없는 걸로 봐서 여전히 진순 씨가 잠들어 있다고 안심하고서 나는 발걸음을 뗐다. 어느 집에선가 켜놓은 티브이 소리가 담 밖을 넘어와 조용한 골목 안을 휘젓기 시작했다. 그 소리에 쫓기듯 나는 걸음을 빨리했다.   (93~94쪽)

위의 "파초 잎에 손바닥을 갖다 대고서 되살아나길 바라는 심정"은 초점 화자이면서 숨은 작가인 신지수의 심리를 엿볼 수 있는 부분이다. 조그마한 사물에조차 자신의 염원을 담아 삶을 극복해보고자 하는 노력이 보이는 부분이다. 그것은 현재를 열심히 사는 것이다.

—맞다. 지금 이 시간을 잘 보내는 기 잘 사는 기라 카더라. 지나가뿌린 시간이나 안주 오지 않은 시간이 뭔 소용이 있겠노. 알믄서도 만날 후회하고 걱정하고 있다 아이가. 그라고 보께나 그때로 돌아가보고 싶다 캐쌓는 내가 참 어리석네.
어리석기로 치면 나도 마찬가지였다. '지금, 여기'를 강조하는 마음 다스리는 법이나 명상 동영상을 수없이 보고 들어왔으면서도 내 생각은 늘 과거나 미래에 가 닿아 있었다. 의식이 현재에 머물 수 없어 나는 불행한지도 몰랐다.   (147쪽)

위의 인용문처럼 '지금, 여기'에서 잘 살기 위해서는 심진순과의 시간을 적극적으로 보내는 것을 넘어, 심진순의 불행한 심리를 위로하는 것이고 그것이 매일 헤어지면서 '참 좋은 시간이었어요.'라고 외치고 서로 헤어지는 것이다. 또 신지수는 임용 시험을 열심히 준비하는 것이다.

결국 신지수가 임용 시험을 준비하기 위해 시험 한 달 전에 그만둔다. 그들은 '참 좋은 시간'을 잊지 않기 위해 뜨개질로 각자 장갑에 두 사람 이름의 초성 'ㅅㅈㅅ'를 수놓는 작업을 한다. 이것은 서로가 과거에 얽매이지도 않고 미래를 걱정하지도 말고 현재에 열심히 살자는 다짐이라고 할 수 있다.

李德和 | 소설가

참 좋은 시간이었어요

참 좋은
시간이었어요

푸른사상 소설선